C.Bertelsmann

IRENE DIWIAK

DIE ALLER LETZTE KAISERIN

ROMAN

C.Bertelsmann

Im Glossar ab S. 297 finden sich Erklärungen
zu den verwendeten österreichischen Begriffen.

MIX
Papier | Fördert
gute Waldnutzung
FSC® C014496

Penguin Random House Verlagsgruppe FSC® N001967

1. Auflage

Umschlaggestaltung: Sabine Kwauka
Umschlagabbildungen: © Mondadori Portfolio/Bridgeman Images;
© G. Dagli Orti/© NPL – DeA Picture Library/Bridgeman Images;
© Anelina, gillmar, Reinhold Leitner/shutterstock
Satz: satz-bau Leingärtner, Nabburg
Druck und Bindung: GGP Media GmbH
Printed in Germany
ISBN 978-3-570-10469-9

www.cbertelsmann.de

»Alles ist besser als die Wahrheit.«

KAISER FRANZ JOSEPH
(NACH DER TRAGÖDIE VON MAYERLING, 1889)

VORWORT DER AUTORIN CLAUDIA HENDL

Ich hatte niemals vor, ein Buch zu schreiben.

Vor Kurzem noch wäre mir allein beim Gedanken daran schlecht geworden. Ehrlich gesagt, mir ist jetzt gerade auch ein wenig schlecht.

Schon in der Schule habe ich Aufsätze verabscheut. Jeden Herbst wieder »Mein schönstes Ferienerlebnis«, und alle haben von ihren tollen Urlauben berichtet, bloß ich, die Dorfwirtstochter, habe den ganzen Sommer über nur im Wirtshaus ausgeholfen. Nicht, dass es davon nichts zu berichten gegeben hätte. Aber nachdem ich einmal in meinem Aufsatz einen Betrunkenen erwähnt habe, den ich mithilfe eines Besenstiels hinauskomplimentierte, hat Frau Krumbacher, die Deutschlehrerin, meine Mutter in die Schule beordert und mit ihr ein langes, ernstes Gespräch geführt. Seitdem bestand meine Mutter darauf, meine Schulaufsätze zu kontrollieren, bevor ich sie abgab. Ich sollte doch lieber darüber schreiben, wie ich mit meiner Freundin Dani an den Stausee geradelt bin, schlug meine Mutter vor, und dass ich dort einen Fisch gesehen hätte, der riesengroß gewesen wäre, und so weiter und so fort. Nur hat das alles gar nicht gestimmt, weil meine Freundin Dani die Sommerferien immer in so einem Camp für hochmusikalische Kinder verbrachte und Geige spielte. Ich habe meiner Mutter gesagt, dass es Frau Krumbacher sicherlich auffallen würde, wenn sie nacheinander unsere beiden Aufsätze korrigierte und in dem einen von Mozart, in dem anderen hingegen von Riesenfischen die Rede wäre. Daraufhin meinte meine Mutter, ich sollte eben schreiben, dass ich allein am Stausee gewesen wäre. So einfach war das für sie. Aber auch das wollte ich nicht, weil es doch immerhin genauso eine Lüge gewesen wäre. Meine Mutter seufzte nur und zwang mich von diesem Tag an, mindestens ein Mal jeden Sommer allein an den Stausee zu radeln, damit ich über irgendetwas schreiben konnte. Nur Fische habe ich dort nie gesehen, und schon gar keine riesengroßen.

Im Nachhinein betrachtet glaube ich, dass dieser jährliche Sommererlebnis-Aufsatz der Hauptgrund dafür gewesen ist, dass ich so früh die Schule verlassen und hauptberuflich in der Gastwirtschaft meiner Eltern zu arbeiten angefangen habe. Wäre ich länger zur Schule gegangen, hätte ich wahrscheinlich auch irgendwann in der Gastwirtschaft meiner Eltern zu arbeiten angefangen, man darf Frau Krumbacher also keine allzu harschen Vorwürfe machen.

Im Übrigen ist das alles vollkommen irrelevant. Ich erzähle es nur, um Ihnen begreiflich zu machen, dass es kaum schlechtere Voraussetzungen für eine Schriftstellerin gibt, als ich sie mitbringe. Dass ich nun doch irgendwie zu einer geworden bin, liegt ausschließlich daran, dass ich eine Geschichte geschenkt bekommen habe. Im ersten Moment ist mir auch gar nicht bewusst gewesen, dass es so eine richtige Geschichte ist. Ich habe meinen Eltern davon erzählt und später auch meiner besten Freundin Dani am Telefon, und sie alle haben gesagt: »Claudia, das ist eine Geschichte, darüber müsstest du ein Buch schreiben!«

Und nun ist es ja meistens so, dass, wenn Leute sagen, über

irgendetwas müsste ein Buch geschrieben werden, in Wahrheit überhaupt kein Buch darüber geschrieben werden sollte. Mein Vater zum Beispiel sagt sehr oft: »Jetzt bin ich schon so lange Gastwirt, ich könnte ein Buch darüber schreiben.« Und dann erzählt er so etwas wie: »Letztens zum Beispiel, da wollte der Witzecker-Karl doch tatsächlich die Zeche prellen und durchs Klofenster hinaus. Nur hat er in seinem Suff halt vergessen, dass sich direkt unter unserem Klofenster der Komposthaufen befindet. Da sitzt der Witzecker-Karl doch tatsächlich nudeldicht im Komposthaufen, haha. Ich müsste wirklich ein Buch darüber schreiben.« Doch was wäre das denn bitte für ein Buch: Der Witzecker-Karl sitzt nudeldicht im Komposthaufen und Schluss? Vielleicht reicht das für eine Kurzgeschichte oder so, aber doch niemals für ein ganzes Buch. Und deswegen ist aus meinem Vater auch nie ein Schriftsteller geworden.

Bei mir ist es anders, weil ich eben eine Geschichte geschenkt bekommen habe, die tatsächlich Stoff für ein ganzes Buch bietet. Und geschenkt hat sie mir eine Frau namens Johanna Fialla. Deswegen sollte ich vielleicht am besten mit Frau Fialla beginnen.

Es war im Oktober oder November 2016. Ganz genau weiß ich es nicht mehr, nur dass die Sommersaison längst vorbei gewesen ist und die Skisaison noch nicht angebrochen. Im Sommer haben wir nämlich manchmal Tagesausflügler im Lokal wegen unseres Stausees und im Winter wegen unserer zwei Schlepplifte. Es sind aber nie besonders viele und in der Regel keine, über die sich ein Buch zu schreiben lohnte. Und im Herbst kommt normalerweise überhaupt niemand von außerhalb. Noch dazu war es Nachmittag, was heißt, dass die, die immer bei uns zu Mittag essen, schon gegangen waren und die, die ihr Feierabendbier bei uns trinken, erst kommen würden. Ich hockte also allein hinter der Bar, löste Sudokus und wartete darauf, dass die ersten Männer von der Arbeit kämen. Es war alles ruhig, wie immer im Herbst und am Nachmittag. Dann ging die Tür auf.

Herein trat eine alte Frau, die ich noch nie gesehen hatte. Und das allein ist schon bemerkenswert, denn wenn man als Wirtshauskind in einem kleinen Ort wie dem unseren aufwächst, hat man eigentlich jeden schon einmal gesehen. Unser Dorf liegt so zwischen den Bergen eingepfercht, dass es recht schlecht zu erreichen ist, und dann sind die Berge zu wenig eindrucksvoll und das Dorf selbst zu wenig pittoresk, als dass sich die Mühe wirklich lohnt. Die meisten kommen in unser Gasthaus, weil sie in der Gegend wohnen, und sind Stammgäste. Aber sogar bei den wackeren Tagesausflüglern, die nur ein einziges Mal hier auftauchen, hat man immer das Gefühl, sie schon einmal gesehen zu haben. Irgendwie sind ja alle Menschen gleich. Doch diese Frau war anders. Als Erstes stach mir ihre altertümliche Kleidung ins Auge. Sie trug einen großen grünen Hut mit einer riesigen weißen Feder obendrauf, sodass ihr Gesicht darunter winzig wirkte und überhaupt wie eine gepuderte Rosine aussah, klein und zerknautscht. Außerdem hatte sie einen bodenlangen grauen Staubmantel an, in dem sie geradewegs zu verschwinden drohte, weil sie selbst so kurz und schmal war. Und Handschuhe trug sie, obwohl es gar nicht kalt war. Da stand die Alte in ihrem Aufzug also in meiner Gaststube und schaute sich so hilflos um, dass ich sofort dachte: »Oje, die ist wohl aus einem Seniorenheim ausgebrochen, die weiß nicht mehr, wo sie ist.« Sofort ließ ich das Rätselheft sinken und kam hinter der Bar hervorgeeilt.

»Kann ich Ihnen irgendwie behilflich sein?«, fragte ich laut und deutlich und so ein bisschen zu ihr hinuntergebeugt, damit sie mich auch ja hören konnte.

Die Alte schaute mich naserümpfend an.

»Freilich, junges Fräulein«, antwortete sie, »und zwar wären Sie mir erstens behilflich, indem Sie mich nicht anschreien.«

Nun fielen mir ihre stechend blauen Augen und die sehr spitze Nase auf, ein alles in allem sehr einschneidendes Gesicht. Und wie sie mich da so unter ihrer Hutkrempe hervor anfunkelte, musste ich an diesen Monty-Python-Sketch denken, in dem eine Clique alter Damen die Straßen unsicher macht und Passanten überfällt. So eine Dame war das.

»Na alsdann«, sagte die Alte befriedigt, nachdem ich sie eine Zeit lang verblüfft genug angestarrt hatte, »und jetzt nehme man mir Hut und Mantel ab.« Schon an den wenigen Worten, die sie bisher gesprochen hatte, war deutlich zu erkennen gewesen, dass sie aus Wien kam. Wir haben nicht oft Wiener hier, und vor allem nicht im Herbst, wo unsere Gegend noch reizloser ist als ohnehin, und schon gar nicht solche Wiener, die »alsdann« sagen, was wie »oisdonn« klingt. Ich wartete noch einen Augenblick lang auf das »bitte«, aber da die Alte mich gar so böse anschaute, zog ich ihr schließlich gehorsam den Mantel von den Schultern und nahm ihr den grünen Hut vom Kopf. Ein Haufen krauser, schneeweißer Locken kam zum Vorschein. Die Dame reichte mir ihre Handschuhe, die sich seidig und gleichzeitig ein wenig nach Plastik anfühlten, und ich verstaute sie in einer Tasche des Staubmantels. Während ich Hut und Mantel an der Garderobe anbrachte, beobachtete mich die Alte mit Adleraugen.

»Obacht, die Feder!«, tadelte sie einmal. Und als sie Hut und Mantel endlich sicher verwahrt wusste, sagte sie: »Man geleite mich nun zu einem Tisch!«

Also geleitete ich sie. Ich war immer noch einigermaßen verwundert, mittlerweile jedoch auch schon ziemlich amüsiert und vor allem dankbar, weil sich solche einsamen Sudoku-Herbst-Nachmittage sonst oft ziehen wie Schmelzkäse. Die Alte hakte sich bei mir unter. Vorsichtig setzte sie einen Fuß vor den anderen, als wäre der Fußboden aus Glas. Sie hatte Klotzschuhe an, die überhaupt nicht zu ihrer sonstigen Erscheinung passten, wahrscheinlich orthopädisch verschrieben. Vermutlich hätte sie auch einen Rollator gebraucht oder zumindest einen Stock, aber sie trug keinerlei Gehhilfe bei sich. Sie schien sich darauf zu verlassen, dass immer und überall irgendjemand sein würde, der sie »geleitete«.

Um der alten Dame einen unnötig weiten Weg zu ersparen, wollte ich sie am ersten Tisch nach der Garderobe platzieren. Bei uns sehen nämlich alle Tische gleich aus, Massivholz und groß genug für acht Personen, so richtige Wirtshaustische eben mit rot-weiß karierten Tischdecken, hellen Papierservietten und dunkelblauen Pappuntersetzern mit Bierwerbung drauf.

Während ich mit der alten Dame diesen ersten Tisch ansteuerte, blickte sie sich immer wieder nervös um, als suchte sie irgendetwas. Und gerade, als wir an dem auserwählten Tisch stehen geblieben waren und ich ihr einen Stuhl herauszog, damit sie Platz nehmen konnte, schien sie das Gesuchte gefunden zu haben. Missgünstig rümpfte sie die Nase.

»Geht es nicht ... ein wenig feiner?«

»Na ja«, antwortete ich, »bei uns sind alle Tische gleich fein.«

»Aha«, sagte die Dame, »und was ist mit dem dort drüben?«

Dabei zeigte sie mit ihrem knochigen Finger auf einen Tisch weiter hinten, der haargenau so aussah wie alle anderen auch.

»Natürlich«, sagte ich, »der ist auch frei.«

»Na alsdann«, sagte sie.

Bei unserem Tempo dauerte es ewig, bis wir den gewünschten Tisch erreichten, die Dame tappte dennoch unverzagt vorwärts. Als wir endlich angekommen waren, setzte sie sich an die kurze Seite des langen Tisches und sah mich an, als wollte sie ein Festbankett geben.

»Die Speisekarte, junges Fräulein!«

Da ich schon weit über dreißig Jahre alt war, nahm ich das »junge Fräulein« als Kompliment. Ich brachte der Alten die Speisekarte und sagte übertrieben höflich: »Bitte sehr!« Sie nahm keinerlei Notiz von meiner gespielten Galanterie, sondern begann wortlos, mit ausgestreckten Armen und zusammengekniffenen Augen, die Karte zu studieren. Meinen Versuch, ihr etwas daraus vorzulesen, unterband sie sofort: »Junges Fräulein, ich mag alt sein, aber nicht senil.« Dann bestellte sie den panierten Zander und ein Glas Himbeerwasser. Ich ging in die Küche und gab meinem Vater, der bei uns Küchenchef war, die Bestellung weiter. Außerdem umschrieb ich ihm in wenigen Worten unseren illustren Gast. »Leut' gibt's« sagte mein Vater.

Als ich aus der Küche zurückkam und der alten Dame das Himbeerwasser hinstellte, starrte sie geistesabwesend an die gegenüberliegende Wand, einfach so vor sich hin und ins Narrenkastel, wie man bei uns so schön sagt. Da ich sie nicht stören wollte, setzte ich mich wieder auf meinen üblichen Platz hinter der Bar und löste mein Sudoku, bis mein Vater in der Küche auf die Glocke haute. Die Dame zuckte kurz zusammen und begann ungeduldig mit den Fingern auf die

Tischdecke zu trommeln, als wäre ihr eben erst wieder eingefallen, dass sie eigentlich sehr hungrig war. Ich brachte ihr den Teller, auf dem appetitlich das Stück Zander in seiner goldenen Panier neben einem Häufchen Petersilerdäpfel lag. Die Alte inspizierte den Teller ausgiebig mit ihrem schneidend scharfen Blick, dann nickte sie und gab mir damit das Zeichen zum Rückzug. Ich tat, als würde ich mich wieder mit voller Konzentration meinem Sudoku widmen, beobachtete allerdings über den Rand des Rätselheftes hinweg immer wieder die alte Dame, wie sie das Fischfilet umständlich, doch mit einiger Eleganz so zerlegte, als handle es sich um einen ganzen Fisch mit Gräten. Erst als das Filet in winzige Stücke geschnitten war, begann sie zu essen. Zwischendurch schwenkte sie das Himbeerwasser, wie man sonst Rotwein oder Brandy schwenkt, und nahm davon winzige, vogelhafte Schlucke. Mittlerweile war es schon fast vier Uhr und wie erwartet kamen die ersten Arbeiter hereingeschneit. Mein Vater eilte aus der Küche und stürzte zum Zapfhahn. Damit war die ruhige Zeit vorbei, alles redete und lachte durcheinander, ich musste mir viele Geschichten über allerlei Probleme auf Baustellen anhören (»Ich könnt' ein Buch darüber schreiben!«) und zwischendurch schlechte Witze über Blondinen. Die Arbeiter schienen die fremde Dame am hinteren Tisch gar nicht zu bemerken oder schenkten ihr zumindest keinerlei Beachtung, ich hingegen schielte immer wieder zu ihr hinüber. Die Dame hatte begonnen, hastiger zu essen und zu trinken, verschluckte sich sogar und hustete ein paar Mal, schließlich schallte ihre Stimme schrill und ungeduldig zu mir herüber: »Junges Fräulein, zahlen!« Als ich zu ihr kam, hatte sie bereits einen klein zusammengefalteten Zwanziger auf den Tisch gelegt und ließ sich das Restgeld bis auf den letzten Cent auszahlen.

»Hat es denn geschmeckt?«, fragte ich beim Abservieren, sie reagierte nur mit einem von mir nicht zu deutenden »Hm«.

Die Antwort konnte ich mir am nächsten Tag schließlich selbst geben, als die Dame wieder um die gleiche Uhrzeit hereintrat, mit demselben Hut auf dem Kopf und in denselben Staubmantel gehüllt, denselben Tisch verlangte und, nachdem sie eingehend die Speisekarte studiert hatte, erneut das Himbeerwasser und den panierten Zander bestellte. Danach starrte sie auch dieses Mal so lange ins Leere, bis ich ihr das Essen gebracht hatte. Gegen vier Uhr, als nach und nach die anderen Gäste eintrudelten, wurde sie wieder hektisch und verlangte kurz darauf die Rechnung.

Am Tag darauf geschah genau das Gleiche. Den Tag darauf auch. Und ebenso den Tag darauf. Nur am Sonntag war es ein bisschen anders, da kamen nämlich keine Arbeiter, und die Dame bestellte nach dem Hauptgang noch ein Stück Gugelhupf und eine »Schale Gold«, wie sie unseren Filterkaffee nannte.

Nachdem das etwa eineinhalb Wochen so gegangen war, wagte ich es, ihr vorzuschlagen, doch einmal etwas anderes zu bestellen als immer nur den panierten Zander. Die Dame blickte mich hochmütig an.

»Fisch ist gesund«, sagte sie, »wer täglich Fisch isst, wird hundertzwanzig Jahre alt.« Ich wollte ihr erklären, dass dies wohl nicht für diesen Fisch gelte, der erst in Mehl und Ei gewälzt und dann in massenhaft Öl herausgebrutzelt worden war, doch für solcherlei Fakten war sie nicht zugänglich. »Hundertzwanzig Jahre!«, wiederholte sie stur.

Nach drei Wochen fragte ich sie schließlich nach ihrem Namen.

»Johanna«, antwortete sie sofort, schien dann aber ein wenig nachdenken zu müssen.

»… Fialla«, fügte sie schließlich hinzu, allerdings mit einem säuerlichen Gesichtsausdruck, als hätte sie von zwei Kuchenstücken das kleinere bekommen.

»Frau Fialla«, sagte ich, »ein sehr schöner Name. Ist das italienisch?«

Doch sie winkte nur ärgerlich ab und verlangte nach der Speisekarte, um dann wie immer den panierten Zander und das Himbeerwasser zu bestellen.

Einmal, es war schon Winter, hatte sich gegen Mittag eine kleine Gruppe Skifahrer in unser Wirtshaus verirrt. Sie nahmen ausgerechnet an jenem Tisch Platz, an dem Frau Fialla sonst zu sitzen pflegte, bestellten massenhaft Jagertee und saßen auch noch da, als Frau Fialla hereinkam, pünktlich zur selben Zeit wie immer. Im Übrigen trug sie auch bei Schneefall nur den Staubmantel, der keinesfalls warm genug sein konnte, dazu die seidigen Handschuhe und den Federhut. Als sie die Wintersportler nun auf ihrem Stammplatz hocken sah, presste sie die Lippen aufeinander und ihre kleinen Augen wurden noch kleiner. Einer der Skifahrer muss wohl die alte Dame bemerkt haben, die von der Garderobe aus zu ihnen hinüberstarrte, als wollte sie sie mit *dem bösen Blick* belegen – jedenfalls verlangte er unverzüglich nach der Rechnung. Die Skifahrer gingen und Frau Fialla bezog zufrieden lächelnd ihren Tisch. Jetzt konnte ich mir ein wenig Spott nicht mehr verkneifen.

»Na, Frau Fialla«, sagte ich, »das muss ja ein ganz besonderer Tisch sein, was?«

Sie schien den witzelnden Unterton gar nicht zu bemerken, sondern nickte todernst. Dann blickte sie sich um, als fürchtete sie in unserem Wirtshaus feindliche Spione, aber die Wintersportler waren ja längst geflohen und sonst war keiner da außer mir. Nachdem Frau Fialla sich dessen vergewissert hatte, zögerte sie zwar immer noch, schien dann jedoch zu beschließen, mich für vertrauenswürdig zu halten. Sie bedeutete mir mit ihrem lockenden Zeigefinger, dass ich näher kommen sollte. Ich trat also ganz dicht an sie heran und beugte mich ein wenig zu ihr hinunter, sodass sie mir ins Ohr flüstern konnte.

»Wissen Sie«, raunte sie, »er ist nämlich mein Urgroßvater!«

Und jetzt habe ich vergessen, etwas Wichtiges zu erwähnen. Unser Wirtshaus ist schon seit Ewigkeiten ein Wirtshaus und ebenso seit Ewigkeiten im Besitz meiner Familie, und wenn ich sage »seit Ewigkeiten«, meine ich seit fast zweihundert Jahren. Und irgendwann ist der Kaiser hier auf Besuch gewesen. Also, zumindest in unserem Dorf. Von den Schleppliften hat er zwar noch nichts gehabt und wohl auch vom Stausee nicht, aber als Herrscher eines so riesigen Staates bleibt einem eben nichts erspart und man muss auch die unattraktiveren Ecken seines Reiches von Zeit zu Zeit einmal aufsuchen. Der Kaiser dürfte sich seinen Aufenthalt bei uns dennoch ganz erträglich gestaltet haben, schließlich hatte er viel Freude am Jagen. Wälder gibt es in der Umgebung ja mehr als genug, und ich kann auch ganz gut nachvollziehen, dass einen hier die Lust packt, auf irgendetwas zu schießen.

Auf jeden Fall hängt in unserem Wirtshaus eine große Fotografie von Kaiser Franz Joseph, wie er stolz ein lächerlich langes Gewehr in Händen hält und mit seinem rechten Fuß einen abgeschossenen Hirsch auf den staubigen Boden unseres Dorfplatzes hinunterdrückt. Dieses Bild hing schon an dieser Wand, als meine Eltern das Wirtshaus von meinen

Großeltern übernommen haben, es hing vermutlich auch schon dort, als meine Großeltern es von meinen Urgroßeltern übernommen haben, und weil es eben schon immer dort hängt, ist es mir nie richtig aufgefallen. Jetzt aber bemerkte ich, dass sich dieses Foto genau gegenüber von Frau Fiallas Stammplatz befand. Immer, wenn ich geglaubt hatte, Frau Fialla würde nur geistlos in die Leere starren, hatte sie in Wahrheit dieses Bild betrachtet. Und als sie nun sagte: »Er ist nämlich mein Urgroßvater«, deutete sie verschwörerisch mit dem Kinn in die Richtung des Kaisers.

Im ersten Moment dachte ich: »Da haben wir's. Sie ist eben doch senil.«

Gleich darauf wurde mir jedoch bewusst, dass da durchaus etwas dran sein könnte. In meinem Hirn begann es zu rattern. Ich bin im Geschichtsunterricht fast genauso schlecht gewesen wie im Aufsätze-Schreiben. Daher versuchte ich gar nicht erst, mich an den Schulstoff zu erinnern, sondern dachte an diesen mehrteiligen Sisi-Spielfilm, den ich vor Jahren einmal um die Weihnachtszeit herum im Fernsehen gesehen hatte. Nicht den mit Romy Schneider, irgendeinen der unzähligen anderen. Kaiser Franz Joseph hatte dort mit seiner Sisi einige Kinder, namentlich erinnern konnte ich mich jedoch nur noch an einen Sohn, den Rudolf. Zwar jagte der sich im Laufe des dritten Teils eine Kugel in den Kopf, möglicherweise hatte er jedoch davor noch Kinder gezeugt, und seine in der Verfilmung im Hintergrund bleibenden Geschwister haben sich wohl auch irgendwann fortgepflanzt. Und eines dieser zahlreichen kaiserlichen Enkelkinder könnte nun also Frau Fiallas Mutter oder Vater gewesen sein.

Ich wusste nicht, was ich sagen sollte. Frau Fialla schien sehr zufrieden zu sein mit meinem perplexen Gesichtsausdruck.

»Jaja«, murmelte sie lächelnd, während sie sich den Mund mit einer unserer karierten Papierservietten abtupfte, »wäre es mit rechten Dingen zugegangen, wäre ich jetzt Ihre Kaiserin.«

Und dann schlug sie mir vor, dass sie mir gern alles von Anfang an erzählen könnte, wenn mich das interessierte. Es interessierte mich immerhin mehr als meine Sudokus oder das Fernsehprogramm, und etwas anderes wusste ich nach der Arbeit ohnehin nicht mit mir anzufangen, also sagte ich zu. Wir verabredeten uns für den nächsten Montag, denn montags haben wir Ruhetag und die Wirtschaft ist geschlossen. Ich hätte Frau Fialla gerne in die Wohnung hinauf eingeladen, aber sie meinte, dass sie sich hier in der Gaststube wohler fühlte, unter den Augen ihres Urgroßvaters. Da wagte ich natürlich nicht, zu widersprechen.

Als ich später am Abend meinen Eltern von meiner Unterredung mit Frau Fialla erzählte, deutete mein Vater mit der Hand einen Scheibenwischer vor den Augen an und sagte wieder: »Leut' gibt's!« Meine Mutter hingegen dachte weitaus wirtschaftlicher. Wenn an der Geschichte etwas dran wäre, meinte sie, wäre das ja großartig fürs Geschäft. Dann müsste man unbedingt die Lokalpresse informieren und vielleicht sogar die *Kronen Zeitung* und ein Foto von Frau Fialla schießen lassen, wie sie unter den Augen ihres gekrönten Urgroßvaters unseren panierten Zander verspeist. Wenn öffentlich bekannt würde, dass eine echte Adelige bei uns verkehrte, eine Prinzessin gar, würden wir uns bald nicht mehr retten können vor Kundschaft. Mein Vater verdrehte die Augen und ging schlafen. Meine Mutter war indessen ausgesprochen munter und redete begeistert weiter auf mich ein: Unbedingt sollte ich das Gespräch mit Frau Fialla aufzeichnen, denn bei einer so alten Frau, Gott behüte natürlich, aber man wüsste ja nie … Na, und im Fall des Falles hätten wir dann zumindest noch einen Audiobeweis!

Ich fand die ganze Aufregung ein wenig übertrieben, stimmte letztendlich jedoch zu, das Gespräch aufzuzeichnen, sofern Frau Fialla mir ihr Einverständnis dazu geben würde. Meine Mutter ging an diesem Abend äußerst vergnügt zu Bett, und es würde mich nicht wundern, wenn sie in dieser Nacht schon von »Kaisertellern« und »Erzherzoginnenmenüs« in unserer Speisekarte geträumt hätte.

Zufällig telefonierte ich am nächsten Tag mit Dani, meiner ehemaligen Schulfreundin, die mit der Geige. Sie lebt jetzt in Wien und arbeitet für einen kleinen Verlag, der vor allem Autobiografien von wichtigen Menschen herausbringt. Deshalb trifft Dani auch ständig Berühmtheiten und erlebt pausenlos aufregende Dinge, von denen sie mir dann in regelmäßigen Abständen am Telefon berichtet. So war es auch diesmal, und wie immer sagte sie irgendwann: »Aber genug von mir, was gibt's bei dir Neues, Claudia?«, obwohl sie natürlich wusste, dass es bei mir nie etwas Neues gab. Irgendetwas musste ich ihr allerdings erzählen, also begann ich, von Frau Fialla zu sprechen. Nachdem ich in aller Kürze ihr außergewöhnliches Erscheinungsbild und ihre womöglich hochadelige Abstammung dargelegt hatte, war es am anderen Ende der Leitung für einige Sekunden still. Und das passierte selten. »Wenn das wirklich wahr ist«, sagte Dani schließlich und lachte ein wenig ungläubig, »dann musst du ein Buch darüber schreiben!« Und Dani ist immerhin vom Fach und hat schon ein bisschen Ahnung davon, was wirklich drinzustehen hat in so einem Buch.

Meine Eltern sind nicht vom Fach, die Idee mit dem Buch fanden sie trotzdem ganz großartig. Mein Vater hatte schließlich gerade erst irgendwo gelesen, wie viel Geld Stephen King in seinem Leben gescheffelt hatte. »Unsereiner muss für einen Bruchteil davon ein Leben lang richtig arbeiten«, empörte er sich. Aber wenn ich mit einem läppischen Buch so viel verdienen würde, wäre das für ihn selbstverständlich in Ordnung. Ihm fielen sogar gleich einige Dinge ein, die am Wirtshaus dringend renoviert werden mussten. Ich erinnerte meine Eltern an das Dilemma mit den Schulaufsätzen, meine Mutter jedoch entgegnete: »Das ist etwas komplett anderes! Die Geschichte von der Fialla ist ja wahr!« Und damit hatte sie natürlich recht. Ich würde einfach alles Wort für Wort auf Papier bringen, was auf den Sprachaufnahmen zu hören war. Im Grunde wäre ich also keine richtige Schriftstellerin, sondern nur eine Art sprachbetriebene Schreibmaschine für Frau Fialla. Und eine sprachbetriebene Schreibmaschine zu sein, das traute ich mir zu.

Am darauffolgenden Montag stieg ich also in die für Gäste geschlossene Wirtsstube hinunter, backte einen Gugelhupf und bereitete den panierten Zander vor. Frau Fialla kam nachmittags zur selben Zeit wie immer, ließ sich Hut und Mantel abnehmen und zu ihrem Stammplatz in Blickweite des Kaisers führen. Diesmal verlangte sie nicht nach der Karte, das Himbeerwasser stand schon bereit.

»So, junges Fräulein«, sagte sie, nachdem sie Platz genommen hatte, »wenn ich Ihnen alles von Anfang an erzählen soll, muss ich aber zuerst auch Ihren Namen wissen!«

Ich nannte ihn und setzte mich gespannt ihr gegenüber.

»Also, Fräulein Claudia«, begann Frau Fialla, doch bevor sie weitersprechen konnte, fiel mir der Auftrag meiner Mutter ein.

»Entschuldigen Sie, dass ich Sie jetzt schon unterbreche,

Frau Fialla, aber hätten Sie etwas dagegen, wenn ich unser Gespräch aufzeichne?«

Zu meiner großen Überraschung hatte Frau Fialla nicht nur nichts dagegen, sie schien sogar hocherfreut zu sein. Sofort hielt sie Ausschau nach technischer Ausstattung, die ich wo auch immer im Raum deponiert haben könnte, nach großen Kameras und Mikrofonen. Als ich lediglich mein Mobiltelefon auf die Tischfläche legte, blickte sie ziemlich enttäuscht drein.

»Und das reicht?«, fragte sie. Ich erklärte ihr, dass in so einem Handy heutzutage mehr hochleistungsfähige Technik verarbeitet wäre als bei jenen Computern, die die erste Mondlandung gesteuert hatten.

»Die erste Mondlandung«, wiederholte Frau Fialla, »habe ich verschlafen.«

Sie sagte es in einem Tonfall, als wäre der ersten Mondlandung schon allein durch diesen Umstand keine größere Bedeutung beizumessen. Dennoch sah sie ein, dass sie heute mit meinem Handy vorliebnehmen musste, und seufzte.

Ich rückte sogleich mit meiner zweiten wichtigen Frage heraus: »Was würden Sie davon halten, wenn ich ein Buch über Sie schriebe?«

Frau Fialla ließ die Gabel sinken und blickte mich an. Ich hatte nicht gewusst, dass ihre Augen so groß werden konnten.

»Ja«, sagte sie, ihre Stimme war ganz leise vor Ehrfurcht, fast nur ein Hauchen: »Ein Buch. Ja. Das habe ich mir auch schon gedacht. Ein Buch.«

Dann fragte sie, ob man dieses Buch auch verfilmen würde. Ich lachte und antwortete, dass das wohl nicht in meiner Macht stünde. Sie nickte, ohne auch nur den Ansatz eines Lächelns zu zeigen: »Das Kino ist ohnehin furchtbar vulgär, finden Sie nicht?« Ich nickte, obwohl ich seit Jahren nicht mehr im Kino gewesen war. Frau Fialla schien zufrieden.

»Also, Fräulein Claudia«, setzte sie von Neuem an, »jetzt passen Sie gut auf. Denn so eine Geschichte haben Sie noch nie gehört.«

Und was soll ich sagen? So eine Geschichte hatte ich tatsächlich noch nie gehört.

Dieser eine Tag reichte natürlich bei Weitem nicht aus, um auch nur in Ansätzen alle Kuriositäten aus Frau Fiallas Leben zu erfahren. So saßen wir von da an Montag um Montag stundenlang beieinander und Frau Fialla erzählte.

So entstand also Stück für Stück jenes Buch, das Sie nun in Händen halten. Sie haben es vermutlich für gutes Geld im Buchhandel erworben oder in einer Bibliothek entliehen, oder aber es ist ein Geschenk einer älteren Verwandten gewesen, die noch Wert auf »sinnvolle Geschenke« legt. So oder so möchte ich es mir mit Ihnen nicht verscherzen, indem ich jetzt schon alles verrate und damit die eigentliche Lektüre verderbe. Nur so viel kann ich vorausschicken: Ein Aufsatz über Riesenfische im Stausee ist harmlos im Vergleich zur Biografie der Johanna Fialla. Wenn ich von Anfang an gewusst hätte, was da auf mich zukommt, hätte ich mich womöglich gar nie dazu entschlossen, dieses Buch zu schreiben. Doch einerseits wollte ich mein Versprechen Frau Fialla gegenüber nicht brechen, andererseits hatte ich bald schon zu viel Zeit und Arbeit in dieses Buch gesteckt, um einfach aufzugeben. Und ja, ich gebe zu, manchmal dachte ich auch daran, was mein Vater über Stephen King und seine Einkünfte erzählt hat.

Nun wissen Sie jedenfalls alles, was Sie wissen müssen, um endlich mit der eigentlichen Lektüre beginnen zu können, nämlich mit der bemerkenswert merkwürdigen Lebensgeschichte der allerletzten Kaiserin.

DAS WICHTIGSTE VOM ANBEGINN BIS ZUR EMPFÄNGNIS DER JOHANNA FIALLA

Also, Fräulein Claudia, jetzt passen Sie gut auf. Denn so eine Geschichte haben Sie noch nie gehört.

Wo soll ich anfangen? Am Anfang? Nur ist die Geburt doch kein Anfang. Höchstens der Anfang vom Ende. Das Entscheidende hingegen entscheidet sich viel früher.

Vielleicht sollte ich beim Bruderzwist anfangen oder bei Rudolf dem Ersten, der die Stammburg in der heutigen Schweiz verlässt und Kaiser wird. Aber dann wiederum bin ich weit über neunzig Jahre alt. Und mit Verlaub, Fräulein Claudia, Sie sehen auch nicht mehr ganz frisch aus. Daher sparen wir uns lieber die Zeit. Sie können das alles ohnehin in jedem Geschichtsbuch nachlesen, möglicherweise finden Sie es ja sogar in Ihrem Internet.

Ich beginne also besser bei meinen Großeltern. Mein einer Großvater war nämlich der Kronprinz Rudolf. So, jetzt ist es heraußen. Aber zu dem komme ich später.

Mein anderer Großvater war ein Pionier. Wissen Sie, das gibt es manchmal, ganz selten: Menschen, die sehr bedeutend sind, allerdings nur aufgrund ihrer Taten. Mein Großvater mütterlicherseits war so einer. Genauer gesagt war er ein Radfahrpionier. Als einer der Ersten überhaupt ist er auf einem waschechten Fahrrad durch Wien gerast. Damals war er freilich noch bitterarm und musste es sich selbst zusammenbauen aus Schrott und Küchenrat und so weiter. Schön gescheppert muss das haben, aber da ein geräuschlos dahingleitendes Fahrrad damals im Allgemeinen als große Gefahr galt, im Gegensatz etwa zu den Fiakern, die am Pferdegetrampel und dem Rülpsen der Kutscher schon von Weitem zu hören gewesen sind, war dieser Lärm durchaus erwünscht. Eine Zeit lang gab es sogar ein Gesetz, welches vorschrieb, dass jeder Fahrradfahrer alle paar Sekunden die Klingel zu betätigen hätte, um andere Verkehrsteilnehmer vor sich zu warnen. Das ging gut, solange nur wenige Leute, die Pioniere eben, mit dem Fahrrad fuhren. Als aber immer mehr und mehr Menschen zu Fahrradfahrern wurden, hat man dieses ohrenbetäubende Gesetz abgeschafft. Jetzt wissen Sie das auch, Fräulein Claudia.

Mein Großvater mütterlicherseits jedenfalls war nicht nur ein Pionier, sondern auch geschäftstüchtig und heiratete ein Mädchen mit Mitgift und dem Namen Else. Er selbst übrigens hieß Schleyermann, Alois Schleyermann, und mit Elses Geld und eigenem Eifer gründete er die Schleyermann-AG, was ein Geschäft für Fahrräder und Nähmaschinen war. Die Nähmaschinen bräuchte es, dachte mein Großvater, um eine weibliche Käuferschaft anzuziehen, bei dem die Kronen traditionell lockerer sitzen als bei den Herren. Also, die Kronen in den Brieftaschen, nicht in den Zähnen. Sehr schnell jedoch zeigte sich, dass die häuslichen Verlockungen einer Nähmaschine die Damenwelt weitaus weniger reizten als die Aussicht auf eigene Mobilität. Und schon bald sah man meine Großmutter Else in Puffhosen durch die Straßen radeln, als lebende Reklame sozusagen. Da allerdings hatte mein Großvater, Pionier, wie er war, eigentlich schon ganz andere Dinge im Sinn. Voller Inbrunst und Finanzkraft wandte er sich den motorisierten Fahrzeugen zu, den Motorrädern zuerst, und schließlich den Automobilen. Da staunten sie wieder nicht schlecht, die Wiener, den einst so arm dahinscheppernden Fahrradbastler auf dem pferdelosen Kutschbock solch einer rauchenden und puffenden Maschine zu erspähen. Außerdem eröffnete mein Großvater die erste Autofahrschule Wiens, und seine erste Schülerin war, natürlich, seine Frau. Wenn Else nun mit dem Auto herumkurvte, im feinsten Sonntagskleid und mit prächtigem Hut und Handschuhen und allem Drum und Dran, holla, das war ein Auflauf dann, nur zu vergleichen mit dem Korso auf der Ringstraße zu Mittag. Der Mittagskorso, Fräulein Claudia, der ist Ihnen doch ein Begriff? Also, da sind die Schönen und Reichen auf der Prachtstraße spazieren gegangen und die weniger Schönen und Reichen haben gegafft. So war das damals. Und meine Großeltern waren natürlich schön und reich und haben immer gewusst, wen man wie zu grüßen hatte und welcher Gräfin man ein besonders unehrliches Kompliment zu ihrer Garderobe aussprechen musste, um noch schöner und reicher zu werden. Das war, als der Pioniergeist mit dem Alter langsam nachließ, das Geheimnis ihres Erfolges.

Ausgerechnet das Jahr neunzehnhundert haben meine Großeltern dann auserkoren, um Leben in die Welt zu setzen. Man kann es ihnen nicht übelnehmen, so ein Jahrhundertwechsel reizt zu Naivität. Mein Großvater hätte gerne einen Erben gehabt, doch meine Großmutter gebar ihm Zwillinge des völlig falschen Geschlechts. Zu allem Überfluss wäre sie dabei beinahe draufgegangen. Sie ging dann zwar doch nicht drauf, aber Kinder kriegen konnte sie hinterher auch keine mehr, und Alois Schleyermann musste sich also zufriedengeben mit seinen beiden Mädchen.

Das ältere hieß Klara und war meine Tante Klara.

Das jüngere hieß Katharina und war meine Mutter. Ich selbst habe sie ebenfalls immer nur »Katharina« genannt und nicht etwa »Mama« oder »Mutti«, was seine Gründe hat, dazu komme ich später.

Klara und Katharina Schleyermann waren glückliche Kinder, weil sie in ein großes Haus an der noblen Ringstraße hineingeboren worden sind, mit Stuck an der Decke und Goldrändern am Geschirr. Samstags ließen sie sich zum Einkaufen chauffieren, manchmal unter großem Hallo von der eigenen Mutter, die hoheitlich hinter dem Lenkrad hervorgrüßte, meist aber standesgemäß von einem Chauffeur. Sonntags fuhren sie alle samt Großvater zum Gottesdienst im Stephansdom, damit nur ja jeder sehen konnte, dass sie auch wirklich keine Juden waren. Und im Sommer ging's ins Salzkammergut, wo man den Kaiser beim Spazierengehen beobachten konnte, wenn man früh genug aufstand. Mit seiner steifen Hüfte hatschte der, das ist noch von Bedeutung, dazu komme ich ebenfalls später.

Da fällt mir ein, vielleicht sollte ich Ihnen beschreiben, wie all die Leute ausgesehen haben, von denen ich erzähle, damit Sie sich das auch richtig vorstellen können. Wie der Kaiser aussieht, wissen Sie ja. Zum Kronprinz Rudolf komme ich noch. Vom Rest meiner Familie gibt es einige Fotografien, nur leider sind diese allesamt in dem Haus zurückgeblieben, das jetzt meinem dämlichen Cousin gehört, und mit dem spreche ich nicht mehr. Zum Glück aber habe ich ein wunderbares Gedächtnis.

Mein Großvater Alois war ein stattlicher Mann mit einem gewaltigen Bart und einem gewaltigen Bauch, wie ein Mann von Welt damals beides zu tragen pflegte. Weil er ein wenig zum Abmagern neigte, auch wegen dem vielen Radfahren, mussten ihn die böhmischen Köchinnen häufig mit Knödeln mästen. Später, als er sich ganz und gar den Automobilen verschrieben hatte, magerte er zwar nicht mehr ab, Knödel aß er trotzdem noch gern und ausgiebig.

Meine Großmutter Else war klein und blond und als junge Frau bestimmt das, was man eine Augenweide nannte, und im Grunde eine Pionierin wie ihr Mann. Nur leider hatte sie es sich zur Aufgabe gemacht, in Würde zu altern, was so viel hieß, wie Jahr für Jahr ein wenig unscheinbarer zu werden und schließlich ganz aufzugehen in der absoluten Durchsichtigkeit. In meiner Erinnerung ist sie bereits ziemlich alt und grau, lenkt keine Autos mehr und tut auch sonst nichts, was nur irgendwie für ein bisschen Aufmerksamkeit sorgen könnte. Wenn sie etwas sagte, dann ausschließlich mit leiser Stimme, aber viel häufiger seufzte sie ganz unvermittelt, und man wusste dann nie recht, worüber. Ob sie das schon als junge Frau getan hat oder ob das Seufzen erst eine Folge ihres würdigen Alterns gewesen ist, weiß ich leider nicht.

Meine Tante Klara und meine Mutter Katharina waren wie gesagt Zwillingsschwestern und eineiig, und bis zu ihrem vierzehnten Lebensjahr glichen sie einander tatsächlich wie ein Ei dem anderen: Sie hatten ebenmäßige, weiße Katzengesichter, mit hellen Mandelaugen, spitzen Stupsnäschen und weißblonden Locken, in die riesige Stoffschleifen gedreht wurden wie Propeller. Das weiß ich so genau, weil meine Großeltern ihre Zwillinge einmal im Jahr in den Prater und dort in das Atelier einer Fotografin schleppten. Da wurden die Mädchen dann vor Vorhängen und künstlichen Blumen und so weiter hübsch drapiert, und niemand hätte sagen können, wer von den beiden nun Klara war und wer Katharina.

Nun ja, dann brach zugleich mit ihrer Backfischzeit ein Weltkrieg aus, der später leider »der Erste« genannt werden musste. Und schon ein Jahr nach Kriegsbeginn hätte kein Uneingeweihter mehr die beiden Schwestern auch nur im Entferntesten für Zwillinge halten können.

Meine Tante Klara wurde nämlich ein Blaustrumpf. Wissen Sie, was das ist, ein Blaustrumpf? Also, das ist eine Dame von Welt, die sehr belesen und gebildet ist, und dies auch jedermann wissen lässt. So trug meine Tante beispielsweise schon bald eine Brille, obwohl sie gar keine benötigte, es war bloß so ein Drahtgestell mit Fensterglas drin. Später, als ihre Sehkraft nachließ und sie dann tatsächlich eine Brille gebraucht hätte, wurde sie eitel und trug keine mehr. So war sie eben, meine Tante Klara. Damals aber tauschte sie willfährig ihre Seidenkleider gegen die alten Radfahrhosen ihrer Mutter ein und legte Wert darauf, Tag für Tag dieselbe trostlose Flechtfrisur zu tragen. Jeden Nachmittag ging sie zu einem Vortrag oder einer Lesung, um dort mit Männern zu diskutieren. Das war überhaupt das Einzige, was Klara damals an den Männern interessierte: eine gesalzene Meinungsverschiedenheit. Während eines psychoanalytischen Vortrags über den Penisneid, jetzt kichern Sie nicht so juvenil, Fräulein Claudia, so heißt das eben!, während eines solchen Vortrags also ist Klara einmal von ihrem Sitzplatz aufgesprungen und anschließend dem Herrn Doktor Freud so vehement und langatmig ins Wort gefallen, dass er sich kurz darauf mit einer Rechnung für eine Behandlungsstunde revanchierte. Er wäre durchaus daran gewöhnt, überspannten jungen Damen zuzuhören, schrieb er in seinem Begleitbrief, nur täte er das eben nicht gratis. Mein Großvater fürchtete einen Skandal und zahlte. Dann war er einige Tage lang sehr böse auf Klara, aber ansonsten war er trotz allem vernarrt in sie, weil sie wiederum in die geschäftlichen Angelegenheiten vernarrt war. Tante Klara wurde der Sohn, den mein Großvater nie hatte, und obwohl sie artgerecht eine Schule für höhere Töchter besuchte, war sie in Wahrheit sein Lehrling im Geschäft sowie seine rechte Hand. Und klug ist sie ja schon irgendwie gewesen, die Tante Klara.

Katharina war anders. Sie interessierte sich für nichts anderes als das, was im weitesten Sinne mit Eheanbahnung zu tun hatte, das heißt also Kleider, Schmuck, Modefrisuren, den Krieg mit all seinen schneidigen Soldaten, Blumen und dergleichen. Während Klara durch die Vortragssäle der Stadt zog, lag Katharina zu Hause auf dem Kanapee und las Romane, in denen Frauen stets holde Jungfern und die Männer tapfere Ritter waren, und alles hieß Adelgunde oder Adalbert, sodass ihnen die Noblesse schon aus den Vornamen triefte. Dann musste Katharina immer daran denken, dass es Dinge in der Welt gab, die nicht einmal ihr Vater mit all seinem Geld kaufen konnte, und daraufhin seufzte sie herzerweichend.

In der Wiener Gesellschaft war man sich einig, dass Katharina die Begehrenswertere der beiden Schwestern wäre, wenn auch leider ein wenig albern. Aber über Klara sagte man ebenfalls, dass sie ein wenig albern wäre, und überhaupt war es damals als junges Mädchen völlig unmöglich, nicht albern zu sein. Und auch später, meine Güte, was die Leute über mich nicht alles gesagt haben, na ja, dazu komme ich noch. Jedenfalls galt Katharina als ausgesprochen gute Partie und hatte deshalb viele Verehrer, von denen bedauerlicherweise kein einziger ein Ritter war.

Und nun komme ich zum zweitwichtigsten Ereignis in meinem Leben, obwohl ich da noch gar nicht auf der Welt war. Aber das meinte ich vorhin: Mit der Geburt hört ja alles auf!

Also, es war ein hübsch verschneiter Abend im Jänner neunzehnhundertachtzehn. Ein dreißigster Jänner, um genau zu sein, merken Sie sich das gut, das ist ein bedeutsames Datum. Die Zwillingsschwestern Schleyermann wurden als Aufputz zu irgendeiner Feierlichkeit auf ein Schloss beordert, wo Kriegshelden ausgezeichnet werden sollten. Die Mädchen freuten sich beide darauf, wenn auch aus unterschiedlichen Gründen. Klara hoffte, mit einem erfahrenen General über strategische Kriegsführung diskutieren zu können. Katharina hoffte auf einen Adeligen. Zu diesem Zweck hatte sie sich ein neues Kleid anfertigen lassen, in der Farbe von Erdbeerdessertcreme, und trug Perlen wie Zuckerl auf ihrem Busen, den sie mit Watte und zerknüllten Tüchern ein wenig üppiger gestaltet hatte. Tante Klara war scheußlich angezogen wie immer und taugte wenig zur Konkurrenz. Die Schwestern bekamen das schönste Auto und den diskretesten Chauffeur zur Verfügung gestellt und fuhren durch das Schneetreiben hinaus zu diesem Schloss. Als sie dort ankamen, stellte sich allerdings erst mal alles als große Enttäuschung heraus. Die Schwestern schritten würdevoll durch das herrschaftliche Tor hinein – und fanden sich in einem Lazarett wieder.

Nein, bitte, rief eine Rotkreuzschwester mit blutiger Schürze, sie müssten sich geirrt haben, die Feierlichkeiten zu Ehren der Kriegshelden fänden im Nebenzimmer statt.

Die Krieger, die keine Helden waren, stöhnten und schrien dazu in ihren Betten, »Ruhe!«, brüllte die Krankenschwester.

Das Nebenzimmer stellte sich tatsächlich als Festsaal heraus, mit Rosenschmuck und livrierten Dienern ausstaffiert, allerdings fand Katharina es etwas staubig und muffig, und jedes Mal, wenn das Streichquartett zu spielen aufhörte, drangen die unappetitlichen Geräusche vom Krankenzimmer herüber. Die Helden hier unterschieden sich aber auch gar nicht allzu sehr von den Krüppeln nebenan, fand Katharina, nur dass diese hier gerade so noch aufrecht stehen konnten. In den Gesichtern jedoch waren sie genauso kränklich und verhärmt wie die anderen, die prachtvollen Paradeuniformen hingen freudlos an ihren hageren Körpern herunter. Mit einem Ausdruck sturer Tapferkeit ließen diese sogenannten Helden alle Würdigungen über sich ergehen, und Katharina lauschte konzentriert auf die Namen, nur um enttäuscht festzustellen, dass kein einziger »von« oder »zu« dabei war. Und selbst der, der die Orden ansteckte, war nur ein einfacher Freiherr. Katharina gähnte in ihren Fächer hinein. Nachdem die notwendige Pein der Ehrbekundungen vorüber war, begann das Streichquartett wieder zu spielen, mit demselben musikalischen Übereifer, mit dem nur wenige Jahre zuvor die Kapelle auf der sinkenden *Titanic* gespielt haben muss.

Als Katharina von einem der frisch ausgezeichneten Helden zum Tanz gebeten wurde nahm sie die Aufforderung artig an, dafür war sie ja immerhin hergekommen. Aber sie kamen nicht recht in Schwung, ihr Kavalier war zittrig und Katharina in ständiger Sorge, ihr Kleid könnte dreckig werden. Sie fürchtete, an seinen Händen würden immer noch die Spuren des Schützengrabens kleben, in seinem Gesicht sah's nämlich so aus. Und immerfort blickte er ihr so unverschämt in den Ausschnitt, oder vielleicht gierig auf die Perlen, die darüber baumelten, oder gedankenverloren durch sie hindurch. Überhaupt, dachte Katharina, so hatte sie sich den Krieg nicht vorgestellt damals, als sie am Bahnhof Fähnchen schwingend die ersten Soldaten verabschiedet hatte, *Serbien muss Sterbien* und so weiter, geblieben ist davon nichts als ein hinkender Lamourhatscher. Lamourhatscher,

Fräulein Claudia, so sagt man in Wien zu einem sehr langsamen Tanz. Und ein wenig eifersüchtig hat Katharina über die Schulter ihres Tänzers hinweggelugt und Klara beobachtet, die so viel weniger fehl am Platz wirkte, wie sie mit ihren großen Schritten den Saal durchmaß, gefolgt von einem Schwall Soldaten. Dabei redete sie temperamentvoll und gestikulierte, und die Männer, plötzlich zu neuen Kräften erwacht, antworteten ebenso lebhaft. Klara passte hervorragend hierher, dachte Katharina bitter, sogar ihre mausgraue Aufmachung hatte etwas von Feld, eine Feldmaus mit völlig nutzlosen Brillengläsern.

Nachdem das erste Stück verklungen war, sagte Katharina zu ihrem Tänzer, sie wäre jetzt müde und müsste sitzen, und fürchtete schon, er wollte nun Konversation treiben. Aber glücklicherweise hatte er keinerlei Manieren und schlich wortlos davon, die weichen Knie immer etwas zu stark einknickend und den Blick starr geradeaus.

Kriegszitterer nannte man solche, für die holde Weiblichkeit in alle Ewigkeit verloren. Arme Katharina!

Nun, ich sage jetzt arme Katharina, weil sie sich das selbst gesagt hat, und jedes Mal, wenn sie mir später die Geschichte erzählte, genau diese Worte wiederholte. So gut wie alles, was ich Ihnen bisher berichtet habe, habe ich nämlich aus Katharinas Mund erfahren, allerdings erst Jahrzehnte später. Zum Glück hat sie ein ebenso famoses Gedächtnis wie ich selbst, deswegen kann ich mich dafür verbürgen, dass alles haargenau so war, wie ich es Ihnen nun darlege.

Arme Katharina!, sagte sie sich also, und wie sie so allein und verloren dasaß inmitten der ganzen Trostlosigkeit, hat sie doch noch jemand anderem leidgetan als nur sich selbst. Einer der Kellner trat an sie heran, in der Hand eine Champagnerflasche.

»Gnäd'ges Fräulein«, sagte er, da hob Katharina den Blick und schaute in Augen. Man möchte meinen, dass sie in schöne Augen geschaut hätte, oder in interessante oder gar magische, aber wenn Katharina die Geschichte später erzählte, sagte sie immer nur, sie hätte eben in Augen geschaut. In diesem Moment wäre ihr das nämlich vollkommen ausreichend erschienen: jemand, der sie anschaute. Der in all dieser Tristesse ihre einmalige Eleganz bemerkte und sie ihr nicht als Genusssucht anlastete. Der noch dazu Champagner dabeihatte. Nur deshalb schenkte sie ihm also ein Lächeln, obwohl er ihr so gar nicht gefiel, weil er einen fliehenden Haaransatz hatte und ein ebenso fliehendes Kinn, wissen Sie, so einen Vorbiss. Der Kellner schenkte ein. Während Katharina trank, stellte er sich als Johann Witz vor.

Witz, dachte Katharina, kein gerade ritterlicher Name.

Witz erzählte ihr unterdessen, dass er ebenfalls im Kriegseinsatz gewesen wäre, nur hätte er sein Heldentum gleich am ersten Tag bewiesen, indem er verwundet worden war. Einen kleinen Granatsplitter hätte er noch immer in den Eingeweiden stecken, ansonsten ginge es ihm jedoch sehr gut, man teilte ihn jetzt eben hier in der Heimat für verschiedene militärische Hilfsarbeiten ein, wie etwa für das Ausschenken von Getränken bei großen Festen. Und in seiner Freizeit beschäftigte er sich ausgiebig mit Vögeln.

Was kichern Sie schon wieder, Fräulein Claudia? Er war ein astreiner Ornithologe, das ist übrigens von großer Bedeutung, dazu komme ich noch.

Katharina fand diesen Herrn Witz, nun ja, durchaus witzig, er sprach sehr unterhaltsam und schenkte dabei so viel Champagner nach, dass sie sich nach nicht mehr als einer Viertelstunde heillos in ihn verliebt hatte.

Da war aber noch etwas anderes, sagte Katharina immer,

wenn sie die Geschichte später erzählte, und dann suchte sie nach einem Wort, das sie niemals fand. Es war eben noch etwas anderes mit diesem Herrn Johann Witz.

Nach dem vierten oder fünften Glas Champagner fragte Katharina ihn schließlich freiheraus, ob sie die Stelle sehen dürfte, an der besagter Granatsplitter in seinen Körper eingetreten war.

»Nun ja«, sagte Witz, »es ist eine sehr intime Stelle, aber wenn Sie wirklich unbedingt wollen … es gibt da so ein Kämmerchen …«

Und so also haben sich die Dinge ganz schicksalhaft ergeben.

Der Zauber endete wie im Märchen pünktlich um Mitternacht, da kam nämlich der Chauffeur der Schleyermanns, um seine Schützlinge abzuholen. Zu dieser Zeit hatte Katharina ihr Kleid schon längst wieder sorgfältig glattgestrichen und walzte pflichtbewusst mit einem der zittrigen Helden übers Parkett. Ihre Wangen jedoch glühten, während ihr Blick immer und überall nur den Johann Witz suchte, der einmal hier, einmal dort nachschenkte, manchmal blickte er zwinkernd zurück, dann senkte sie schnell die Lider, denn wegen so ein paar Minuten in einer Vorratskammer musste man ja nicht gleich alle Sittlichkeit über Bord werfen. Klara löste sich nur schwer aus den Gesprächen mit den Soldaten, Katharina hingegen sich ganz leicht aus den Armen ihres Tänzers, und als die beiden in dieser Nacht dem Chauffeur zum Wagen folgten, waren sie unterschiedlicher als jemals zuvor.

Als Klara zu Hause ankam, ging sie schnurstracks in die Bibliothek hinauf, wo der Vater noch immer bei der Arbeit saß, und überzeugte ihn, so viele Kriegsanleihen wie nur möglich, so schnell wie nur möglich loszuwerden, denn die Gespräche mit den Soldaten hatten sie äußerst ungünstige

Entwicklungen erahnen lassen. Alois Schleyermann, ein großer Patriot und noch größerer Geschäftsmann, hörte auf seine Tochter und sicherte so einen Großteil des Vermögens der Schleyermann-AG.

Und Katharina? Katharina war schwanger.

DAS WICHTIGSTE VON GEBURT UND KINDHEIT DER FRAU FIALLA

Am 11. November 1918, dem letzten Tag der österreichisch-ungarischen Monarchie, erblickte ich also das Licht der Welt und wurde auf den Namen Johanna Aloisia Josephine Witz getauft. Johanna nach meinem Vater, Aloisia nach meinem Großvater und Josephine einfach nur so. Und glauben Sie ja nicht, dass ich ein Bastard gewesen bin, oh nein, das hätte Großmutter Else niemals zugelassen, über ihre Leiche nicht! Da ist sie sogar noch einmal ganz lebendig geworden, die damals schon ziemlich ergraute, ziemlich durchsichtige Frau! Als Katharinas Schwangerschaft nicht mehr zu leugnen gewesen ist, ist Else noch ein letztes Mal anständig errötet und hat ihre Röcke zusammengerafft. Die ganze Sache ist übrigens nicht im Geringsten Katharinas Schuld gewesen. Man hat den jungen Mädeln damals ja überhaupt nichts gesagt. Von Großmutter Else selbst erzählt man sich, dass sie ihren Alois noch in der Hochzeitsnacht in einen Schrank gesperrt habe vor lauter Entrüstung über seine Avancen. Wirklich wahr! Und alles, was Katharina über die Liebe wusste, hatte sie aus ihren Ritterromanen, wo erst leidenschaftlich geküsst und dann geheiratet und erst ganz zum Schluss ein Erstgeborener auf den Armen herumgetragen wurde, und Vorratskammern spielten darin niemals eine Rolle. Nein, Schuld war Katharina keine zuzuschreiben, aber die Krot hatte sie trotzdem zu schlucken, so viel stand für Else fest. Während Alois und Klara alle Hände voll damit zu tun hatten, so viel Geld wie nur möglich in die Schweiz zu schaffen, zog Else sich ihren kleinen schwarzen Umhang über und machte sich auf die Suche nach dem Herrn Johann Witz. Immerhin hatte Katharina die Geistesgegenwart besessen, sich den vollständigen Namen des Mannes zu merken. Vielleicht war es auch keine Geistesgegenwart, sondern doch die Verliebtheit, oder es lag einfach daran, dass Witz ein so witziger Name ist. Jedenfalls hat Else ihn recht schnell ausfindig gemacht und allerhand über ihn in Erfahrung bringen können. Johann Witz war trotz Stirn und Kinn ein Kerl von erst Anfang dreißig und, wenn gerade kein Krieg war, Kurzwarenhändler. Kurzwaren, Fräulein Claudia, kennen Sie das noch? Kurzwaren, das sind so Knöpfe und Zwirne und Scheren, also all die kleinen Dinge, die man zum Nähen braucht. Aber mein Vater hat auch mit sonstigem Krempel gehandelt, mit kleinen Porzellanfiguren und russischen Schnapsgläsern und auch sonst allem, was nicht allzu viel Platz brauchte, da nahm er das Wort »Kurzwaren« wörtlich. Else hat Johann Witz also rasch ausfindig gemacht und von einer Verlobung mit Katharina überzeugt. Allzu lang hat sie allerdings nicht auf ihn einreden müssen, da die Mitgift reichlich war und Katharina hübsch und der Kurzwarenhändler Witz ohnehin ein wenig einsam. Ganz allein schien er auf der Welt zu sein, seine Eltern seit Langem tot, Geschwister gab es keine, und da er momentan zur Armee eingezogen war, blieb der Laden verschlossen und staubte vor sich hin. Ganz nett musste er es sich da vorgestellt haben mit so einer kleinen Ehegattin, die ihm tagsüber das Geschäft putzt und nachts die Kriegswunde pflegt, und noch dazu das viele Geld, da war er gleich ganz Ohr.

Dass er scheinbar über keinerlei Angehörige verfügte, kam wiederum Else ziemlich gelegen. So war es ihr möglich, den Verwandten und Bekannten und vor allem den schadenfreudigen Neidern eine abenteuerliche, trotzdem irgendwie noble Geschichte zu erzählen, über honorablen Familienbesitz in Südamerika, Kolonialwaren und so weiter. Hätte die arme Else bloß die Wahrheit geahnt, da hätte sie sich wohl verschluckt an ihren armseligen Erfindungen, aber sie wusste es nun einmal nicht besser und nahm vorlieb mit ihrer eigenen Fantasielosigkeit. Sie erging sich so lange in Andeutungen über die hervorragende Stellung von Katharinas Verlobten, bis sie sie selbst glaubte. So ist das immer, nicht wahr, niemanden können die Leute so gut täuschen wie sich selbst, und während sich die eine oder andere von Elses Bekannten noch den Mund zerriss über Katharinas schlechte Partie, war Else ziemlich rasch von der Vorzüglichkeit des Johann Witz überzeugt. Ihr Gatte hat in seinem Autogeschäft wohl selten so schnell einen Kaufvertrag abgeschlossen, wie Else mit Johann diese Heirat beschloss. Es musste auch ausgesprochen schnell geheiratet werden, weil Katharina schon ein wenig dick geworden war und man einen allzu großen Skandal verhindern wollte.

Bei der Hochzeitsfeier sah Katharina ihren Johann erst zum dritten Mal. Vom ersten Mal habe ich bereits berichtet, und beim zweiten sind sie für alle gut sichtbar miteinander im Prater spazieren gegangen, was so in etwa als offizielle Verlobung galt. Else fand nämlich, dass es sich für ein junges Paar gehörte, vor der Heirat ein wenig miteinander spazieren zu gehen. Bei diesem Anlass ist Katharina wieder aufgefallen, wie hässlich dieser Johann Witz eigentlich war, und doch hat er so eine gewisse Ausstrahlung gehabt, eine ungemeine Anziehungskraft, die sie sich selbst nicht erklären konnte. Katharina hakte sich also bei ihm unter, dann sind sie miteinander die Allee abmarschiert und haben ihre Zukunft geplant. Nur gab es für die beiden eigentlich nicht allzu viel mitzureden. Alois hat für das junge Paar eine hübsche Wohnung in der Innenstadt besorgt und Else die Möbel und Vorhänge ausgesucht, sie beide gemeinsam haben in der Firma für Johann eine gutbezahlte Stelle geschaffen, denn ob Kurzwaren oder Automobile, da ist der Unterschied letztendlich auch nicht allzu groß, Verkauf ist Verkauf. Daher sagte Johann auf diesem Spaziergang dann auch nicht viel mehr, als dass er sich sehr freue, und Katharina antwortete, dass sie sich ebenfalls sehr freue, und so ging das dann eine Zeit lang hin und her, und sie freuten sich, bis es ein wenig dämmrig wurde und sie sich verabschiedeten.

Von der Hochzeitsfeier selbst hat Katharina nie viel erzählt. Das scheint seltsam, weil sie sich ja so gut an das Kennenlernen erinnert, an den Ball und die Vorratskammer, und davon berichtete sie eindrücklich. Aber so seltsam ist es dann letztendlich auch wieder nicht, weil das, wie soll ich sagen, das Biologische letztendlich doch wichtiger ist als alles Vertragliche, nicht wahr? Das eine ist gottgemacht wie die ganze herrliche Schöpfung, das andere nur menschgemacht wie die Straßenverkehrsordnung. Da kann die katholische Kirche mit ihren sogenannten heiligen Ehesakramenten einpacken! Wenn ich Katharina später nach der Hochzeit fragte, sagte sie immer, ihr sei die ganze Zeit über schlecht gewesen, sonst erinnere sie sich an gar nichts mehr. Meine Großeltern hingegen haben stets versichert, dass Katharina ausgesprochen glücklich ausgesehen habe, und Tante Klara meinte dazu: »Zufrieden wie eine Kuh auf der Weide.«

Im Besitz meines dämlichen Cousins befindet sich noch ein

Hochzeitsfoto, auf dem sitzt Katharina auf einem Stuhl und Johann steht dahinter und beide blicken sehr verdrießlich drein. Aber das hat nichts zu bedeuten, auf allen Hochzeitsfotos aus dieser Zeit blicken die Eheleute sehr verdrießlich.

Jetzt beginnt allerdings auch der verdrießlichere Teil meiner Lebensgeschichte, nämlich mit dem Zeitpunkt, als ich zur Welt kam. Ich wurde in der Wohnung geboren, die meine Großeltern Katharina zur Hochzeit geschenkt hatten, in einem dunkel vertäfelten Schlafzimmer in einem schwarzen Mahagoniholzbett. Überhaupt war alles sehr düster in diesen Stunden: Meine Mutter verlor viel Blut, mein Vater – von der Hebamme ins Nebenzimmer verbannt – verlor die Nerven und Kaiser Karl seine Amtsgeschäfte. Abgedankt hat er nämlich nicht wirklich an diesem verhängnisvollen Novembertag, an dem ich geboren wurde. Unser damaliger Kaiser hat nur so ein Blatt Papier unterschrieben, dass er eben nichts mehr zu sagen habe in diesem Staat, den es in der bisherigen Form gar nicht mehr gab. In Ungarn war Revolution, die Tschechen haben sich unabhängig erklärt, die Ukrainer in Lemberg auch, überhaupt alle, und was noch übrigblieb, hieß Deutschösterreich und war Republik. Aber das können Sie ja in jedem Geschichtsbuch nachlesen, Fräulein Claudia. Was ich nur dazu noch sagen wollte: Schade ist es mir nicht um den Kaiser Karl, denn wenn es mit rechten Dingen zugegangen wäre, wäre er überhaupt kein Kaiser geworden. Also ist schon alles so gekommen, wie es hat kommen sollen.

Wider Erwarten hat das kleine, zusammengeschrumpelte Deutschösterreich überlebt, und das kleine, zusammengeschrumpelte Kind, das ich war, ebenfalls, und Katharina auch. Das ist auch schon alles Freudige, was es über diese Zeit zu berichten gibt, denn lange ging das nicht gut mit dem bürgerlichen Idyll. Und das lag daran, dass mein Vater sehr gerne zu Dirnen gegangen ist. Was schauen Sie so erschrocken, Fräulein Claudia? Was eine Dirne ist, muss ich Ihnen doch wohl hoffentlich nicht erklären. Und warum ein Mann gerne hingeht zu so einer, auch nicht. Er hat sich ja auch nichts Böses dabei gedacht, mein Vater, überhaupt nichts hat er sich dabei gedacht, weil er ist schon vor der Hochzeit hingegangen zu den Dirnen und eben auch nachher, das eine hat mit dem anderen überhaupt nichts zu tun gehabt für ihn. Aber für Katharina, die alte Romantikerin, meine Güte! Da war Feuer unterm Dach, meine Liebe, als sie herausgefunden hat, dass ihr Gatte wochenends sein schönes Gehalt, das ihm die Schwiegereltern ausbezahlen, einfach zu fremden Frauen trägt! Und alle haben versucht, Katharina gut zuzureden, Else am vehementesten: dass Männer eben sind, wie sie sind, und man darum Nachsicht mit ihnen haben müsste. Doch das ließ Katharina nicht gelten, die Ritter in ihren Romanen sind nämlich überhaupt nicht so gewesen und auch nicht die Helden in den Theaterstücken. Dass das mit den Dirnen zwar eine unschöne Angelegenheit sei und ein Laster wie das Rauchen oder Trinken, hat Alois gemeint, aber eine Scheidung wäre eine noch weitaus unschönere Angelegenheit. Und schließlich hat sogar Johann selbst Enthaltsamkeit geschworen. Katharina jedoch wollte von alledem nichts wissen. Sie hat ihrem Mann eine Szene gemacht, mit Porzellan um sich geworfen und ihn hinterher aus der gemeinsamen Wohnung gejagt. Das war übrigens auch das allerletzte Mal, dass sie ein Wort mit ihm gesprochen hat. Ich selbst habe von der ganzen Angelegenheit natürlich nichts mitbekommen, oder wahrscheinlich doch, aber ich war noch kein Jahr alt damals. Katharina hat mir das alles erst viel später berichtet, und auch, dass Tante Klara die Einzige gewesen ist, die in dieser schweren Zeit wenigstens ein klein bisschen zu ihr gehalten hat. »Lieber ein Ende mit Schrecken als ein Schrecken ohne Ende«, soll Klara gesagt haben, und glauben Sie mir, Fräulein Claudia, in meinem Leben habe ich noch sehr oft an diesen Satz gedacht.

Als Alois und Else endlich einsahen, dass mit Katharina nicht zu verhandeln war, schickten sie sie in die Schweiz. Dort gab es nämlich eine Art Konvent für Mädchen aus gutem Hause mit schlechtem Lebenswandel, also uneheliche Kinder, Geschlechtskrankheiten, Alkoholismus und so weiter, Scheidungen gehörten auch dazu. Offiziell sollten die Mädchen dort eine geordnete Lebensführung lernen und zu Gott finden, in Wahrheit aber sollten sie vor allem aus den Augen und dem Sinn der Gesellschaft geschafft werden und niemanden blamieren. Wenn ich fragte, wo meine Mutter wäre, erzählte man mir, sie sei eine Art Nonne und sorge für Menschen, die ihre Hilfe dringender benötigten als ich. Übrigens schickte sie mir jedes Weihnachten eine große Tafel Schweizer Schokolade, was ich für einen Ausdruck sehr großer Zuneigung hielt.

Tante Klara war über diese ganze Angelegenheit anfangs ziemlich erbost. Sie wäre nämlich selbst gern in die Schweiz gegangen, nicht in den Konvent natürlich, sondern zum Studieren. In Zürich durften Frauen schon seit Langem an der Universität studieren, in Wien erst seit Kurzem, Klara jedoch durfte gar nicht. Mein Großvater sagte, er bräuchte sie im Geschäft, und überhaupt sei das Frauenstudium eine kurzlebige Modeerscheinung und Zeitverschwendung. Vermutlich aber hat er Tante Klara auch einfach sehr liebgehabt und wollte sie deshalb nicht gehen lassen. Eine Zeit lang war Tante Klara ausgesprochen wütend auf ihn deswegen und wäre wahrscheinlich irgendwann heimlich ausgerissen, wenn nicht das absolut Unwahrscheinliche eingetreten wäre: Klara verliebte sich. Sie verliebte sich in einen fünfzehn Jahre älteren Bankdirektor, der Otto Lahm hieß und genauso aussah, mit einem langen Pferdegesicht, großer Nase und leeren Augen, völlig temperamentlos. Trotzdem war Tante Klara weiß Gott warum ganz hingerissen von diesem Mann und mein Großvater auch, weil Menschen, die mit Geld umzugehen wussten, gefielen ihm grundsätzlich. Außerdem ließ die frisch aufflammende Liebe Klara die Flausen vom Studium vergessen. Das einzig Blöde war, dass aus Klara Schleyermann nun eine Klara Lahm wurde, und aus der Schleyermann-AG die Schleyermann-Lahm-AG, und »Lahm« ist eindeutig kein guter Name für eine Firma, die fahrbare Untersätze herstellt. Aber man kann nicht alles haben.

Ziemlich bald bekamen Klara und Otto einen Sohn, der ebenfalls Otto Lahm hieß und mein dämlicher Cousin ist. Von da an zwang mich Tante Klara jedes Jahr, die Weihnachtsschokolade meiner Mutter mit ihm zu teilen, was ich bis heute noch für eine himmelschreiende Ungerechtigkeit halte, immerhin war meine Mutter fort und nicht seine.

Mein Vater wurde anders als Katharina nicht ins Exil geschickt, gehen musste er aber trotzdem, nämlich zurück in seinen staubigen Kurzwarenladen. Katharina behauptete zeitlebens, dass ihre Eltern ihm dafür wieder eine große Summe bezahlt hätten, damit es keinen Skandal gäbe, so etwas wie eine Scheidungsmitgift. Ich hingegen glaube, dass mein Vater selbst gar nicht interessiert war an Skandalen, ganz im Gegenteil. Das ruhige, einsame Leben im Kurzwarengeschäft hat ihm sicherlich mehr zugesagt als die High Society im Autogeschäft, weil er nämlich etwas zu verheimlichen gehabt hat, ein Geheimnis von einer ganz anderen Dimension als die Freudenmädchen! Obwohl die Freudenmädchen schon auch etwas damit zu tun haben, dazu komme ich noch.

Ich wuchs also nicht in der Mahagoni-Höhle auf, in der ich geboren worden war, auch nicht in der Schweiz, sondern im riesigen Haus meiner Großeltern, in dem auch Tante Klara, Onkel Otto und mein dämlicher Cousin lebten. Die Wohnung meiner Eltern wurde an irgendeinen Amerikaner verscherbelt, der sie zwar nicht gebrauchen, sie sich aber leisten konnte, und das reichte damals für ein Kaufgeschäft vollkommen. Meinen Großeltern reichte das auch, weil Dollarnoten hatten damals alle nötig, sogar die Reichen. Das waren die Zeiten der Inflation, Fräulein Claudia, wofür man heute noch ein Haus bekam, kriegte man am nächsten Tag gerade noch einen Laib Brot, und in den Läden wurden jeden Nachmittag neue Preisschilder geschrieben, weil die vom Morgen längst veraltet waren. Dank Tante Klaras kluger Voraussicht hatte unsere Familie nicht so viel verloren wie andere, aber verloren hatten wir dennoch, den Krieg nämlich und generell. Von den Arbeitern der Schleyermann-Lahm-AG musste keiner gehen, worauf mein Großvater und vor allem Tante Klara zeitlebens sehr stolz waren. Dafür wurde an anderer Stelle gespart. Vom Hauspersonal durften nur zwei bleiben, zwei böhmische Mädchen, die Anna und Anna hießen und jetzt eigentlich Tschechoslowakinnen waren. Ihnen war's egal, die eine kochte, die andere putzte, und beide waren unendlich vernarrt in mich. Ich war nämlich ein ausgesprochen putziges Kind, Fräulein Claudia, nicht so hässlich wie mein Cousin, ich hatte die blauen Augen meiner Mutter und das dunkle Haar meines Vaters, das er wiederum von der Kaiserin Sisi hat. Wirklich wahr, das ganz gleiche, dicke Haar wie die

Kaiserin hab ich gehabt, und die beiden Annas flochten es mir immer prinzessinnenhaft und steckten Blumen hinein. Manchmal nahmen sie mich auch mit ins Theater. Es war gar kein richtiges Theater, jedenfalls nicht so eines wie das, in dem Tante Klara und der lahme Otto sich bürgerliche Trauerspiele anschauten. Nein, die Annas und ich gingen zur Reichsgräfin Triangi.

Die Gräfin Triangi, Fräulein Claudia! Kennen Sie die gar nicht mehr? »Narrisch wie die Triangi« hat man früher gesagt, wenn jemand, nun ja, ein wenig närrisch war. Wie oft ich das gehört habe in meinem Leben! Dabei war die Triangi in Wahrheit eine Künstlerin. Singen konnte sie zwar nicht, auch nicht musizieren oder tanzen, eine Künstlerin war sie dennoch. Wenn es hieß, dass die Triangi irgendwo auftreten sollte, in einem Restaurant oder Kaffeehaus oder sonst wo, dann rafften die beiden Annas ihre hart ersparten Münzen zusammen und kauften sich drei Eintrittskarten – eine davon für mich. Ich hätte das Geld für den Eintritt wohl auch von meinen Großeltern bekommen können, aber Tante Klara war entschieden dagegen. »So eine infame Person wie die Triangi sollte man nicht auch noch ermutigen«, sagte sie, und meine Großeltern fügten sich ihrem Urteil. Die beiden Annas hingegen durften mit ihrem Gehalt natürlich anstellen, was sie wollten, und so kam ich zu einigen meiner schönsten Kindheitserinnerungen. Die Reichsgräfin von Triangi war nämlich eine Erscheinung: Unglaublich dick, das Gesicht knallbunt angemalt und als Kostüm trug sie so einen Haufen Tücher und Perlen und Rüschen. Sobald sie aufs Podium trat, haben schon die ersten Zuschauer gelacht. Darüber hat sie sich sehr geärgert und geschrien, dass sie für gewöhnlich nur in der besten Gesellschaft verkehre und diesen Wirbel gar nicht ertragen könne. Daraufhin haben noch mehr Leute gelacht, und die Triangi hat geplärrt, dass sie immerhin die größte Flötistin des Jahrhunderts sei. Das Jahrhundert war damals ja noch recht jung, aber ich glaubte trotzdem nicht, dass das stimmte. Die Triangi hat nämlich bei jedem ihrer Auftritte dasselbe Lied gespielt und dieses nicht einmal bis zum Schluss, weil die Leute immer so gelacht und geschrien haben. Manchmal hat sie die Flöte auch beim Musizieren von sich geschleudert und einfach mit den Lippen weitergepfiffen, oder sie hat zu singen begonnen, mit ganz schriller Stimme. Klavier gespielt hat sie auch, und einmal wollten ihr ein paar Kerle einen Streich spielen und haben vor dem Auftritt Stahlseile an den Klavierbeinen befestigt. Während die Reichsgräfin nun also vor dem Instrument saß und irgendeinen Schlager klimperte, zogen die Kerle kräftig an den Seilen und das Klavier ruckelte ihr davon. Aber die Reichsgräfin hat sich davon nicht beirren lassen, ihre Finger sind weiterhin durch die Luft gerauscht, als würden sie immer noch über Tasten tanzen, und der ganze Saal hat getobt. Apropos Tanzen und Toben, bei der Reichsgräfin Triangi ist das eine vom anderen nicht zu unterscheiden gewesen. Das war alles ein einziges Tohuwabohu und ganz großartig. Es gab ja nicht allzu viel zu lachen in dieser Zeit, aber über die dicke Reichsgräfin lachte man sehr wohl, und sie lachte wahrscheinlich auch, allerdings erst später, wenn sie zu Hause das kassierte Eintrittsgeld zählte. Solange ihr Auftritt andauerte, tat sie jedoch immer so, als würde sie sich über jede Respektlosigkeit fürchterlich ärgern, und es konnte schon einmal vorkommen, dass sie besonders freche Zuschauer ohrfeigte. Im Übrigen stand sie auch mehrere Male vor Gericht, nämlich als Klagende oder Angeklagte in Ehrenbeleidigungsprozessen, und die sollen ein noch größeres Theater gewesen sein als die Aufführungen selbst. Das weiß ich aber leider nicht aus erster Hand, denn für die Prozesse haben die Annas mir nie Eintrittskarten besorgt.

Die beiden krümmten sich immer zusammen vor Lachen wie zwei böhmische Kipferln, wenn die Triangi tanzte oder sang oder musizierte, und auch sonst waren hauptsächlich Dienstleute und Arbeiter und Kleinbürger im Publikum, denen es sehr gefiel, einmal in aller Öffentlichkeit eine Gräfin verspotten zu dürfen. Die Triangi war allerdings gar keine echte Adelige, also nicht so wie ich übers Blut, sondern nur angeheiratet. Aber das machte für die Zuschauer keinen Unterschied, die zerkugelten sich. Ich lachte natürlich auch, vor allem jedoch bewunderte ich die Reichsgräfin Triangi. Wissen Sie, Fräulein Claudia, es ist ja allen immer furchtbar wichtig, was die Gesellschaft denkt. Damals war das so und heute immer noch. Die Leute verleugnen sich lieber selbst aus bloßer Angst, von der Gesellschaft auch nur einen schiefen Blick zu ernten. Und vergessen dabei ganz, dass sie das selbst sind, die Gesellschaft. Ich gestehe Ihnen, ich bewundere die Gräfin Triangi bis zum heutigen Tag. Sie ist eine echte Künstlerin gewesen, vielleicht die einzige echte Künstlerin, die ich jemals getroffen habe.

Die beiden Annas sahen das anders, die haben sich auf dem Nachhauseweg gegenseitig bestätigt, dass sie lieber anständige Dienstmädeln wären als eine solche Gräfin. Und manchmal hat die eine Anna der anderen Anna auch zugeflüstert: »Schen« – weil sie ja eine Böhmin war, konnte sie kein Ö sagen – also »Schen« flüsterte sie, »dass wir die Kleine haben zum Lachen bringen kennen«, die Kleine war ich. Die andere Anna seufzte: »Hat ja sonst nix zum Lachen.«

Die beiden haben Katharina nämlich für eine richtige Rabenmutter gehalten, weil sie in der Schweiz war, wo es Käse und Schokolade in Massen gab, und ich hier, wo es überhaupt nichts gab außer der Gräfin Triangi. Aber »nichts« ist ja auch relativ. Ich hatte keine Mutter, das stimmte, dafür jedoch ausreichend Kleider und Essen, meine Großeltern hatte ich und Tante Klara und die beiden Annas, und jeden ersten Sonntag im Monat hatte ich auch einen Vater.

Jeden ersten Sonntag im Monat putzte mich nämlich die eine oder andere Anna ganz besonders hübsch heraus und dann ging's auf Besuch in den Kurzwarenladen. Bald nach der Scheidung hat mein Vater erneut geheiratet, eine Dame, die mich zwar unglaublich gerne kennengelernt hätte, wie er mir stets versicherte, die aber unglücklicherweise ausgerechnet am ersten Sonntag im Monat immer von Kopfschmerzen geplagt wurde. Also sollte ich die neue Frau meines Vaters erst beim Begräbnis desselben zu Gesicht bekommen, denn solange er noch lebte, war sie für mich nicht mehr als ein ausgerichteter Gruß. Wegen der Kopfschmerzen war sie leider auch sehr lärmempfindlich, erklärte mein Vater, weshalb ich ihn nur in seinem Laden treffen durfte, zwischen all den Knöpfen und Scheren und dem billigen Plunder. Schauen Sie nicht so mitleidig, Fräulein Claudia, das war ein Paradies für ein Kind! Alles durfte ich dort anfassen, alles! Zu Hause durfte ich nämlich fast überhaupt nichts anfassen, weil alles glänzte und glitzerte und teuer war, außerdem galt damals das Prinzip, dass Kinder generell nichts anfassen durften. Im Geschäft meines Vaters jedoch baute ich ganze Indianerzelte aus Stoffresten und Wolle und Stricknadeln. Er stand währenddessen hinter mir und kratzte ein bisschen ratlos lächelnd seine Glatze. Mit der Zeit gingen ihm nämlich die noch verbliebenen Haare oben am Kopf ebenfalls aus, und die Stirn ist ja schon immer hoch gewesen. Geheimratsecken, wissen Sie, die kamen von dem großen Geheimnis, das er zu hüten hatte!

Am schönsten war es für mich immer, wenn er mich fragte, ob ich einen Keks haben wollte. Denn das hieß, dass wir gleich ins Hinterzimmer gehen würden. Das Hinterzimmer war das Büro meines Vaters, also der Bereich des Geschäfts, in dem keine Kunden verkehrten, da stand sein Schreibtisch und darauf lagerte der Papierkram. Sonst sah es dort allerdings nicht sehr anders aus als vorne im Verkaufsraum, alles war vollgestopft mit Nähzeug und Nippes, jede Wand zugemauert mit berstenden Regalbrettern, und das will was heißen in einer Zeit, in der doch eigentlich überall Mangel herrschte. Vor allem aber hielt mein Vater dort seine ausgestopften Vögel. Seine neue Frau wollte sie in der Wohnung nicht haben, sagte er, und im Verkaufsraum verschreckten sie die Kunden, deshalb mussten sie im Hinterzimmer ausharren. Mein Vater hatte diese Vögel eigenhändig geschossen und präpariert und wollte sich deshalb nicht von ihnen trennen, wirklich Platz hatte er hier allerdings auch keinen, hie und da lugten hinter Körben voll Wolle oder aus leeren Zigarrenkisten plötzlich tote Raben- oder Rebhuhnaugen hervor. Das war schon ein bisschen gruselig, aber auf eine wohlige Art und Weise. Dann bekam ich den versprochenen Keks, den die neue Frau meines Vaters extra für mich gebacken hatte, wie mein Vater mir versicherte, doch er nahm das Gebäck stets aus derselben Blechdose und immer war es hart und trocken. Ich liebte das Büro meines Vaters aber auch nicht wegen dem Keks, nicht einmal wegen den Vögeln, sondern wegen den Bildern.

Und jetzt passen Sie auf, Fräulein Claudia, jetzt kommt etwas Wichtiges! An der Wand direkt hinter dem Schreibtisch hingen nämlich keine Regalbretter, sondern zwei außergewöhnliche Gemälde. Riesige Gemälde, überlebensgroß, in so verstuckten Goldrahmen. Das eine zeigte eine Frau, das andere einen Mann.

Die Frau war die schönste Frau, die ich jemals gesehen hatte. Sie hatte ein rundes Gesicht und helle Augen und dunkle Haare, außerdem so Augenbrauen und Stirnlocken. Aber das Beste an ihr war der Hut. Sie trug den höchsten Hut, den man sich vorstellen kann. Ich habe nie wieder so einen hohen Hut gesehen, in über neunzig Jahren keinen zweiten solchen Hut und kein zweites solches Gesicht. Höchstens so eine kleine Ähnlichkeit mit mir selbst, die ich ausmachen konnte, wenn ich als junge Frau in den Spiegel schaute. Ich bin nämlich ebenfalls ausgesprochen hübsch gewesen früher, aber das tut jetzt nichts zur Sache. Ich bewunderte die Frau auf dem Gemälde jedenfalls maßlos für ihre Schönheit, Eleganz und die Höhe des Hutes.

Der Mann auf dem anderen Bild war der interessanteste Mann, den ich jemals gesehen hatte. Das lag vor allem an seinem Bart. Als ich Kind war, waren die meisten jungen Männer glatt rasiert, oder sie hatten nur so ein Bärtchen wie Charlie Chaplin oder dieser andere später. Na, Sie wissen schon, Fräulein Claudia, dieser andere später, ich neige immer dazu, seinen Namen zu vergessen. Mein Großvater Alois trug freilich noch einen richtigen Bart und einige seiner Geschäftsfreunde auch, aber die waren alle alt. Der Mann auf dem Gemälde hingegen war relativ jung und verfügte trotzdem über einen sehr beeindruckenden Schnurr- und Kinnbart, sogar Koteletten, das volle Programm, und alles in so einem adretten Dunkel-Rotblond. Und seine Augen waren auch ganz wunderbar! Er schielte nämlich ein ganz kleines bisschen, nicht schlimm, man musste ihn schon sehr lange anschauen, damit es einem auffiel. Und ich schaute ihn sehr lange an, und dabei erinnerte ich mich daran, dass man das auch einen Silberblick nennt, was sehr wertvoll klingt. Das muss ein ganz wichtiger Mann sein, dachte ich, so würdig blicken sonst nur Bürgermeister oder Schuldirektoren. Stellen Sie sich vor, Bürgermeister und Schuldirektoren waren damals das Honorigste, was ich mir vorstellen konnte! Die Kleidung des Mannes war selbstverständlich ebenfalls sehr honorig. Er trug eine Jacke mit ganz engem Kragen, den man auch »Vatermörder« nannte, weil solche Krägen den Vätern die Luft abschnitten. In meiner Kindheit waren die schon lange aus der Mode gekommen, auch mein Vater trug keine Vatermörder mehr, glatt rasiert war er außerdem. Trotzdem sah er dem Mann auf dem Gemälde ein klein wenig ähnlich: Die haarlose Stirn, zum Beispiel, die hatten sie beide, und ich konnte mir vorstellen, dass der Mann auf dem Bild unter seinem Bart ein fliehendes Kinn versteckte, wie mein Vater eines hatte.

Jedes Mal, wenn mein Vater und ich im Hinterzimmer saßen, hockte ich auf dem Gästestuhl vor seinem Schreibtisch, kaute an meinem zähen Keks herum und betrachtete scheu die beeindruckenden Menschen in ihren Bilderrahmen. Die ersten Jahre wagte ich nicht zu fragen, wer die beiden wären, weil ich so voller Ehrfurcht war, und mein Vater erzählte mir auch nichts über sie. Er sprach überhaupt wenig. Ich glaube, dass er in Wahrheit ganz gerne mit mir geredet hätte, manchmal nämlich hat er sich geräuspert oder sogar zu sprechen angesetzt, aber dann ist doch nichts aus ihm herausgekommen. Oder er sagte bloß irgendetwas Belangloses darüber, wie sehr seine neue Frau mich mögen würde, was mich nicht im Geringsten interessierte.

Ich war sicher bereits acht oder neun Jahre alt und ein Schulmädel, als ich ihn schließlich das erste Mal nach den

Gemälden fragte. Mein Vater wirkte erleichtert darüber, dass er sich nicht länger das Gehirn zermartern musste, worüber er mit mir reden könnte.

»Das sind meine Eltern«, sagte er lächelnd, »deine Großeltern. Aber sie sind schon lange tot.«

»Wie lange?«, fragte ich.

»Seit Ewigkeiten«, antwortete mein Vater. Ich hätte es gerne genauer gewusst, jedoch wagte ich nicht, nachzuhaken, weil ich in der Schule gelernt hatte, dass Mädchen nicht zu neugierig sein sollten, sie würden sonst keinen Ehemann finden. Hätte ich bloß gewusst, was mir alles erspart geblieben wäre ohne Ehemänner, dann hätte ich allen Menschen pausenlos Löcher in die Bäuche gefragt! Aber ich wusste es eben nicht und wollte darum nichts riskieren. Wenn ich bei meinem Vater in Ungnaden fiele, dachte ich, würde er mir garantiert nie wieder einen Keks geben. Das wäre kein allzu derbes Versäumnis, doch dann dürfte ich womöglich auch nie wieder mit ins Hinterzimmer kommen und die Bilder meiner Großeltern anschauen, und das wäre sehr schlimm für mich gewesen.

Obwohl ich jetzt also nichts mehr fragte, erzählte mein Vater zu meinem großen Glück nun doch ein bisschen, zum Beispiel, dass sein Vater wie er selbst Johann Witz geheißen hätte, seine Freunde hätten ihn aber nur Hans genannt. Außerdem wäre er irgendwo in Ungarn geboren worden und nur nach Wien gekommen, um diesen Laden hier zu übernehmen, ein Erbe von einem Patenonkel oder so ähnlich. Die Mutter mit dem Hut hieß Alexandrine, stammte aus Pressburg und war überhaupt nicht alt geworden, nicht einmal dreißig. Kein Wunder! Was es damals noch alles für Krankheiten gab, Fräulein Claudia, Schwindsucht und Wassersucht und weiß Gott was für Süchte. Der Hans Witz zum

Beispiel hat ein bisschen stark getrunken, und deswegen hat er auch nur knapp die fünfzig geschafft, sodass mein Vater schon jung verwaist gewesen ist. Geerbt hat er zumindest das Geschäft und ein bisschen Bargeld und noch so Zeug, weil reich war die Familie nicht gewesen, aber arm auch nicht, und eines Tages, sagte mein Vater, würde ich das alles bekommen.

Und als er das gesagt hatte, schwieg er einen Augenblick lang. Heute glaube ich, dass er genau in diesem Moment darüber nachgedacht hat, mir alles zu erzählen, die ganze Wahrheit vom Kronprinz Rudolf und der Baroness Mary Vetsera und ihrem zweiten Leben im Kurzwarengeschäft. Denn das sind seine Eltern, meine Großeltern, in Wahrheit gewesen: der einzige Sohn des Kaiserpaars und seine Geliebte!

Warum mein Vater mir gegenüber nicht gleich mit der Wahrheit herausrückte, kann ich mir bis heute nicht erklären.

EIN ZWISCHENWORT DER AUTORIN CLAUDIA HENDL

Meine Freundin Dani sagt, dass es keine Zwischenwörter gibt. Eine Schriftstellerin darf am Anfang etwas sagen und vielleicht auch noch am Ende, aber den Mittelteil muss sie ihren Figuren überlassen. Nur bin ich ja keine richtige Schriftstellerin, und die Figuren sind keine richtigen Figuren, sondern Frau Fialla und ihre Familie. Deshalb glaube ich, dass es in Ordnung ist, wenn auch ich zwischendurch etwas sage. Ich kann mir nämlich vorstellen, dass Ihnen jetzt der Kopf schwirrt. Meiner jedenfalls schwirrte.

Alles, was Sie bisher gelesen haben, hat Frau Fialla in einem atemberaubenden Tempo erzählt, an einem einzigen Montagabend, mit nur einer kurzen Fisch- und Gugelhupf-Esspause zwischen ihrer Zeugung und ihrer Geburt.

Während sie dasaß und kaute, genussvoll schweigend in trauter Zweisamkeit mit dem Kaiser Franz Joseph, versuchte ich, in meinem Kopf all die Namen, Verwandtschaftsverhältnisse und Ereignisse zu sortieren, von denen ich gerade eben gehört hatte. Es gelang mir nicht so recht. Nun war ich wirklich froh, mein Handy dabeizuhaben, das auch dann zuhörte, wenn ich zwischendurch den Faden verlor. Frau Fialla selbst übrigens verlor niemals den Faden. Das fiel mir vor allem hinterher auf, als ich oben in der Wohnung die Aufnahme anhörte und Wort für Wort in meinen

Computer eintippte. Ich wollte ja möglichst genau und originalgetreu niederschreiben, was Frau Fialla wirklich gesagt hatte, und nur dort korrigierend eingreifen, wo es offensichtliche Versprecher gab, die »Ähms« und »Ähs« herausstreichen oder Sätze verbessern, die ganz anders endeten, als sie anfingen. Aber davon fand ich reichlich wenig. Frau Fialla redete wie gedruckt. Das ist schon bemerkenswert. Ich zum Beispiel kann kaum einen Satz zu Ende führen, ohne mich zu versprechen oder mindestens ein Mal »ähm« oder »äh« zu sagen. Mein Vater sagt immer, das liege nur an meiner inneren Unsicherheit, und ich solle doch bitte schön aufhören, so unsicher zu sein. Da ich beim Schreiben auch meine eigenen Sprechfehler ausbessere, haben Sie davon natürlich noch nichts bemerkt, und so wirke ich in diesem Buch womöglich gar nicht so unsicher, wie ich es in Wirklichkeit bin. Frau Fialla hingegen ist selbstverständlich alles andere als unsicher, aber ich glaube nicht, dass ihr formvollendeter Redefluss nur damit zusammenhängt. Ich bin nämlich der Meinung, dass sie diese Geschichte schon ganz oft erzählt hat. Vielleicht hat ihr noch nie jemand zugehört, erzählt hat sie sie dennoch. Vielleicht hat Frau Fialla sogar so manche Nacht wachgelegen und an Formulierungen und Betonungen gefeilt, sich Entgegnungen einer imaginären Zuhörerschaft ausgemalt und die angemessenen Antworten überlegt, denn selbst wenn sie auf einen fragenden oder überraschten Gesichtsausdruck meinerseits reagierte, wirkte es ein bisschen einstudiert.

Meine ersten Transkriptionsversuche sind jedenfalls an der Langsamkeit meiner Finger und der Flinkheit von Frau Fiallas geschliffenen Worten gescheitert, daher lud ich mir aus dem Internet ein Programm herunter, mit dem man Audioaufnahmen ganz langsam abspielen konnte. So lauschte ich dann Nacht für Nacht Frau Fiallas tiefer, langgezogener Stimme. Während ich mir die Erzählung in solcherart gedehnter Weise anhörte, wurde mir klar, dass ich ziemlich wenig Ahnung hatte. Ich habe ja bereits erwähnt, dass das Fach Geschichte niemals meine große Stärke war. Irgendwie war mir immer unwohl dabei. Wir hörten im Geschichtsunterricht ständig von Kriegen und Katastrophen. Und wenn wir gerade nicht von Kriegen und Katastrophen hörten, so hörten wir doch immer noch von Leuten, die alle eines gemeinsam hatten: Sie waren tot. Der Tod macht die Menschen ja erst zu Geschichte, aber mit dem Tod wollte ich als Teenagerin nun wirklich nichts zu tun haben. Um ehrlich zu sein, jetzt immer noch nicht. Da ich es mir jedoch nun zur Aufgabe gemacht hatte, Frau Fiallas geschichtsträchtiges Buch niederzuschreiben, blieb mir wohl nichts anderes übrig, als mich mit den Toten einzulassen. Ich tat also, was ich eigentlich hatte vermeiden wollen: Ich recherchierte.

Zuallererst wollte ich mir den Kronprinz Rudolf ansehen. Den Franz Joseph hatte ich ja vor Augen, seit ich ein kleines Mädchen gewesen war, zum Kronprinzen hingegen fehlte mir jedes Gesicht. Aus irgendeinem Grund bildete ich mir ein, dass er wie Omar Sharif aussah. Ich gab die beiden Wörter »Kronprinz« und »Rudolf« in die Internet-Suchmaschine ein und schon blickte er mir entgegen. Er sah nicht im Geringsten aus wie Omar Sharif, abgesehen vom Schnauzbart vielleicht, dafür aber genau so, wie Frau Fialla das Gemälde ihres Großvaters beschrieben hatte: der rötliche Bart, die Stirn hoch, die Augen leicht schielend. Ich las, dass Kronprinz Rudolf mit dreißig Jahren gestorben war. Er sah allerdings bedeutend älter aus als ich, und ich war bereits sechsunddreißig. Ich klickte mich durch die Fotos und Gemälde in der Bildersuche: Eines zeigte ihn als Kind, die Kappe schief auf dem Kopf, der Blick schon ziemlich militärisch. Auf einem anderen trug er als junger Erwachsener Pelzmantel, Jagdhut und im Mund eine Zigarette. Auf dem nächsten war er schließlich mit dickem Verband um den Schädel zu sehen, nur scheinbar schlafend. Ich klickte schnell weiter und erinnerte mich daran, warum ich Geschichte eigentlich nicht mochte. Nun war wieder der lebendige Rudolf zu sehen, an seiner Seite eine blond gelockte Frau mit ziemlich langer Nase. Im ersten Moment dachte ich, dass das jene Großmutter auf dem Gemälde sein musste, von der Frau Fialla gesprochen hatte, nur sah sie der Beschreibung nicht im Geringsten ähnlich und trug auch keinen Hut. Die Bildunterschrift klärte mich darüber auf, dass der Lockenkopf Stephanie von Belgien hieß und die Ehefrau Kronprinz Rudolfs war. Auf der Abbildung sahen sie beide ziemlich unglücklich aus, aber Frau Fialla hat schon recht, auf alten Hochzeitsfotos sehen alle immer unglücklich aus. Ich klickte das Bild an und erfuhr aus dem dazugehörigen Artikel, dass es um diese Ehe tatsächlich nicht zum Besten gestanden hatte, denn Rudolf unterhielt viele Affären und vergnügte sich außerdem häufig in berüchtigten Etablissements, wo er sich schließlich die Gonorrhö holte. Natürlich musste ich sofort an Frau Fiallas Vater und die Dirnen denken. Wobei damals wohl die meisten Männer in Bordelle gingen, und heute wahrscheinlich auch noch, nur holen sie sich dort in der Regel keine Gonorrhö mehr. Rudolf und Stephanie hatten eine gemeinsame Tochter, hieß es im Artikel weiter, Elisabeth, genannt Erzsi, aber das war's auch schon, dann konnte die Kronprinzessin nämlich keine Kinder mehr bekommen, eben wegen jener Geschlechtskrankheit, die ihr Mann ihr beschert hatte. An dieser Stelle stockte ich kurz, weil mich wieder so ein seltsames Unbehagen überkam. Es war ein anderes Unbehagen als bei der Fotografie von der Leiche, auch ein anderes als bei den Schlachten und Gemetzeln, von denen wir in der Schule hören mussten. Ich fragte mich plötzlich, was mich die Geschlechtskrankheiten anderer Leute angingen. Früher gingen sie natürlich die ganze Welt etwas an, oder zumindest die ganze Monarchie, weil alle auf einen Sohn warteten, auf einen Thronfolger-Folger oder wie man das nennt. Und Mädchen zählten ja nicht. Arme Erzsi.

Rudolfs letzte Affäre, so stand es am Ende des Artikels zu lesen, war erst neunzehn Jahre alt und hieß Mary Vetsera. Und neben diesem Namen war ein Mädchen abgebildet, das einen wahnsinnig hohen Hut trug.

Ich gab nun also den Namen »Mary Vetsera« in die Suchmaschine ein und schaute mir die Bilder an. Auf den meisten Fotografien trug sie einen dieser hohen Hüte, manchmal stattdessen auch eine beinahe genauso hohe Turmfrisur. Nur wenige Aufnahmen zeigten sie mit offenen Haaren, die in leichten Wellen über ihre Schultern fielen, und dann konnte man sich am ehesten vorstellen, dass sie war, was sie war: eine Jugendliche. Ich klickte eines der Fotos mit den offenen Haaren an und las vom 30. Jänner 1889, an welchem Mary Vetsera sich nachmittags auf das Jagdschloss Mayerling in Niederösterreich kutschieren ließ, um dort mit ihrem Geliebten Kronprinz Rudolf in den Freitod zu gehen. Erst habe er sie erschossen, dann sich selbst. »Geliebter«, »in den Freitod« gehen, der Prinz und die Baroness. Zu meinem allgemeinen Unwohlsein über den Tod mischte sich ein leiser Ekel über diesen Kitsch, und ich beschloss, mir eine Pause zu gönnen. Da war es bereits weit nach Mitternacht, in der Küche konnte ich das Schnarchen meiner Eltern aus ihrem Schlafzimmer dringen hören, während ich

Teewasser aufkochte. Ich dachte wieder an Frau Fialla. Wenn man den Artikeln im Internet Vertrauen schenken konnte, war die Sache klar. Kronprinz Rudolf und Mary Vetsera sind demnach definitiv beide im Jahr 1889 verstorben, und er hinterließ nur ein einziges Kind, nämlich die Tochter Erzsi. Wo da Frau Fiallas Vater hineinpassen sollte, war mir ein Rätsel. Aber dann wiederum hatte sie die Gemälde ihrer Großeltern so passgenau beschrieben. Natürlich könnte die optische Ähnlichkeit ein Zufall gewesen sein. Dann wäre es allerdings ein sehr großer Zufall, dass sich ausgerechnet die Doppelgänger eines Paares zu einem Paar zusammenfinden. Einen Doppelgänger hätte ich mir einreden lassen, zwei waren doch sehr unwahrscheinlich. Natürlich war es auch möglich, dass Herr Witz sich einen, nun ja, Witz erlaubt hatte, indem er die Bilder des verblichenen Thronfolgers und dessen Affäre an die Wand hängte und behauptete, deren Sohn zu sein. Das wäre jedoch erstens ein sehr makabrer Scherz und zweitens auch ein riskanter, immerhin muss ihm klar gewesen sein, dass Johanna eines Tages dahinterkommen würde, wen die Bilder tatsächlich zeigten. Und das war sie ja schließlich auch. Bisher hatte Frau Fialla zwar nur Andeutungen gemacht, aber ich war mir sicher, dass die Gemälde nur der Anfang waren und dass sie über weitere Evidenzen, vielleicht sogar über Beweise ihrer Abstammung, verfügte. Ich hoffte es zumindest. Dani hatte nämlich inzwischen mit ihrem Chef gesprochen, dem Leiter des kleinen Verlags. Er wäre höchst interessiert an meinem Buchprojekt, hatte Dani mir am Telefon versichert, die Habsburger verkauften sich momentan nämlich wie heiße Semmeln. Aber der Verlag brächte nun einmal nur Biografien heraus, keine Fiktion, und bevor ein endgültiger Vertrag geschlossen würde, wollte der Verlagschef harte

Fakten präsentiert bekommen. Nun wusste ich allerdings, dass Ungeduld bei Frau Fialla nichts bringen würde. Ihre Geschichte musste erzählt werden, wie sie erzählt werden musste, von Anfang bis Ende, von Zeugung bis …

Ich warf das Kamillenteesäckchen in die Tasse und goss das kochende Wasser darüber. Frau Fialla war noch sehr lebendig. Wenn ich so darüber nachdachte, sogar viel lebendiger als ich.

DIE MÄDCHENJAHRE DER FRAU FIALLA

Also, Fräulein Claudia, wo sind wir stehen geblieben das letzte Mal? Bei meiner Kindheit, nicht wahr? Aber was kann man über eine Kindheit schon groß sagen? Sie ging dahin und irgendwann vorüber. Ich besuchte eine höhere Töchterschule, in der die Töchter bedeutend höher waren als die Bildungsziele, und am allerhöchsten waren ihre Nasen! Die Mädchen dort wussten natürlich alle, dass meine Eltern geschieden waren und meine Mutter nicht nur aus Religiosität in der Schweiz hockte. Sie wussten jedoch auch, dass mein Großvater Schleyermann irgendwann einmal für die Karrieren ihrer Väter und ihrer späteren Ehemänner entscheidend werden könnte, deswegen blieb es bei Getuschel hinterrücks, ansonsten ließen sie mich in Ruhe. Freundinnen hatte ich keine. Es kam mir auch gar nicht in den Sinn, welche haben zu wollen. Freundinnen waren etwas für Dienstmädchen. Unsere beiden Annas waren Freundinnen. Großmutter Else und Tante Klara hingegen hatten niemals Freundinnen gehabt, sondern Gäste. Und davon nicht zu knapp! Regelmäßig strömten die wichtigsten Persönlichkeiten der Stadt in unser Wohnzimmer, welches dann Salon hieß, ließen sich von den Annas bewirten und diskutierten währenddessen darüber, wie viel besser es um die Welt stünde, wenn sie selbst und niemand sonst das Sagen hätten. Aber das hatten sie nun einmal nicht, und aus Frust darüber ließen sie sich gleich noch ein Glas Champagner bringen. Mein Großvater saß dabei und erhob unterschiedslos sein Glas, auf was auch immer seinen Gästen heilig war. Die Einladungspolitik unterlag den Frauen. Früher einmal war meine Großmutter die Gastgeberin gewesen, nach der Sache mit dem Krieg und Katharinas Schwangerschaft jedoch saß sie endgültig nur noch in ihrer Kammer und alterte würdig vor sich hin, während die Salonabende in Tante Klaras Verantwortung übergingen. Zu der Zeit war es auch schon gar nicht mehr nur eine Gesellschaft, um die sie sich zu kümmern hatte, sondern ganz viele. Verstehen Sie, was ich meine? Na, das lief dann zum Beispiel so ab: Montags kamen die Sozialdemokraten und erzählten, dass alles den Bach runterginge, wenn sie nicht bald die volle Macht im Staat erhielten. Die Katholiken kamen am Dienstag und jammerten, dass alles den Bach runterginge, wenn sie nicht bald die volle Macht im Staat erhielten. Am Mittwoch kamen die Deutschnationalen und behaupteten, dass alles …

Na, Sie verstehen schon. Man sagt immer so einfach, »ein Riss geht durch die Gesellschaft«, aber das stimmt ja überhaupt nicht. Es ist nie nur ein Riss, sondern immer ein Netz aus ganz feinen Rissen, und irgendwann sind es zu viele, dann zerspringt die ganze hübsche Gesellschaft in Scherben, genau wie gutes Porzellan oder eine Windschutzscheibe.

Auf jeden Fall kamen fast jeden Abend diese oder jene zu uns, sie alle tranken den gleichen Champagner und durften unter gar keinen Umständen davon erfahren, dass es sich an anderen Tagen ganz andere in denselben Polstermöbeln bequem machten. Tante Klara unterhielt sich mit allen prächtig und beschwerte sich am nächsten Morgen beim Frühstück, mit welchen Idioten sie doch wieder zu tun gehabt hätte, und wir stimmten ihr zu. Ich auch, obwohl ich natürlich viel zu jung war und wenig davon mitbekam, worüber gesprochen oder worüber eben nicht gesprochen wurde, wer mit wem überhaupt noch sprechen konnte und wer schon zu den Waffen griff. Bürgerkrieg, Fräulein Claudia, in Österreich kam es zum Bürgerkrieg! Ich selbst habe erst viel später aus Büchern davon erfahren. In den Arbeitervierteln und Industriegebieten wurde geschossen, in Tante Klaras Salon wurden Geschäfte gemacht, und von meinem Kinderzimmerfenster aus konnte ich jeden Abend die unterschiedlichen Gäste kommen und gehen sehen.

Für mich waren sie alle gleich, nämlich graue, langweilige Herren, egal ob es nun Montag, Dienstag oder Mittwoch war.

Überhaupt, je älter ich wurde, desto langweiliger wurde alles. Die Gräfin Triangi zum Beispiel war närrisch wie eh und je, brachte mich aber nicht mehr zum Lachen. Selbst das Geschäft meines Vaters verlor mit der Zeit jeden Zauber. Die Kurzwaren lagen noch immer überall verstreut und waren nichts anderes mehr als eben das: Kurzwaren. Kein Indianerzelt oder Piratenschiff ließ sich mehr daraus zusammensetzen, die ausgestopften Vögel waren bloß tot und der Keks sogar zäher als früher. Mein Vater wurde noch schweigsamer und verlor auch seine letzten Haare. Um der Langeweile entgegenzuwirken, ließ ich mir einen Bubikopf schneiden, wie es damals der letzte Schrei war, und trug die Röcke nur noch knielang. In dieser Zeit verlor ich vorübergehend jede Faszination für hohe Hüte und volle Bärte. Wie verstaubt erschienen mir jetzt die gemalten Herrschaften in ihren verzierten Bilderrahmen, meine Urgroßeltern, und ich konnte mich nicht mehr daran erinnern, warum ich sie einst so gerne angesehen hatte. Schönheit war mir kein Begriff mehr, nur noch Mode, und selbst die langweilte mich ein wenig. Die Besuche bei meinem Vater wurden mir zunehmend zur quälenden Pflicht, also sagte ich ihm eines Tages, dass ich nicht mehr kommen könnte, weil die Schule mich so fürchterlich in Anspruch nahm. Mein Vater nickte stumm und hatte dabei ein Lächeln auf den Lippen, das gleichzeitig wehmütig und erleichtert aussah. Ach, hätte er mir in diesem Moment nur offenbart, dass ich eine waschechte Habsburgerin war, ich wäre geblieben und alles wäre anders gekommen! So aber verließ ich frohen Mutes sein Geschäft und sollte es nie mehr wieder betreten.

Natürlich ist das mit der Schule eine Ausrede und gelogen gewesen. Denn erstens fiel mir der Unterricht leicht: Nur immer schön fromm und patriotisch sein und als Mädchen vielleicht noch ein bisschen hübsch, dann war schon viel gewonnen. Zweitens ging ich gar nicht besonders lange hin. Als ich fünfzehn Jahre alt geworden war, beschloss Tante Klara nämlich, dass ich genug gelernt hatte und von nun an eine Haustochter werden sollte. Wissen Sie, was das ist, eine Haustochter? Na, im Grunde so etwas wie eine Hausfrau, nur eben ohne den Haushalt, für derlei Arbeiten hatten wir ja unsere Annas. Eine Haustochter lebt im Haus und wird verköstigt und eingekleidet und wartet auf einen Ehemann. Sich eine Haustochter zu halten, fand mein Großvater ziemlich schick, zumal zu dieser Zeit junge Frauen zunehmend in die Büros strömten, um Geld zu verdienen, Berufe zu erlernen, Unabhängigkeit zu erlangen und so weiter, was er mit großer Skepsis beobachtete. Tante Klara unterstützte selbstverständlich die Frauenbewegung, zumindest montags in ihrem sozialdemokratischen Salon. Alle Frauen sollten sich bewegen, Tante Klaras Meinung nach, nur mir hat sie den Stillstand verordnet. Sie sagte, meine Noten wären zu durchschnittlich, sodass das Schulgeld anderswo besser angelegt wäre. Vielleicht hatte sie sogar recht damit, fleißig war ich nie. Vor allem jedoch muss sie gedacht haben, dass es eine himmelschreiende Ungerechtigkeit wäre, wenn ihre Nichte so ohne Mühe erhielte, was ihr selbst verwehrt geblieben war. Ältere Leute sind immer so neidisch auf die Jugend, nicht wahr? Tante Klara war, lassen Sie mich kurz nachrechnen, Anfang dreißig, aber in diesem Alter trotzdem bereits eine ältere Dame. Ihr missfielen meine Haare und meine Röcke, weil sie als junges Mädchen beides nicht so kurz hatte tragen dürfen. Sie ärgerte sich darüber, dass Großvater mich für Kleinigkeiten lobte, die er bei ihr für selbstverständlich hielt. Sie mochte nicht, dass ich so entzückend aussah und sie selbst mit der Zeit immer mehr wie ein Besen: ganz dünn und ein wenig vertrocknet von den vielen trockenen Geschäften. Und zuletzt hat sie vielleicht irgendetwas geahnt. Von meinem blauen Blut, wissen Sie? Adel bringt von jeher Neider, und während Katharina einen echten Kaiser abbekommen hat, musste Klara sich mit einem lahmen Otto begnügen. Da kann man schon einmal sauertöpfisch werden.

Mir jedenfalls war es damals sogar ganz recht, nicht länger zur Schule gehen zu müssen. Später hab ich's dann manchmal bereut, nichts gelernt zu haben. Sogar ein Kaiser muss einen Beruf erlernen, haben Sie das gewusst? Franz der Erste zum Beispiel war ein Gärtner. Das hätte mir sicherlich auch entsprochen, aber wir hatten nun einmal ein Autogeschäft und keine Gärtnerei und außerdem war ich zur Haustochter erkoren worden. So blieb ich also zu Hause, und zwar immer. Ich schlief, während sich mein dämlicher

Cousin mit der einen Hand ein Frühstückskipferl in den Mund stopfte und mit der anderen die Haare zurechtkämmte. Ich schlief, während Tante Klara und mein Großvater die Morgenzeitungen überflogen und Klara sich wieder einmal darüber beschwerte, mit welchen Idioten sie am Vorabend zu tun gehabt hatte. Ich schlief, wenn alle das Haus verließen, und schlief manchmal auch noch, wenn sie zurückkamen. Nur nachts war ich wach. Dann las ich. Dann lebte ich.

Mittlerweile bewohnte ich jenes Zimmer, das früher einmal meiner Mutter Katharina gehört hatte. Noch immer stand dort das Kanapee und daneben stapelten sich ihre Bücher. Bis zu diesem Zeitpunkt war ich keine große Leserin gewesen, in der Schule lasen wir ausschließlich Erbauliches und Moralisches, was mich noch mehr langweilte als alles andere. Bücher waren ebenso Erziehungsmittel wie der schmale Stock in der Hand der Lehrerin, der von Zeit zu Zeit auf die Finger unaufmerksamer Schülerinnen herunterrauschte. Niemand würde freiwillig Zeit mit so einem Stock verbringen. Ich weiß auch gar nicht mehr, mit welcher Absicht ich zum ersten Mal nach einem von Katharinas Büchern griff. Ich tat es einfach so, schlug das erste Buch auf und nahm dann das zweite und das nächste in die Hand, las erst einmal gar nicht, sondern betrachtete sie nur. Auf dem Schmutztitel stand feinsäuberlich »Besitz von Katharina Schleyermann« geschrieben, manchmal auch noch so etwas wie: »Dem lieben Kathrinchen zum Geburtstage! Deine Tante Marthe, Juni 1916«. Und auch wenn ich keine Ahnung hatte, wer diese Tante Marthe war, schienen mir die Bücher plötzlich höchst bedeutungsvoll: Sie machten meine Mutter zu einem Menschen. Sie müssen sich vorstellen, Fräulein Claudia, ich hatte damals ja nichts weiter von ihr gehabt als die jährliche Tafel Schokolade zu Weihnachten, und seit mein dämlicher Cousin auf die Welt gekommen war, selbst davon nur noch die Hälfte. Indem ich nun las, was meine Mutter gelesen hatte, stellte sich eine heimliche Verbindung zwischen uns ein.

Sagen Sie, gibt es zwei völlig exakte Lektürelisten? Das ist keine rhetorische Frage. Was glauben Sie, Fräulein Claudia? Ich für meinen Teil denke, Lektüren sind wie Fingerabdrücke. Oder, wie heißt das noch gleich?, wie DNS. Unsere DNS bestimmt alles, nicht wahr? Unser Blut, was wir sind und wie wir sind und was wir tun und so weiter. Alles reine DNS. Ich habe vor Kurzem dazu einen interessanten Bericht im Radio gehört. Aber das können Sie ja sicher alles auch in Ihrem Internet nachlesen.

Jedenfalls teilten Katharina und ich uns von diesem Zeitpunkt an nicht nur Teile unserer DNS, sondern nun auch und vor allem die Lektüre. Die Figuren der Romane waren unser geheimer, gemeinsamer Freundeskreis. Anfangs war es das allein, was für mich den ganzen Reiz der Bücher ausmachte. Die Geschichten selbst langweilten mich, wie mich damals eben alles langweilte. Sie müssen wissen, dass es mich, anders als Katharina früher, nicht im Geringsten interessierte, ob der minnesingende Ritter zum Schluss seine Königstochter nun heiratete oder nicht. Hochzeiten waren mir völlig wurscht. Sie sind es mir immer noch, obwohl ich in meinem Leben drei Mal verheiratet gewesen bin, oder vielleicht auch gerade deswegen. Als junges Mädchen war ich jedenfalls in einem solchen Ausmaß desinteressiert an allem Ehelichen, dass selbst Tante Klara sich langsam Sorgen zu machen begann. Je älter ich wurde, desto öfter zwang sie mich, zu irgendwelchen Abendgesellschaften zu gehen. Dort wurde ich dann von einem Haufen junger Kerle umdrängt, die immer die Söhne oder Neffen von irgendwem waren, und ich war wie gesagt ausgesprochen hübsch, aber auch apathisch. Die Kerle hielten meine Gleichgültigkeit allerdings für einen Trick, um sie noch mehr zu reizen, darum blieben sie hartnäckig. Wie unbeirrbar überzeugt Männer doch immer von der eigenen Unwiderstehlichkeit sind, damit langweilen sie mich bis heute! Na, aber wem erzähle ich das, Fräulein Claudia, Sie kennen ja die Männer.

Nach einem solchen Abend in öder Gesellschaft sehnte ich mich immer stärker nach der trauten Zweisamkeit mit einem Buch zurück, und je öfter ich darin blätterte, desto mehr begannen die Geschichten, mich in ihren Bann zu ziehen. »In den Bann ziehen«, das sagt man so einfach! In Wahrheit zogen sie mich noch viel tiefer, nämlich regelrecht in sich selbst hinein. Ja, ab einem gewissen Zeitpunkt verschlang nicht mehr ich die Romane, sondern sie verschlangen mich, nahmen mich regelrecht gefangen. Die Seiten wurden Wände und die Buchstaben zu Möbeln, dazwischen gingen die Figuren leibhaftig hin und her. Ich sah sie noch deutlicher vor mir als meine Tante Klara im Salon oder meinen dämlichen Cousin oder gar meine Verehrer auf den Abendgesellschaften. Die Figuren waren Menschen, mit Kopf und Körper und Stimme und Geruch, bis mir von Zeit zu Zeit unsanft bewusst gemacht wurde, dass sie eben doch bloß in meiner Fantasie existierten. Wollen Sie ein Beispiel hören, wie es zu einer derartigen Ernüchterung kommen konnte? Na, passen Sie auf. Da habe ich etwa lesend den großen, blonden Ritter Arnulf stundenlang durch ein Turnier begleitet und mir jedes helle Härchen auf seinen langen, kräftigen Armen eingeprägt, nur um auf Seite siebenundsiebzig plötzlich zu erfahren, dass Arnulf in Wahrheit klein und dunkelhaarig war! Freilich waren die Ritter in solchen Romanen niemals klein und dunkelhaarig, das war jetzt ja auch nur ein Beispiel. Aber angenommen, unser Arnulf wäre nun also auf Seite siebenundsiebzig als klein und dunkelhaarig beschrieben worden, hätte ich an dieser Stelle haltmachen, zurückblättern und noch einmal alles von vorne durchlesen, durchleben müssen, nur dieses Mal eben mit dem dunklen Ritter Arnulf vor Augen, dem einzig richtigen. Der Schriftsteller hat nämlich immer das letzte Wort, merken Sie sich das! Schriftsteller sind wie Götter: grausam, aber unfehlbar. Versprechen Sie mir, Fräulein Claudia, wenn Sie jemals dieses Buch über mich fertigbringen, dass Sie gleich zu Beginn mein Aussehen beschreiben. Ich könnte nicht damit leben, dass Fremde sich ein falsches Bild von mir machen.

Nun, jedenfalls vertrieb ich mir auf diese Art und Weise meine Mädchentage, und sonst gibt es nichts weiter darüber zu berichten, bis eines Nachmittags, ich schlief gerade, Onkel Otto an die Zimmertür klopfte. Er fragte, ob ich mitkommen wollte zum Heldenplatz, dort würde der Kerl mit dem Nasenbart nämlich eine Rede halten. Sie gingen hin, weil mein dämlicher Cousin einen echten Panzer sehen wollte, und überhaupt gingen alle hin, die ganze Stadt wäre jetzt voll deutscher Soldaten und wir Bewohner des Großdeutschen Reichs. Ich hingegen brummte und drehte mich im Bett um. So kann ich mit Fug und Recht behaupten, dass ich ihm damals nicht zugejubelt habe, diesem Arschloch.

Außerdem muss ich festhalten, dass in meiner Familie niemand ein Nazi gewesen ist. In meiner Familie ist aber auch niemand gegen die Nazis gewesen. Tante Klara bedauerte zwar die jüdischen Mitbürger sehr, die nun nicht mehr zu ihren Salonabenden und auch sonst nirgendwo mehr hingehen durften. Einige verließen von einem Tag auf den anderen das Land, und Tante Klara half ihnen dabei, indem sie ihnen ihre Möbel, Schmuckstücke und Kunstgegenstände zu einem Spottpreis abkaufte. Bedauerlich, sagte sie, aber was sollte man machen, Juden durften ja nur einen ganz geringen Geldbetrag ausführen, und besser die Sachen stünden bei uns herum als bei jemand anderem. Und besser, sie selbst stellte sich mit den Nazis gut und könnte auf diese Weise weiterhin mit Großvater gemeinsam die Firma leiten, als jemand anderes täte es. Auch für das Personal wäre das besser so, behauptete Tante Klara. Die jüdischen Angestellten mussten natürlich so oder so entlassen werden, was Tante Klara ebenfalls fürchterlich leidtat, bis sie billigere Arbeitskräfte aus dem Osten zugeteilt bekam. Ich glaube, dass Klara sich dennoch zeitlebens für einen sehr integren Menschen gehalten hat. Mein Onkel, der lahme Otto, fand die Nazis am Anfang sogar noch ein bisschen gut. Ein frischer Wind, sagte er, und gerade der Finanzsektor könnte nur davon profitieren, wenn man die jüdische Konkurrenz endlich in ihre Schranken verweise. Nur marschierte er dann eines Tages aus seinem Büro und wurde von einem Haufen Nazi-Studenten verprügelt, wegen seiner Hakennase und weil er eben gerade mit einem Aktenkoffer aus einer Bankfiliale heraustrat. Danach sagte Otto immerhin nie wieder etwas Gutes über die Nazis. Aber Schlechtes sagte er eben auch nichts.

Nur mein dämlicher Cousin ließ sich sofort in eine Uniform stecken und marschierte. Das gab es nämlich damals, Uniformen für Kinder, braun mit weißen Strümpfen dran, und als er alt genug war, bekam er eine echte. Für den Sieg, sagte er, fürs Vaterland, und lauter solche Dinge. Nun gut, wenn ich es mir recht überlege, ist mein dämlicher Cousin vielleicht doch einer gewesen. Ein Nazi, meine ich. Aber zu seiner Verteidigung muss gesagt werden, dass er sehr jung war und eben sehr dämlich, und weder Tante Klara noch Onkel Otto noch meine Großeltern haben sich besonders bemüht, ihn von irgendetwas abzuhalten.

Meine Großeltern sagten sowieso nicht mehr viel. Bei meiner Großmutter war das nicht weiter bemerkenswert. Mein Großvater hingegen wurde nicht nur ungewöhnlich stumm, sondern auch etwas wunderlich. Von einem Tag auf den anderen schienen ihn seine Geschäfte nicht mehr zu interessieren. Er widmete sich, wie früher, zunehmend dem Basteln. Dann ging er in den Keller hinunter und schraubte aus Müll Fahrräder zusammen oder Dinge, die aussahen wie Fahrräder, aber anders als in seiner Pionierzeit funktionierten sie nie richtig. Er erfand Zeug, das niemand brauchte. Ständig suchte er etwas. Er betrat Zimmer und blieb grübelnd stehen, weil er vergessen hatte, was er gesucht hatte. Er war überall fehl am Platz.

Und ich? Ich versuchte einfach, weiterzuschlafen. Das war nur gar nicht so einfach, denn die Nazis hatten kein Herz für Haustöchter. Bald nach dem sogenannten Anschluss ging ja auch schon der Krieg los, und jeder musste seinen Beitrag leisten. Ich war Anfang zwanzig, im besten Alter also, um »dem Führer Kinder zu schenken«, wie man das bürgerliche Frauenschicksal damals nannte. Aber vor den Kindern hatte man dem Führer ja bereits alle jungen Männer geschenkt, meine früheren Verehrer waren allesamt an der Front, was mir eigentlich gar nicht so unrecht war, sie interessierten mich noch immer nicht. Dann allerdings bekam ich doch ein bisschen ein schlechtes Gewissen wegen meiner Gleichgültigkeit und schwor mir deshalb, viele Tränen zu vergießen, sollte einer von ihnen fallen. Sie fielen alle hintereinander und ich vergoss rein gar nichts. Dem Führer schenkte ich keine Kinder, also musste ich Dienste tun. Stellen Sie sich vor, Fräulein Claudia, ich hatte in meinem Leben noch nie irgendwelche Dienste getan, weil wir dafür ja immer die Dienstmädchen hatten. Achtunddreißig blieb uns jedoch nur noch ein einziges, denn der putzenden Anna war die ganze Angelegenheit nicht mehr geheuer und sie verzog sich zu irgendwelchen Verwandten in die Tschechoslowakei. Die kochende Anna hingegen war beseelt, weil ihr Männer in Uniform so gut gefielen und weil ihr geliebtes Böhmen jetzt endlich vollkommen deutsch werden würde. Die würden sich noch anschauen, die selbstgefälligen Tschechen, sagte sie, und ganz besonders anschauen würde sich die andere Anna, mit der sie im Leben kein Wort mehr reden wollte. So schnell endeten Freundschaften damals. Und die Triangi verschwand von den Wiener Bühnen, weil sie nicht nur Reichsgräfin war, sondern auch Jüdin.

All das bewegte mich zu dieser Zeit allerdings wenig, denn ich musste am Fließband stehen. Haben Sie eigentlich gewusst, Fräulein Claudia, dass sich nicht unweit von Wien die weltgrößte Munitionsfabrik befand? Sie steht immer noch da, soviel ich weiß, und stellt immer noch Patronen her, nur die weltgrößte ist sie nicht mehr. Und früher einmal hat sie dem Gatten von der Hedy Lamarr gehört, der aber ein ganz arger Ungustl war. Ganz recht hat sie gehabt, ihn zu verlassen. Hedy Lamarr, die kennen Sie doch noch? Die Schauspielerin? Das ist einmal die schönste Frau der Welt gewesen, und später sah sie wahrscheinlich immer noch ganz passabel aus, hat dann aber vor allem Dinge erfunden, na, so kriegswichtiges Zeug eben für die Amerikaner. Die war eine Pionierin wie mein Großvater Alois in seinen besten Zeiten. In Ihrem Gerät da, mit dem Sie immer meine Stimme aufzeichnen, ist sicher auch etwas von der Hedy drin. Na, auf jeden Fall hat es ihrem Mann nicht gepasst, dass sie als Nackerpatzerl über die Kinoleinwände hüpfte, da hat er sie einfach weggesperrt. So war das damals, Fräulein Claudia, wenn einem Mann etwas nicht gepasst hat, dann hat er seine Frau weggesperrt und Schluss! Aber eine Hedy Lamarr hat sich so etwas nicht gefallen lassen, die ist ihm ausgebüxt und auf nach Amerika. Gut hat sie daran getan!

Als ich wegen der Dienstverpflichtung in die Fabrik kam, war Hedy Lamarr also schon lange nicht mehr da und ihr Mann auch nicht, weil er nämlich Jude war, jedenfalls nach den Rassegesetzen. Das hat ihn allerdings nicht davon abgehalten, von Südamerika aus immer wieder mit den Nazis zu verhandeln, aber das ist eine andere Geschichte. Damals wusste ich weder von dem Ungustl, noch kannte ich Hedy Lamarr, weil ich ja nie ins Kino ging, und über Munition wusste ich schon überhaupt gar nichts. Aber das lernt man schnell in so einer Fabrik, viel zu schnell eigentlich, schon nach wenigen Minuten ödeten die immer gleichen Patronen mich mehr an als alle meine Verehrer zusammengenommen. Schießpulver hinein, Metallkapseln festschrauben, eine Patrone wie die andere, tagaus, tagein. Und obwohl es so einfach war, war es so schwer, denn man hat Auflagen erfüllen müssen, eine gewisse Anzahl an Patronen pro Tag, und ständig stieg das Pensum. Wenn man die Ziele verpasste, wurde man bestraft. Wenn man sie erreichte, auch. Wir hatten Aufseherinnen, die waren dumm wie Bohnenstroh und durften Damenuniformen tragen mit so Ansteckern und Armbinden dran und glaubten, dass sie darin noch hinreißender aussähen als Hedy Lamarr. Und benommen haben die sich noch herrischer als deren Ex-Mann! Besonders auf die Mädchen aus dem Osten hatten sie es abgesehen. Ostarbeiterinnen, sagten wir damals, aber Zwangsarbeiterinnen waren es eigentlich, die verschleppt worden waren und kein Wort Deutsch sprachen. Denen ging's immer noch schlechter als uns. Einige der anderen Mädchen freuten sich darüber. Ich nicht. Überhaupt, die ganze Sache mit den slawischen Untermenschen. Ganz Wien war schon immer voller Slawen gewesen, Österreich heißt ja überhaupt nur Österreich wegen dem »Osten«, so viel habe sogar ich noch in der Schule gelernt. Und beim Kaiser hieß es immer: Alle meine Völker. Na, ich hatte damals im Grunde schon sehr habsburgerische Gedanken, auch wenn ich davon noch nichts ahnte. Die Ostarbeiterinnen hatten ein eigenes Lager außerhalb, wir Einheimischen schliefen auf dem Fabrikgelände in Stockbetten geschichtet wie die Ölsardinen. Tagwache fand im Morgengrauen statt und keine Bücher weit und breit, die ich hätte lesen können. Von meinen Rittern konnte ich nur träumen, sah sie heranreiten und vom Pferd steigen, sie hoben mich hinauf, ich ritt ihnen davon. So viel hielt ich damals von Romantik! Wenn die anderen Mädchen von Männern redeten, was sie quasi ständig taten, verdrehte ich nur die Augen. Aber ausgerissen wäre ich sehr gern, und ich dachte oft daran, dass ich eine Mutter in der friedlichen Schweiz hatte, die mich nicht zu sich holte. Nicht einmal die Schokolade kam mehr an.

Zum Glück musste ich nicht allzu lange in der Fabrik bleiben, weil Tante Klara der Partei glaubhaft versichern konnte, dass sie mich in der Firma brauchte. Kriegswichtige Arbeiten nannte man das, denn die Nazis brauchten Autos. Nur gab es fast keine Rohstoffe mehr für die Herstellung und auch keine Männer, die sie lenken konnten. Nichts gab es, aber das hatte wiederum ein Gutes, denn ich erlernte doch noch irgendwie einen Beruf: Tante Klara brachte mir das Autofahren bei. Ich machte Botenfahrten, kutschierte im LKW Bauteile von einem Ort zum anderen und die Verpflegung für die Arbeiter. Wie die Königin von England, wissen Sie? Die fuhr auch Lastwagen im Krieg, nur war sie damals natürlich noch eine Prinzessin, gerade so wie ich. Ist das nicht eine bemerkenswerte Parallele?

Mir jedenfalls entsprachen solcherlei »Dienste« mehr als das Schuften in der Munitionsfabrik. Es hat so etwas Befreiendes, hinter einem Lenkrad zu sitzen, nicht wahr? Als wäre man voll und ganz Herrin der Dinge. Hinter dem Lenkrad hörte ich schließlich auf, von rettenden Pferden zu träumen.

Und dann fielen die Bomben. Wien ist lange verschont geblieben, der Weltuntergang kommt ja zuletzt nach Wien, so sagt man das doch? So oder so ähnlich hat das jedenfalls irgendwann einmal jemand gesagt. In Deutschland lagen viele Städte schon in Schutt und Asche, als es bei uns so richtig losging. So eine Fabrik ist ja ein attraktives Ziel, ob Munition oder Autos oder Kaugummis, da machen die Bomber keinen großen Unterschied, und so wurden die Produktionsstätten der Schleyermann-Lahm-AG zum Großteil dem Erdboden gleichgemacht, während wir Menschen im Bombenkeller zitterten. Diesen Lärm und diese Stille – das können Sie sich nicht vorstellen, Fräulein Claudia! Sirenen, Einschläge, Gebäude, die zusammenbrechen – und dann die Stille. Wenn Sie diese Stille einmal gehört haben, wissen Sie auch, warum man sie Totenstille nennt. In diesen Bombennächten habe ich jedoch etwas gelernt, das mir in meinem Leben immer wieder nützlich werden sollte, nämlich ohne Bücher zu lesen. Wirklich wahr! Ich schloss die Augen und sah die Buchseiten vor mir, Wort für Wort, Satz für Satz, glasklar. Und je länger ich die Augen geschlossen hielt und las, desto lebendiger wurden die Figuren, bis die Helden wieder vor mir standen wie früher. Glauben Sie ja nicht, dass ich die Bücher einfach auswendig gelernt hätte wie irgend so ein Gedächtniskünstler auf dem Jahrmarkt! Es waren ganz neue Geschichten, die ich da zu sehen bekam, und sie kamen aus mir selbst. Und das hatte einen großen Vorteil: Hier war ich die Göttin. Niemals durchkreuzte ein hochnäsiger Schreiberling mit seinen viel zu spät einsetzenden, ausschweifenden Beschreibungen meine Vorstellung. Nun war alles wahrhaftig so, wie ich es sah. Manchmal las ich sogar laut vor und die anderen im Bunker hörten mir zu. Selbst Tante Klara, die mir sonst fast nie zuhörte. Aber das ist eben so eine seltsame Sache mit Geschichten. Ebenso mit Musik oder Malerei, mit der Kunst an sich. Man möchte meinen, dass sie ein Luxus ist. Sie sehen es doch genauso, nicht wahr? Natürlich gehen Sie hin und wieder auf ein Konzert oder schauen sich schöne Bilder im Museum an oder lesen vor dem Schlafengehen noch ein paar Seiten eines Romans. Natürlich tun Sie das und tun es gern, aber es wäre auch nicht allzu schlimm für Sie, wenn Sie es einmal nicht tun könnten. Es ist ja nicht so, als würden Sie eingehen ohne ihre Konzerte und Museen und Romane. So ist das im Frieden, und solange alles glattgeht. Doch kaum kommt der Krieg, die Krise, die Angst, wird ihnen die Kunst zum Grundnahrungsmittel. Das ist ein, wie nennt man das gleich?, Paradoxon. Dass ein Luxus immer lebensnotwendiger wird, je weniger man zum Leben hat. Das können Sie mir ruhig glauben, ich habe in meinem langen Leben nämlich genug Krisen durchgestanden. Auch genug Kriege, übrigens, denn einer ist ja mehr als genug.

Und als dieser dann verloren war, also, offiziell noch nicht, aber in Wahrheit schon sehr lange, floh ich mit meinen Großeltern, der übriggebliebenen Anna und einem LKW ins Salzkammergut, also Richtung Westen. Vom Osten her rückten nämlich die Russen heran, und die Russen stellte ich mir vor wie einen Heuschreckenschwarm, der alles auffraß, was sich ihm in den Weg stellte, und am liebsten verschlang er Frauen und junge Mädchen, das behaupteten sie zumindest im Radio. Tante Klara blieb dennoch in Wien, weil sie meinte, retten zu müssen, was noch zu retten sei. Den lahmen Otto, der nicht mehr jung war, aber so richtig alt eben auch noch nicht, haben sie in den letzten Wochen noch zu irgendeiner Verteidigungstruppe eingezogen. Da musste er allerhand sprengen, was den Gegnern nicht in die Hände fallen sollte, und das war so ziemlich alles, was die Bomben noch nicht erledigt hatten. Wer sich weigerte, wurde aufgehängt, also blieb dem lahmen Otto nichts anderes übrig, als die eigene Heimatstadt in Schutt und Asche zu legen.

Im Salzkammergut besaßen meine Großeltern immer noch ihr Häuschen, wo sie früher ihre Sommerfrischen verbracht hatten. Jetzt konnte man dort allerdings nicht mehr den Kaiser beim Spazierengehen betrachten, sondern Veteranen beim Hinken. Die gesamte Region war zum Lazarett geworden. Waren Sie eigentlich schon einmal dort? In Altaussee, St. Wolfgang, Bad Ischl? Schön ist es dort. Man kann dort leben wie auf einer Postkarte: raues Gebirge, kristallblaue Seen und eine Luft klar wie Schnaps. Na, jedenfalls vor dem Krieg ist es schön dort gewesen. Aber da sind wir ja auch auf Urlaub hingefahren, jetzt war es eine Flucht. Und das sind zwei grundverschiedene Dinge. Im fünfundvierziger Jahr war das gesamte Salzkammergut grau und trüb. Und ausgerechnet hier lernte ich den Anton Leitmeier kennen. Oder besser gesagt: Er lernte mich kennen. Ich habe ihn nämlich überhaupt nicht wahrgenommen damals. Er hingegen erzählte mir später, dass ich ihm sofort aufgefallen wäre. Und nicht nur das: Er hat mich sogar gewissermaßen erkannt.

Wie ich bereits erwähnte, war die ganze Gegend voller Verletzter, weil es hier einigermaßen ruhig geblieben war und man hoffte, dass es so bleiben würde. Unwegsames Gelände kommt einem im Krieg immer gelegen, die steilen Bergwände waren zu Schutzwällen geworden. Der mit der Rotzbremse hat uns ja bis zum Schluss noch eine Alpenfestung versprochen, wo dann auch die Wunderwaffe versteckt sein sollte, die den Lauf der Geschichte noch einmal herumreißen würde. Dass das alles ein Schmarren war, verstanden langsam auch die Letzten. Dennoch schaffte man alles in die Berge, wovon man glaubte, es irgendwann noch gebrauchen zu können: Kriegsverwundete und Kunstwerke. In einem Stollen hat man sie verwahrt, also die Kunstsammlungen der Parteibonzen, nicht die Kriegsverwundeten, und als der Krieg derart verloren gewesen ist, dass nicht einmal der größte Depp mehr daran rütteln konnte, wollte man diesen Stollen sprengen. Da aber hat sich die Bevölkerung quergestellt, nicht unbedingt wegen der Bilder, sondern weil der Stollen den einzigen Arbeitsplatz in der Region und somit ihre Lebensgrundlage darstellte. Da haben die einfachen Bedürfnisse des Volks zufällig zur hehren Erhaltung von großartiger Kunst geführt. So etwas kommt häufiger vor, als man denkt, Fräulein Claudia. Unterschätzen Sie niemals die einfachen Interessen, das habe ich in meiner Zeit als Kaiserin gelernt! Und wenn ich schon beim Thema Einfachheit bin, muss ich auch gleich wieder auf den Anton Leitmeier zu sprechen kommen. Denn das war ein einfacher Mann, wie es keinen einfacheren gibt. Und das meine ich gar nicht despektierlich. Dumm war er nämlich nicht, nicht so wie mein dämlicher Cousin zum Beispiel. Höchstens ungebildet, aber das bin ich auch, und das war es auch gar nicht, was seine Einfachheit ausmachte. Anton war, ich kann es nicht anders sagen, der geborene Lakai. Und das ist nichts Schlechtes! Er hatte schon so eine unterwürfige Haltung, allerdings auf eine ganz natürliche Weise. Es gibt so Leute, die schleimig sind und buckeln, als wollten sie einem gleich in den Allerwertesten kriechen. Ja, lachen Sie ruhig, Fräulein Claudia, aber so ist es doch! Anton jedoch war anders. An seiner Unterwürfigkeit war nichts Unangenehmes, es war eher eine unbändige Hilfsbereitschaft, die er ausstrahlte. Außerdem hatte er so ein milchiges Bubengesicht, weder hübsch noch hässlich, und ein bisschen schief stehende Zähne, außerdem war er sehr klein und sehr dünn, weil er als Kind nie anständig zu essen bekommen hat. Als er mich zum ersten Mal sah, lag er auf einer Krankenbahre im Klassenzimmer einer ehemaligen Volksschule, und hatte soeben ein Bein verloren. Die übriggebliebene Anna und ich waren dort hingegangen, um uns nützlich zu machen, Anna aus patriotischen Gründen und ich, weil ich das Schweigen der Großeltern nicht länger ertragen konnte. Es ist schrecklich, in einem Bombenkeller zu hocken, aber noch schrecklicher ist es, mit den Großeltern um den Küchentisch zu sitzen und alles ist wie früher im Urlaub, nur ist alles anders. Eine Zeit lang hab ich's noch ausgehalten, indem ich wieder Bücher gelesen habe ohne Bücher, leise vor mich hin murmelnd innerlich ins Mittelalter entflohen.

Aber eines Tages sagte mein Großvater beim Frühstück, bei dem es nichts zu essen gab als ein paar Scheiben trockenes Brot, zu meiner Großmutter: »Else, bring mir die Kurzeitung.« Die Kurzeitung, wissen Sie, das ist früher so ein Blatt gewesen, in dem geschrieben stand, welcher wichtige Mensch gerade wo genau weilte, damit man dementsprechend seine Aufwartungen machen konnte. Zu der Zeit wurden natürlich keine Kurzeitungen mehr gedruckt, weil es statt Kuren nur noch Lazarette gab und statt Zeitungen Papiermangel. Else nickte sanft und reichte meinem Großvater eine Serviette. Und da hat mich keine Geschichte, kein Gedanke mehr getröstet, ich musste vom Tisch aufstehen und hinaus. Am liebsten wäre ich ein wenig mit dem Lastwagen herumgefahren, aber wir hatten kein Benzin mehr, und da schlug Anna vor, wir sollten uns zur Krankenpflege melden, denn das wäre immerhin ein Dienst am Vaterland.

Anton erzählte später, dass er es sofort gespürt hätte, als ich den Raum betrat. Eben noch sei er dagelegen und hätte sich gewunden unter fürchterlichen Schmerzen, im nächsten Moment aber hätte er das unbändige Verlangen gehabt, sich vor mir hinzuknien. Davon abgehalten habe ihn überhaupt nur der Umstand, dass ihm ja ein Knie fehlte und er deshalb glatt umgekippt wäre. Es war noch kein Wissen, sagte er mir, sondern eher eine Ahnung, ein ganz besonderer Schein, der mich umgab, als ich an ihm vorüberschritt und völlig ahnungslos über ihn hinwegschaute. Nur mein Mantel, so erzählte er, hätte ihn kurz gestreift, oder zumindest seine Bahre, und in diesem Moment seien alle Schmerzen verschwunden gewesen. Na ja, verliebt war er sicherlich auch in mich, da empfindet man ja die seltsamsten Dinge. Dennoch weiß ich, dass er meine edle Abstammung erkannt hat, bevor ich selbst etwas davon witterte. Darum wurde Anton Leitmeier später auch mein Ehemann, allerdings leider nur der zweite. Denn als der Krieg in der Welt endlich vorüber war, sollte mein persönlicher Krieg erst beginnen.

ZWISCHENWORT DER AUTORIN CLAUDIA HENDL

Dani sagt, jetzt sei es auch schon egal. Da ich bereits ein Zwischenwort geschrieben habe, kann ich auch noch ein weiteres Zwischenwort schreiben, wenn ich es für notwendig halte. Und ich halte es für notwendig.

Es ist nämlich so, dass ich noch zwei Dinge beichten muss, bevor ich weiter die Lebensgeschichte der Frau Fialla schildern kann. Am besten beginne ich mit der Sache, die mir besonders unangenehm ist, auch wenn sie das eigentlich nicht sein sollte. Als Frau Fialla davon erzählt hat, dass sie bei Geschichten immer gleich zu Beginn wissen muss, wie alle darin vorkommenden Personen aussehen, bin ich ein wenig zusammengezuckt. Zwar habe ich Frau Fialla in meinem Vorwort wie versprochen haargenau so beschrieben, wie sie sich mir an ihrem ersten Nachmittag hier im Wirtshaus gezeigt hat. Was ich dabei allerdings ausgelassen habe, ist mein eigenes Erscheinungsbild. Dani meint, dass das nicht von Bedeutung ist, weil es die Leserinnen und Leser überhaupt nicht interessieren würde, wie die Person aussieht, die ihre Bücher schreibt. Und wenn doch, würden sie sich schon ihre eigene Vorstellung davon machen. Aber genau das ist doch das Problem: Die Vorstellungen, die Sie sich bisher von mir gemacht haben, sind mit großer Wahrscheinlichkeit viel vorteilhafter als die Realität. Darum käme ich mir wie eine Lügnerin oder Hochstaplerin vor, wenn ich dem nicht entgegenwirke.

Also: Ich bin ziemlich dick.

Jetzt ist es heraußen. Das sollte eigentlich kein Geheimnis sein. Normalerweise ist es auch kein Geheimnis, weil die Leute mich ja vor Augen haben, wenn sie ins Wirtshaus kommen. Die Menschen hier im Ort kennen mich ohnehin von klein auf, und dick war ich schon immer. Aber in Ihrer Vorstellung war ich bisher wahrscheinlich dünn, oder zumindest durchschnittlich. Und ich muss gestehen, dass mir der Gedanke daran, ich könnte als Buchfigur ja ganz anders aussehen als in der Wirklichkeit, irgendwie gefallen hat. Wenn ich Ihnen einfach niemals verraten hätte, dass ich dick bin, wäre ich in alle Ewigkeit schlank geblieben, zumindest für Sie. Aber dann wiederum wollte ich ja die Wahrheit niederschreiben. Und die Wahrheit ist nun einmal die, dass ich dick bin. Manchmal scherzen die Feierabendbiermänner, dass eine dicke Wirtin die beste Werbung für ein Gasthaus sei. Ich lache dann immer, obwohl ich den Spruch schon öfter gehört und noch nie besonders lustig gefunden habe. Meine Eltern sind übrigens beide dünn. Mein Vater sagt, es liegt bei mir nur an der fehlenden Disziplin. Ich könnte es ja einmal mit Wandern oder Skifahren versuchen, und meine Mutter hätte sicher noch irgendwo ihre Gymnastik-Videokassetten mit Jane Fonda. Ich antworte dann, dass mir Sport keinen Spaß macht. Er sagt, um Spaß ginge es nicht bei der Disziplin. Wahrscheinlich hat er recht. Wenn ich eine schiefe Nase oder Pusteln im Gesicht oder sonst etwas hätte, hätten die Leute zumindest Mitleid mit mir, da könnte ich ja nichts dafür. Wenn man dick ist, sehen alle auf den ersten Blick, dass man keine Disziplin hat.

Der Vollständigkeit halber sollte ich Ihnen vielleicht auch

noch kurz schildern, wie der Rest von mir aussieht, obwohl mir das immer sehr unbedeutend scheint, weil es den Leuten gar nicht auffällt. Ich falle den Leuten generell nicht auf, was seltsam ist, da ich doch eigentlich ziemlich viel Raum einnehme, rein physisch gesehen. Dennoch passiert es ziemlich häufig, dass mir jemand in allen Einzelheiten von irgendeinem Ereignis erzählt, bei dem ich persönlich dabei gewesen war. Ich sage dann nichts, weil ich weiß, dass es dem Erzählenden unangenehm wäre, wenn ich ihn auf seinen Fehler hinwiese, und das wiederum wäre mir dann unangenehm, und so entstände eine Spirale aus Peinlichkeit, aus der man nie wieder hinauskommt. Nur aus Respekt vor Frau Fiallas literarischen Vorlieben und um das Bild in Ihrem Kopf zu vervollständigen, möchte ich noch festhalten, dass ich mittelgroß bin und mittellanges, mausbraunes Haar habe und matschgraue Augen, in meinem Reisepass sind korrekterweise keine besonderen Merkmale vermerkt.

Ich weiß nicht, ob Frau Fialla es bemerkt hat, aber als sie von ihren zahlreichen Verehrern erzählt hat und dabei meinte, dass ich die Männer ja kennen würde, bin ich ein wenig errötet. Es ist schon eigenartig: Wenn eine Frau zu viele Männer hatte, geniert sie sich dafür, und wenn sie zu wenige Männer hatte, fast noch mehr.

Dani meint übrigens, dass das gar nicht an meinem Aussehen liege. Es gäbe genug Kerle, denen gerade mollige Frauen gefielen, auch die mittelgroßen, die mit mausbraunen Haaren und matschgrauen Augen. Das Problem sei laut Dani einzig und allein meine Ausstrahlung, denn wer sich selbst nicht hübsch findet, könne auch keine Schönheit ausstrahlen, das sei ja nur logisch. Aber ich solle das positiv sehen: An der Ausstrahlung könne man arbeiten. Das ist natürlich leicht gesagt, wenn man blond und athletisch ist wie Dani und zudem in einer glücklichen Beziehung. Vermutlich bin ich ohnehin schon zu alt, um mir jetzt noch das mit den Männern anzutun. Mir genügen unsere Biertrinker mit ihren blöden Witzen.

Das war jedenfalls die erste Sache, die ich beichten wollte.

Nun komme ich zur zweiten Sache. Ich habe es nämlich wieder getan: Ich habe recherchiert.

Eigentlich ist mir das nur aus Versehen passiert. Ich hatte bereits etliche Seiten von Frau Fiallas Erzählung niedergeschrieben, als mir bewusst wurde, dass ich keine Ahnung hatte, wie man »Schleyermann« eigentlich buchstabiert. Tatsächlich hatte ich es meistens mit »ei«, eben wie den »Schleier«, geschrieben, manchmal aber auch mit »ai« oder eben mit »ey«. Natürlich hätte ich Frau Fialla einfach am nächsten Tag danach fragen können. Stattdessen befragte ich sofort »mein« Internet, wie Frau Fialla es nennt. Zuerst gab ich den Namen *»Alois Schleiermann«* in die Suchmaschine ein, ohne nennenswerte Treffer zu erzielen. Dann versuchte ich es mit *»Alois Schlaiermann«* – kein einziger Treffer. Unter *»Alois Schleyermann«* wurde ich jedoch fündig. Tatsächlich muss Frau Fiallas Großvater mütterlicherseits ein wichtiger Mann gewesen sein, denn es existiert sogar ein Wikipedia-Eintrag über ihn. Dieser bestätigte, was Frau Fialla mir bereits erzählt hatte: erst Radfahrpionier, später Herstellung und Verkauf von Fahrrädern und Nähmaschinen, schließlich Automobile und in Wien sei heute sogar eine Straße nach ihm benannt. Ein vergilbtes Foto zeigte einen noch relativ jungen Mann mit Orden behängter Brust. Und neben seinem Geburtsdatum war auch das Todesdatum eingetragen: 5. Oktober 1945. Das Jahr, in dem Frau Fialla gerade mit ihrer Lebensgeschichte angekommen war. Ich schloss die Wikipedia-Seite, nun füllten wieder die Suchergebnisse für »Alois Schleyermann« meinen Bildschirm. Es fühlte sich nicht richtig an, Frau Fialla in ihrer eigenen Erzählung zu überholen. Ich blickte auf die Uhr: Wie immer war es viel später geworden, als ich gedacht hatte, ich sollte dringend ins Bett gehen. Stattdessen klickte ich auf die zweite von der Suchmaschine vorgeschlagene Seite: die Firmenwebsite der Schleyermann-Lahm-AG. Offensichtlich existiert das Automobilunternehmen von Frau Fiallas Familie bis heute, denn sofort fand ich mich auf einer überraschend modernen und bunten Homepage wieder. Glänzende Autos verschiedener Marken flitzten über den Bildschirm, Neuwagen, Gebrauchtwagen, Sonderangebote – alles wurde groß und flackernd angepriesen. Ich ließ mich von den marktschreierischen Lettern nicht beirren und klickte stattdessen auf den unspektakulären Schriftzug *»Über uns«*.

»Die Schleyermann-AG ist seit über 100 Jahren ein Familienbetrieb«, stand dort zu lesen, und darunter war wieder das Foto von dem jungen, mit Orden geschmückten Alois Schleyermann zu sehen, das ich bereits auf Wikipedia gefunden hatte. Neu für mich waren hingegen die körnigen Aufnahmen von seinen ersten selbstgebauten Fahrrädern, Motorrädern und Automobilen. Während die Autos allesamt sehr altertümlich wirkten, sahen die Fahrräder und Motorräder zum Teil sogar modern aus, und ich konnte mir kaum vorstellen, dass er sie aus Müll zusammengebaut hatte, wie Frau Fialla behauptete. Vermutlich handelte es sich bei den abgelichteten Gefährten schon um spätere Modelle, die er hergestellt hatte, als er längst schon Geschäftsmann und Fabrikant war und kein Pionier mehr. Als ich noch ein wenig weiter hinunterscrollte, sah ich das Bild einer Frau, die hinter dem riesenhaften Lenkrad ihres kutschenartigen

Gefährts beinahe zu verschwinden drohte, zumal ein mit Bändern und Federn schwer beladener Hut sie von oben niederdrückte. *»Alois Schleyermanns Ehefrau Else bestand 1907 ihre Fahrprüfung und zählte so zu den ersten Automobilistinnen Österreichs«*, lautete der Text dazu. Auf dem Beifahrersitz hockte unter einem ähnlich bedrohlich wirkenden Hut ein Mädchen, das entweder Frau Fiallas Mutter oder ihre Tante Klara sein musste. Ich zoomte in das Foto hinein, um Genaueres erkennen zu können, doch da wurde das Bild sofort krisselig, es löste sich vor meinen Augen in seine einzelnen Pixel auf. Laut Frau Fialla waren die Schwestern in diesem jugendlichen Alter aber ohnehin nicht auseinanderzuhalten, vermutlich wäre selbst bei besserer Bildqualität nicht zu bestimmen gewesen, ob es sich bei dem Mädchen auf dem Foto um Klara oder Katharina Schleyermann handelte. Ich scrollte weiter. Nun blickte mir, jetzt schon in Farbe, eine weißhaarige Dame entgegen, die vor einer psychedelisch-anmutend gemusterten Tapete stand und ihren Arm um einen geschniegelten Mann mittleren Alters gelegt hatte.

*»Klara Lahm, geborene Schleyermann (1900–1988), wurde nach dem Tod ihres Vaters alleinige Geschäftsführerin. Ihrem Engagement ist es zu verdanken, dass die Firma auch in den chaotischen Verhältnissen nach dem Zweiten Weltkrieg stets in Familienhand blieb. Ab 1958 wurde sie von ihrem Sohn Otto Lahm jun. (*1925) unterstützt, an den sie die Geschäftsführung 1963 vollständig abgab.«*

Otto Lahm jun. – das musste der dämliche Cousin sein. Wobei er auf diesem Foto überhaupt nicht dämlich aussah, sondern mit seiner großen Brille, der engen Krawatte und dem bereits etwas licht gewordenen Haupthaar so seriös, wie man nur aussehen konnte. Mir fiel auf, das hinter seinem

Geburtsjahr kein Sterbedatum vermerkt war. Irgendwie hatte ich immer das Gefühl gehabt, dass alle Menschen, von denen Frau Fialla mir Woche für Woche berichtete, sich in einer so weit entfernten Zeit bewegten, dass sie allesamt schon historisch waren, das heißt also tot. Natürlich war der Gedanke widersinnig, immerhin saß Frau Fialla, die Zeitgenossin jener, jeden Tag quicklebendig unten in der Gaststube und verschlang ihren Zander und schlürfte ihr Himbeerwasser. Und der dämliche Cousin war sogar ein paar Jahre jünger als sie.

Ich scrollte noch ein wenig weiter, aber nun ging es vor allem um den Ausbau des Firmengeländes, um Anteilsübernahmen und Zusammenführungen mit anderen Unternehmen. Nach dem dämlichen Cousin hatte zwar dessen Sohn die Geschäftsleitung übernommen, das Firmenkonstrukt wurde über die Jahre jedoch immer komplizierter und durfte sich eigentlich nur noch Familienunternehmen nennen, weil der mittlerweile auch schon im Seniorenalter angekommene Lahm-Sohn bis heute im Aufsichtsrat sitzt. Ein wenig interessanter als die betriebswirtschaftlichen Details fand ich die Fotos von den prominenten Gästen, die irgendwann einmal die Autofabrik besucht hatten und fast ausnahmslos Politiker waren, deren Namen ich zwar allesamt schon gehört, aber bereits wieder vergessen hatte. Nachdem ich ganz unten auf der Seite angekommen war, wo sich die Firma selbst noch »weitere 130 Jahre motorisiertes Glück durch die Familie Schleyermann-Lahm!« wünschte, schaltete ich den Computer endlich aus.

Erst als ich schon im Badezimmer stand und mir die Zähne putzte, fiel mir auf, wie merkwürdig es war, dass Johanna Fialla, geborene Witz, auf der gesamten Firmenseite keine einzige Erwähnung gefunden hatte. Die Habsburger übrigens auch nicht. Und wäre nicht zumindest die kaiserliche Verwandtschaft eine gute Werbung für jedes Unternehmen? Ein stolzer, womöglich auch ein wenig ironischer Hinweis auf die royalen Verbindungen, dazu ein Bild des Kronprinzen und daneben ein Foto der noch jungen, äußerst hübschen Johanna, mit Sisis dichtem Haarwuchs und Rudolfs ernstem Blick? Natürlich, Frau Fiallas Vater, der Kronprinzensohn, war nicht blutsverwandt mit den Schleyermanns. Mir kam der Gedanke, dass Frau Fialla diesem Teil ihrer Familie möglicherweise überhaupt nie etwas von der wahren Abstammung ihres Vaters erzählt hatte. Immerhin, sie war stets allein im Kurzwarenladen ihres Vaters gewesen. Und so, wie sie die Geschichte geschildert hatte, war das Band zwischen dem alten Ehepaar Schleyermann und ihrem erzwungenen Schwiegersohn nie besonders eng gewesen. Allerdings konnte ich mir kaum vorstellen, dass Frau Fialla diese Sache ausgerechnet ihren engsten Verwandten hätte verschweigen können. Außer natürlich, sie hätte einen triftigen Grund dafür gehabt …

Danis Chef sagt, das Einzige, was sich auf dem Buchmarkt noch besser verkauft als gekrönte Häupter, sind Krimis. Vielleicht war ich hier ja irgendeinem Familiengeheimnis auf der Spur, das sogar noch skandalöser war als das zweite Leben des Kronprinzen?

Ich spuckte ins Waschbecken und fragte mich, worüber ich eigentlich beim Zähneputzen immer nachgedacht hatte, bevor ich Frau Fialla begegnet war.

NACHKRIEGSJAHRE DER FRAU FIALLA

Der Krieg war also vorbei, und Österreich war Schrödingers Kriegskatze: befreit und besetzt gleichermaßen. Befreit nämlich von den Nazis und allem, was dazugehört, zumindest hat man das gerne behauptet. Sie können sich nicht vorstellen, Fräulein Claudia, wie schnell die Abzeichen und Uniformen verschwunden sind, und die Porträts von dem Kerl mit der Rotzbremse sowieso. Wobei ich glaube, dass man die Bilder mancherorts nur umgedreht hat und er so heimlich weiterregiert zwischen Wand und Bilderrahmen, unsichtbar, und doch allzeit präsent.

Bei uns im Sommerhaus gab es immerhin nichts wegzuwerfen und nichts umzudrehen, dort hingen nur das Kruzifix im Herrgottswinkel und das Kaiserbildnis. Mittlerweile schaute ich ihn mir ganz gerne an, meinen geheimen Großvater, von dem ich noch nichts wusste. Das Altbekannte, Angestaubte langweilte mich zwar immer noch. Aber mittlerweile bedeutete Langeweile für mich Ruhe und Frieden. Ich glaube, so kommt die Mär von der »guten alten Zeit« zustande. Von dieser profitiert mein Großvater Franzl bis heute.

Unsere Anna verhielt sich nach der deutschen Niederlage etwas komisch, plötzlich sprach sie mit Vorliebe tschechisch, was sie noch nie getan hatte, und wechselte nur dann ins Deutsche, wenn sie unbedingt musste. Und sie musste eigentlich immer, denn weder mein Großvater noch meine Großmutter noch ich waren der tschechischen Sprache mächtig. Wenn ich sie darauf hinwies, entgegnete sie trotzig: »Aber die Deitschen haben uns das alles eingebrockt, denen ihre Sprache sprech ich sicher nicht!«

Auch wenn Annas germanische Gefühle sich so schnell verflüchtigt hatten, wie sie gekommen waren, ging sie immer noch regelmäßig ins Lazarett, um zu helfen, und ich mit ihr, denn das fühlte sich wenigstens ein kleines bisschen sinnvoll an. Auch ein felsenfester Friedensvertrag kittet die Wunden nicht und verscheucht auch nicht die Seuchen, ins Lazarett kommt der Frieden nämlich zuletzt. Man hätte ihn dort auch kaum bemerkt, wenn nicht die Hakenkreuze aus dem gesamten Schulgebäude verschwunden und durch die rot-weiß-blauen *Stars and Stripes* ersetzt worden wären. Das Salzkammergut war nämlich amerikanisch, und grenzte im Süden direkt an Großbritannien, so klein war die Welt plötzlich geworden.

Österreich war damals ja in vier Besatzungszonen aufgeteilt, aber das haben Sie sicher in der Schule gelernt, Fräulein Claudia. Von den Briten besetzt zu sein, galt als ganz annehmbar, noch besser war es jedoch, von den Amerikanern besetzt zu sein, weil die manchmal Nylonstrümpfe und Kaugummis verschenkten. Die Franzosen hatten nichts zu verschenken, und wirklich gefürchtet waren die Russen. Wir hatten sehr viel gehört über die Russen, manches, was Propaganda war, und manches, was wahr war. Wir hielten es deshalb auf jeden Fall für gescheit, noch eine Zeit lang bei den großzügigen Amerikanern zu bleiben, denn auf dem Weg nach Wien hätten wir durch sowjetisches Gebiet gemusst.

Seit unserer Ankunft im Salzkammergut waren es ja schon immer Anna und ich gewesen, die alle Entscheidungen zu treffen hatten, und ich dabei noch ein wenig mehr als Anna. Meistens war es so: Anna hatte einen Einfall.

»Frailein Hannerl«, sagte sie dann, »wir sollten doch noch ein wenig warten mit dem nach Wien Fahren?«, was eigentlich ein Aussagesatz war, aber Anna ging am Ende mit der Stimme nach oben und setzte so ein ganz deutliches Fragezeichen. Für mich war es ungewohnt, nach meiner Meinung gefragt zu werden, gerade in so wichtigen Belangen. Noch ungewohnter war es, dass meine Meinung auch ein Gewicht hatte. Bisher war zumeist über meinen Kopf hinweg bestimmt worden, vom Großvater oder von Tante Klara oder den Annas oder dem mit der Rotzbremse, ich hatte mir nie Gedanken darüber machen müssen, was ich eigentlich wollte. Nun musste ich mir mit meinen sechsundzwanzig Jahren zum ersten Mal Gedanken machen. Ich rieb mir eine Zeit lang das Kinn und sagte dann: »Ja, Anna, wir bleiben noch ein bisschen«, woraufhin Anna so heftig nickte, dass es fast so etwas wie eine Verbeugung war. Obwohl Anna gut zwanzig Jahre älter war als ich, waren wir über die Kriegsjahre hinweg gefühlsmäßig zu Gleichaltrigen geworden, gerade so, als zählten die zuvor verlebten Jahre gar nicht, als gälten nur noch die jüngsten Ereignisse, weil der Mensch sonst überlaufen müsste vor Erfahrung. Ich war von Annas Wahltöchterchen zu ihrer Dienstherrin geworden. Naturgemäß lag es mir ausgezeichnet, das Regieren. Allerdings gab es sonst auch niemanden mehr, der Entscheidungen hätte treffen können.

Meine Großeltern hörten nämlich vollständig auf zu sprechen. Mein Großvater formulierte seine letzten Worte, als die vom örtlichen Blasmusikverein hektisch einstudierte amerikanische Hymne etwas dissonant aus der Ferne durch die halb geöffneten Fenster an seinen leeren Frühstückstisch wehten: »Jessas, der Präsident.« Er sagte es etwas überrascht, aber ohne jede Aufregung, danach schloss er den Mund und schwieg für immer.

Die letzten Worte meiner Großmutter waren: »Da hast, Alois!«, als sie ihm kurze Zeit später ein Stück Wurst auf den Teller legte, und das fasste ihr Leben recht treffend zusammen.

Diese Wurst übrigens hatten Anna und ich organisiert, indem wir uns einen Pelz aus Großmutters Schrank stibitzt und ihn bei einem Bauern in der Nähe gegen Lebensmittel eingetauscht hatten. Auf die gleiche Art und Weise wurden wir noch Porzellangeschirr, verschiedene Perlenketten und Goldohrringe und sogar einen bestickten Sonnenschirm los, wobei ich nicht weiß, was die Bäuerin mit einem Sonnenschirm anfangen wollte. Vielleicht mochte sie das Gefühl, etwas völlig Nutzloses zu besitzen, wie eine Dame von Welt. Vielleicht hatte sie auch Mitleid mit Leuten, die zwar einen Sonnenschirm besaßen, aber nichts zu beißen.

Irgendwann hatten Anna und ich das Sommerhaus jedenfalls derart ausgeweidet, dass nichts mehr da war, was man gegen etwas Essbares hätte eintauschen können. Auch unseren Herrn Jesus und zuletzt sogar den Kaiser hatten wir gegen Lebensmittel eingetauscht, und darum sagte Anna eines Tages: »Freilein Hannerl, gell, wir sollten einmal schauen nach der werten Frau Lahm?«, am Ende des Satzes ging ihre Stimme wieder fragend in die Höhe. Die werte Frau Lahm, das war natürlich meine Tante Klara, von der wir seit Monaten nichts gehört hatten. Eigentlich wussten wir nicht einmal, ob sie noch am Leben war.

»Ja, Anna«, sagte ich trotzdem und strich mir nachdenklich übers Kinn dabei, »das sollten wir tun.«

Die Wahrheit ist nämlich, dass ich Heimweh bekommen hatte. Oder vielleicht nicht Heimweh, sondern eine Sehnsucht. Fast so etwas wie eine Nostalgie. An Tante Klara und Onkel Otto dachte ich dabei gar nicht so sehr, und schon gar nicht an den dämlichen Cousin, der zu dieser Zeit gerade kriegsgefangen in einem russischen Lager dahinsiechte. Nun, da wir allen Schmuck und allen Nippes losgeworden waren, sogar den bestickten Sonnenschirm, hängte sich mein Herz nämlich ganz besonders an die Schönheit der Dinge. In Wien gab es sie ja noch, dachte ich: die Ballkleider und Biedermeiermöbel und Porzellanpüppchen ohne Sinn und Zweck, außerdem Sonnenschirme in Hülle und Fülle. Man aß dort vielleicht schlechter als auf dem Land, aber war doch satt gegessen an Kultur, an der Zierlichkeit der Gegenstände. Das redete ich mir zumindest ein. Anton, Sie erinnern sich doch noch, Fräulein Claudia, der mein Ehemann werden sollte, aber leider eben nur der zweite, mein Anton also hat mir einmal schaudernd die Phantomschmerzen geschildert, unter denen er zu leiden hatte, nachdem sein Bein amputiert worden war. Manchmal denke ich heute, dass es ganz etwas Ähnliches gewesen war wie dieser Phantomschmerz, der meinen Großvater damals die Kurzeitung verlangen ließ und mich später nach Wien zurücktrieb.

Zurück nach Wien, gut und schön, das hatten Anna und ich rasch beschlossen, nur wie sollten wir das anstellen? Unser Lastwagen war schon vor Langem konfisziert worden, an einen Fußmarsch war mit den Großeltern nicht zu denken, außerdem gab es da ja immer noch die Sowjets, und überhaupt brauchte man für alles und jeden Papiere, die wir nicht hatten. Anna und ich beratschlagten uns eine Nacht lang und stapften am nächsten Morgen miteinander zum wichtigsten Amerikaner im ganzen Lazarett. Dass er der wichtigste war, sah man auf den ersten Blick. Zum einen war er nämlich schon recht alt, und beim Militär kann man nur recht alt werden, indem man auch wichtig wird. Außerdem rauchte er ununterbrochen, aber nicht bloß Zigaretten, sondern duftenden Tabak aus so einer Pfeife mit einem geschnitzten Elfenbeinkopf. Des Weiteren war ich mir sicher, dass er ein Millionär oder etwas Ähnliches sein musste, weil sich stets ein amüsiertes, zuweilen überhebliches Lächeln um seine Lippen kräuselte, und so etwas durfte sich meiner Meinung nach nur ein Millionär oder ein Adeliger leisten, und Letztere gab es ja nicht in den USA. Ich sollte irren, der Kerl stellte sich später nämlich als einfacher Kuhwirt aus Oklahoma heraus, das Lächeln rührte ausschließlich von dem Umstand her, dass er eben einen Krieg gewonnen hatte. Doch das konnte ich damals nicht ahnen, und nervös war ich an diesem Morgen, als würde ich mit Trumann höchstpersönlich konferieren. Wir pirschten uns an ihn heran, als er im ehemaligen Schulhof gerade seine Pfeife rauchte. Während meiner kurzen Schullaufbahn hatte ich ein wenig Konversationsenglisch gelernt. Anna verstand kein Wort Englisch, aber stärkte mir wortwörtlich den Rücken, indem sie sich ganz dicht hinter mir hielt. Und als wir den Okie, so nennt man die Bewohner Oklahomas nämlich, erreicht hatten, sagte ich laut und so deutlich, wie es mir nur möglich war: »Lovely wheather, isn't it?«

Ich hatte nämlich gelernt, dass Engländer sehr gerne über das Wetter sprachen und sich außerdem auch beim Offensichtlichsten rückversicherten. Ob das für Amerikaner auch galt, wusste ich nicht, einen Versuch war es wert.

Der Okie drehte sich zu mir um und lächelte mich auf seine seltsame Art und Weise an.

»Yes«, sagte er, »indeed.«

Dann zog er an seiner Pfeife und ich wusste nicht mehr weiter. Ich wechselte einen Blick mit Anna, die nun ein paar Schritte hinter mir hervortrat, aber natürlich auch nichts zu sagen wusste, und so sahen wir beide dem Okie schweigend beim Rauchen zu und er uns beim Abwarten. So ging es einige Minuten lang, und ich hielt unseren hilflosen Vorstoß schon für gescheitert, als er ganz plötzlich sagte: »You're from Vienna, aren't you?«

Dass »Vienna« »Wien« hieß, wusste ich noch und Anna erriet es, wir nickten beide heftig. Und daraufhin antwortete er, dass er nach Wien versetzt und gleich am nächsten Tag abfahren würde und uns sicheres Geleit anbieten könnte, wenn wir das wünschten. Natürlich sagte er das alles auf Englisch, weiß Gott, wie ich ihn verstanden habe mit seinen zahlreichen, nicht im Geringsten schulgebräuchlichen Vokabeln. Aber wenn es sein muss, wird das Hirn zum Ozean, was da so alles herumschwimmt! Nachdem ich das soeben Gehörte eilig für Anna übersetzt hatte, rannte sie sofort zurück zum Sommerhaus und packte unsere Siebensachen zusammen, das heißt, vor allem die Großeltern. Die ließen alles still über sich ergehen, und am nächsten Tag saßen wir mit einem Pulk amerikanischer Soldaten auf der Ladefläche eines Lastwagens und reisten nach Wien.

Die Fahrt war lang und beschwerlich, doch sie wäre noch länger und noch beschwerlicher gewesen ohne unseren wichtigen, respekteinflößenden Okie mit der Pfeife. Er war seinem hochmütigen Lächeln zum Trotz nämlich sehr liebenswürdig und versuchte, sich mit uns zu unterhalten, aber ich konnte ja nur übers Wetter reden und die Großeltern überhaupt nicht mehr und Anna schaute ihn schweigend mit großen Augen an. Nur hin und wieder sagte sie etwas auf Tschechisch, das verstand er zwar ebenso wenig wie das Deutsche, aber wenn Anna sprach, lächelte er ein wenig breiter und, wie soll ich sagen, aufrichtiger als sonst.

Als wir Wien erreichten, regnete es. »Naughty weather, isn't it?«, sagte ich zum Okie. Es passte hervorragend zur allgemeinen Stimmung: In den Straßenrinnen floss der Dreck, der vor nicht allzu langer Zeit noch Bausubstanz gewesen war. Wohnhäuser säumten zu Schutthaufen zusammengebombt die Wege, und wissen Sie, da ergriff er mich ganz besonders, dieser Phantomschmerz. Ich hielt, wie schon meine Eltern und Großeltern vor mir, die Welt für untergegangen. Doch sie war ja noch da, nur eben vorübergehend in sich zusammengefallen.

Unser Haus auf der Ringstraße stand allerdings noch, und wenn auch nicht in alter Pracht, so doch einigermaßen unbeschädigt. Schon vom Wagen aus erblickte ich Tante Klara. Sie stand in einem Fenster, als hielte sie Ausschau nach uns, dabei konnte sie ja gar nicht wissen, dass wir ausgerechnet an diesem Tage kommen würden! Aber nicht nur deshalb erschien sie mir unheimlich, geisterhaft gar. Sie war nämlich noch dünner geworden und ihr einst blondes Haar innerhalb der wenigen Monaten schneeweiß. Trotzdem sah sie nicht alt aus, nicht wie eine Greisin, sondern eben wie eine Weiße Frau, die vor Langem jugendlich verstorben war und nun noch untot auf der Erde weilte. Dennoch richtete ich mich auf der Ladefläche auf und winkte ihr zu. Ich weiß nicht, ob sie sich in diesem Moment gefreut hat oder doch eher enttäuscht war, dass es nicht ihr Sohn, mein dämlicher Cousin, war, der da winkte.

Der Lastwagen blieb vor der Tür stehen, der Okie half uns allen von der Ladefläche, dann zog er höflich seine Militärkappe, und ich dachte, wir würden ihn nie wieder sehen.

Tante Klara nahm uns eher geschäftig als herzlich in

Empfang und erörterte in aller Schnelle, was wir dringend wissen mussten. Unser Haus war nämlich sogar in einem solch ausgezeichneten Zustand geblieben, dass andere Amerikaner es sich als Unterkunft für ihre Soldaten auserkoren hatten. Wir waren sozusagen von Amerika nach Amerika gereist. Wien war ja Österreich im Kleinen, das heißt geviertelt, und in jedem Viertel hatte eine andere Besatzungsmacht das Sagen. Aber eigentlich war es gefünfteilt, denn der erste Bezirk, in welchem wir wohnten, galt als internationale Zone. Da herrschten sie alle vier im monatlichen Wechsel, und in unseren Räumen walteten und schalteten eben die Amerikaner. Es war ein merkwürdiges Gefühl, jenes Haus zu betreten, das vor nicht allzu langer Zeit mein Zuhause gewesen war. Alles sah bekannt aus und fremd zugleich, wie in einem Traum, in dem die Erinnerungen sich verschieben und zu neuen Bildern zusammensetzen. Unsere Möbel waren zum größten Teil noch vorhanden, standen aber an ganz anderen Orten als früher. Die Amerikaner hatten sich die Zimmer eingerichtet, wie es ihnen passte, Großvaters Schreibtisch stand im Salon, in der Bibliothek reihten sich Feldbetten aneinander und der Flügel im Musikzimmer diente den Soldaten als Kartentisch. Im ganzen Haus roch es nach Rauch und Pfefferminze, außerdem nach Seife, heißem Öl und Männerschweiß. Wir sollten uns als Gäste der Amerikaner verhalten, die wir beherbergten, erklärte Tante Klara, das war die oberste Regel. Zwei Zimmer ständen uns zur freien Verfügung, nämlich das frühere Lahm-Schlafzimmer und dann noch die Kammer, in der ich als junges Mädchen gewohnt hatte und vor mir noch Katharina. Die Küche und die Nasszellen teilten wir uns mit den Amerikanern, denen gegenüber wir stets höflich und zuvorkommend sein müssten, und dankbar, weil sie kein Lagerfeuer im Salon angezündet hatten, wie es die Russen getan hätten. Auf der Toilette dürften wir niemals zu lange brauchen, das war die zweite Regel. Was wir außerdem noch wissen mussten: Abgesehen vom Großvater und den Amerikanern würden wir vorläufig ein reiner Weiberhaushalt sein. Eine winzige Schnittwunde, die Onkel Otto sich beim Brückensprengen zugezogen hatte, hatte sich nämlich entzündet und ihm das Blut vergiftet. Jetzt lag er fiebernd auf einer Krankenstation und bräuchte dringend Medikamente, die es nicht gab. Vom kleinen Otto (so nannte Klara meinen dämlichen Cousin) waren seit einem halben Jahr keine Briefe mehr gekommen, was ein schlechtes Zeichen war und ein gutes, denn Gefallenenmeldung hätte es eben auch keine gegeben, da hieß es, weiter abwarten. Nachdem sie das erzählt hatte, wischte Tante Klara sich mit dem Ärmel über die Augen, was eine Bewegung war, die ich an ihr noch nie zuvor gesehen hatte. Danach lächelte sie plötzlich und verkündete, zum Schluss käme das Wichtigste: Sie hatte die Fabrik gerettet!

Bis zu Klaras Tod kursierten noch Gerüchte darüber, wie ihr das gelungen war, und die meisten davon waren unappetitlich. Das Fabrikgelände lag außerhalb des ersten Bezirks, in der sowjetischen Zone nämlich, und die Sowjets waren berühmt-berüchtigt dafür, überall die Produktionshallen zu schröpfen und erbeutete Maschinen gleich nach Moskau zu transportieren, wo schließlich entschieden wurde, ob man sie überhaupt gebrauchen konnte. Nur die Schleyermann-Lahm-AG war von derartigen Aktionen völlig verschont geblieben, und Frau Klara Lahm wurde von ausnahmslos allen, Besetzer oder nicht, als alleinige Geschäftsführerin respektiert und anerkannt. Hinter vorgehaltener Hand hieß es dazu, sie hätte einfach mit dem richtigen Russen geschlafen.

Aber das glaube ich nicht. Erstens sieht das meiner Tante Klara nicht ähnlich. Zweitens: Hätte einer sie gewollt, ich meine, auf diese Art und Weise, er hätte sie sich einfach nehmen können und hinterher die Fabrik.

Ich glaube ja, dass Tante Klara die Russen überredet hat. Freilich sprach sie kein Wort Russisch, aber es war wohl wie mit mir und dem Okie: In der Not werden Vokabel und Grammatik zweitrangig. Außerdem war sie sehr trinkfest, wenn es sein musste.

Somit waren wir rasch auf den neuesten Stand der Dinge gebracht, oder zumindest Anna und ich, denn ob die Großeltern zuhörten und verstanden, war unmöglich festzustellen. Sie blickten sich mit stoischer Gelassenheit in ihrem Haus um, sie hatten sich daran gewöhnt, dass das Leben sich wendete, Verschiebungen im Mobiliar sowie im Weltbild waren schlicht und einfach hinzunehmen.

Da das eheliche Schlafzimmer der größere unserer beiden Räume war, nahm Tante Klara die Großeltern zu sich. Zu dritt lagen sie dort im Doppelbett, was kein Problem war, weil sie alle drei so dünn geworden waren. Anna und ich teilten uns mein früheres Zimmer. Hier hatten die Amerikaner nichts verändert, eine Staubschicht hatte sich schützend über alle Dinge gelegt. Dennoch empfand ich bei deren Anblick nicht die Entzückung, die ich mir im Sommerhaus ausgemalt hatte. Da hüteten goldgelockte Porzellanschäferinnen in ihren Glasvitrinen unsichtbare Schafe … Ihre offensichtliche Nutzlosigkeit gab mir wider Erwarten kein Gefühl der Erhabenheit, ganz im Gegenteil. Ich griff nach einer der Figuren und ließ sie fallen, Anna glaubte, es wäre nur aus Versehen passiert. Auch die Bücher waren noch da, Katharinas alte Bücher, die zu meiner Jugend geworden waren, ich blätterte in ihnen und wurde ernüchtert. Wissen Sie, Fräulein Claudia, ich hatte ja so lange nicht mehr richtig gelesen, sondern nur die Geschichten in meinem Kopf herumgetragen, wo sie unbemerkt gewachsen und größer geworden waren als alles, was in so einem Buch jemals drinstehen konnte. Keine der aufgeschriebenen Geschichten konnte jemals herankommen an jene, die ich mir ausgemalt hatte in schlaflosen Nächten, die ich vor mich hin gemurmelt hatte in den Bombenkellern. Ach, sie enttäuschten mich alle furchtbar, die Gegenstände, nun fand ich es schade, dass die Amerikaner kein Lagerfeuer im Salon entzündet hatten. Ich hätte die Dinge mit Freuden verbrannt, sogar meine Bücher, auch und vor allem jene, in denen meine Mutter in zierlichster Kursivschrift ihren Namen hineingeschrieben hatte. Mir schien plötzlich jede noch so zarte Verbindung zu Katharina gekappt, weil sie die ganze Zeit über ohne mich in der Schweiz gewesen war. Sie schuldete mir sechs Jahre Frieden. Ich war ihr böse, aber immerhin kam das zumindest einem Gedanken an sie gleich. An wen ich überhaupt nicht mehr dachte, war mein Vater. Heute tut mir das unglaublich leid. Ich hätte ihn noch so viel fragen können über seine Familiengeheimnisse, die er so mit ins Grab nehmen musste. Und sein dunkles, geräumiges Kurzwarengeschäft hätte in jenen Tagen meine Zuflucht werden können. Tante Klara hatte nämlich rasch eine Arbeit gefunden für Anna und mich: Wir sollten die Uniformen der Amerikaner waschen und bügeln. Und was das für ein Mordsaufwand war, Fräulein Claudia, das können Sie sich gar nicht vorstellen! Wir hatten nämlich lediglich einen Waschtrog und ein Waschbrett, an dem man den Stoff sauberreiben musste, und wenn man sich ungeschickt anstellte, rieb man sich die Finger wund. Das Bügeleisen musste man auf Kohlen heiß werden lassen, weil es noch nicht elektrisch war, und sobald wir die erste Ladung fertig gewaschen und gebügelt hatten, kam schon die nächste herein. Im Krieg war ich noch hinter dem Lenkrad eines Lastwagens gesessen und jetzt war ich ein Waschweib, aber so war's damals eben. Wir versuchten, das Leben so schnell wie möglich wieder in geregelte Bahnen zu bringen, auch wenn wir es dabei quetschen und zerdrücken mussten.

Für mich waren diese Nachkriegsjahre vor allem Zeiten der Ankünfte und Abschiede. Die erste Ankunft war jene des alten Okies, die sogleich in einen Abschied gipfelte. Eines Morgens stand er plötzlich bei uns im Salon, schenkte meiner Großmutter einen Blumenstrauß, meinem Großvater seine geschnitzte Elfenbeinpfeife und Anna einen Ring, mit dem er um ihre Hand anhielt. Weiß Gott, wie sich die beiden verständigt haben, es muss in der Liebe wohl wie in der Not sein, die Sprache wird universell. Anna sagte »yes«, und so wurde aus der Böhmin, die erst Deutsche und schließlich Tschechin geworden war, eine waschechte Amerikanerin. Am nächsten Tag schon hatte sie ihre wenigen Sachen zusammengepackt und nannte sich Änn. Alle waren überrascht, Tante Klara und die Amerikaner bei uns zu Hause und Anna selbst auch ein bisschen, nur am Gleichmut der Großeltern rüttelte selbst das nicht mehr. Ich hingegen war schlichtweg schockiert. An Annas letztem Abend bei uns kam der Okie mit ein paar Kameraden vorbei, spendierte Sekt und jemand legte eine Jazzplatte auf, dann wurde getanzt. Es waren freilich viel mehr Männer als Frauen anwesend, und ständig wurde ich zum Tanz aufgefordert, doch ich konnte nicht, ich war wie gelähmt. Ich saß zwischen den Großeltern auf dem Sofa und starrte Anna an, wie sie sich mit dem Okie im Kreis drehte. Sie tanzten nicht besonders gut, so ein bisschen steif und ohne jeden Schwung. Weil sie so alt waren, dachte ich da. Weg war die Egalität der Kriegsjahre, nun war Anna wieder bedeutend älter als ich und eine alte Schachtel, weil sie ja keine Kinder mehr bekommen konnte. Und wenn eine Frau keine Kinder mehr bekommen konnte, war sie für die Ehe gänzlich uninteressant, so zumindest hatte ich mir das erklärt. Allerdings bestand meine sexuelle Aufklärung vor allem in einem Notizheft voller unanständiger Zeichnungen, das mir einmal eine Mitschülerin zugesteckt hatte, um mich zu ärgern. Die Zeichnungen hatten mich gar nicht so sehr geärgert, wie sie mich gelangweilt hatten, und das Notizheft war recht schnell in den Müll gewandert. Nun aber, da ich Anna und den Okie so tanzen sah, kamen mir diese Kritzeleien wieder in den Sinn, und da wurde mir schlecht und gleichzeitig war ich ganz aufgeregt. Ich selbst konnte ja noch Kinder kriegen, ich war also immer noch eine gute Partie! Fräulein Claudia, wie soll ich das am besten formulieren? Ich wurde auf einen Schlag ganz besessen von den Männern. Und das war nicht leicht für mich. Stellen Sie sich vor, das ganze Haus voll amerikanischer Soldaten! Manche davon waren gutaussehend, andere weniger, aber alle waren sie Männer, und die Anwesenheit von jedem einzelnen spürte ich nun! Es waren magnetische Wellen, die mich ständig unter Strom hielten, wenn magnetische Wellen so etwas überhaupt können, was weiß ich schon von Physik. Und von der Physis verstand ich damals noch weniger!

Hätte ich es mir in den Kopf gesetzt, einen der Kerle richtiggehend zu verführen, hätte ich gar nicht gewusst, wie ich es anfangen sollte. Abgesehen davon, war ich ja zur Unauffälligkeit erzogen worden. Na, was schauen Sie mich so schief an, Fräulein Claudia? Diese Erziehung habe ich natürlich irgendwann abgelegt, sonst würde ich ja schon die längste Zeit in aller Stille dahinsiechen müssen wie Großmutter Else. Aber damals schien es mir höchstpeinlich, einem Mann Avancen zu machen. Eine anständige Frau wurde erwählt wie die holden Maiden in den Ritterromanen. Die ließen sich erst einmal ausgiebig Minne singen und Taschentücher aufheben und zierten sich, bis der Ritter sich ihnen durch seine Heldentaten würdig erwiesen hatte. Und bis es so weit war, warteten sie geduldig und taten sonst nicht viel. Eine solche Maid wollte ich sein.

Freilich gab es damals in Wien genug junge Damen, die Lippenstift auftrugen und sich mit angekohlten Streichhölzern die Augenbrauen nachzogen, aber über die wurde überall sehr abschätzig gesprochen. Dass die sich nur einen Ausländer angeln wollten, hieß es, einen mit Dollars in der Tasche. Diese Dollars waren mir jedoch herzlich egal, ich wollte einen Mann. Nun, da Anna uns verlassen hatte, kam ich kaum mehr aus der Waschküche heraus, so sehr überluden die Amerikaner mich mit ihren verschwitzten Uniformen und Hemden und Socken, und ich hätte mich hineinlegen mögen in ihre Wäsche, mich baden wollen in ihrem Geruch. Schauen Sie nicht so, Fräulein Claudia, was blieb mir armem Hascherl denn anderes übrig? In einem Alter, wo andere schon verheiratet waren und Mutter von drei Kindern und kriegsverwitwet und erneut verheiratet, hatte ich nichts als die Ausdünstungen von Kerlen, mit denen ich mich höchstens über das Wetter unterhalten konnte. Allerdings wurden mir die Amerikaner sehr bald verleidet, und das kam so.

Wenige Wochen nachdem Anna abgereist war, kam nämlich Onkel Otto zurück. Gesund war er zwar nicht, aber auf der Krankenstation brauchten sie die Betten und meinten daher, er würde es schon schaffen mit ein wenig Ruhe.

Und Tante Klara nahm diese Auflage sehr ernst! Ich konnte kaum Luft holen, ohne dass sie schon vor mir stand, den dürren Zeigefinger auf die Lippen gepresst und ein »Pssst« zischend, das viel lauter war als jedes Geräusch, das ich zuvor möglichweise gemacht hatte. Sogar die Großeltern schalt sie regelmäßig, obwohl die gar nicht mehr anders konnten, als leise zu sein. Die Amerikaner maßregelte sie zwar nicht, warf ihnen jedoch immerhin vorwurfsvolle Blicke zu, wenn sie etwa am Gang zu laut pfiffen. Auch wenn Onkel Otto den ganzen Tag über nur fiebrig in Sesseln saß oder auf Sofas lag, war er den Amerikanern nicht ganz geheuer. Immerhin war Otto ein Mann in einem gewissen Alter, und dass man keinen nennenswerten militärischen Rang feststellen konnte, hieß nichts, auf einmal wollte ja niemand mehr nennenswert gewesen sein. Die vormals größten Tiere stellten sich plötzlich als die kleinsten Rädchen im Getriebe dar, das war nicht ungewöhnlich, und dass Tante Klara sich jedem forsch in den Weg stellte, der ihrem Mann ein paar harmlose Fragen stellen wollte, erweckte nicht unbedingt zusätzliches Vertrauen. Es herrschte eine angespannte, fast schon feindliche Stimmung im Haus, seit Otto Lahm wieder zurück war, und ich konnte sie selbst bis in die testosterondurchtränkte Wäschekammer hinunter riechen. Diese Stimmung mag Mitschuld gehabt haben an der Tragödie, die sich eines Nachmittags ereignete.

Ich war wie immer mit der Wäsche beschäftigt, als ich durch das offen stehende Fenster plötzlich eine Männerstimme aus dem Hof vernahm.

»Hey!«, rief die Stimme, mit der üblichen amerikanischen Lässigkeit, und dann noch einmal, diesmal mit Nachdruck: »Hey, what are you doing?« Und ganz unvermittelt begann sie panisch, richtiggehend schrill, zu brüllen: »Hands down, hands down, hands down!« Sehen Sie, Fräulein Claudia, kein Wort davon habe ich vergessen. Und noch bevor ich vor Schreck mein Waschbrett fallen lassen konnte, ertönte der Schuss.

Was sich später rekonstruieren ließ, war Folgendes: Mein Großvater hatte das Haus verlassen. Dies war ungewöhnlich, denn in der Regel blieb er, wo Tante Klara ihn am Morgen platzierte. Zumeist saß er dann in einem Schaukelstuhl, mit einer alten Zeitschrift oder einem Buch in der Hand, um den Anblick erträglicher zu machen. An diesem Nachmittag aber stand er auf und trat zum ersten Mal seit Langem durch die Haustür ins Freie. Dieser Umstand allein hatte den jungen Amerikaner, den man dort Wache halten ließ, einigermaßen erstaunt, was sein erstes, noch recht entspanntes »Hey« begründete. Daraufhin habe der Großvater sich jedoch zu ihm umgewandt und sei »bedrohlich auf ihn zugewankt«, so auf jeden Fall beschrieb es der Amerikaner später, und habe dabei »mit der rechten Hand nach einem nicht einwandfrei identifizierbaren Gegenstand in der linken Jackentasche gegriffen, möglicherweise eine Schusswaffe«. Nachdem der Großvater nach dreimaliger Warnung nicht von diesem potentiell gefährlichen Gegenstand abgelassen hatte, hätte der Amerikaner keine andere Möglichkeit gesehen.

Mein Großvater starb mit der Elfenbeinpfeife in der Hand und einer Kugel im Herzen. Er war ins Freie getreten, um zu rauchen, zum ersten Mal in seinem Leben. Der Vorfall wurde als Unfall verbucht.

Hätte mein Großvater sich hingelegt an diesem Abend und wäre am nächsten Tag nicht mehr aufgestanden, es wäre kein besonders tragischer Tod gewesen, nicht wahr? Er war sehr alt gewesen. Wenn ich mich heute hinlege und nicht mehr aufstehe, ist das auch nicht besonders tragisch. Versuchen Sie gar nicht zu widersprechen, Fräulein Claudia, man ist doch ab einem gewissen Alter einigermaßen vorbereitet auf die Sollbruchstellen des Körpers, auf schwache Herzen, verengte Gefäße und entzündete Lungen. Nicht vorbereitet ist man auf kulturelle Missverständnisse, auf die fließenden Grenzen zwischen »freundlich« und »feindlich«, überhaupt auf die Ironie des Schicksals.

Ich sollte in meinem Leben noch viele Begräbnisse besuchen, aber auf keinem weinte ich so sehr wie auf dem meines Großvaters. Die Zeremonie am Zentralfriedhof war klein und nüchtern, außer mir waren noch meine Tante Klara mit dem maroden Onkel Otto gekommen und einige der bei uns lebenden Amerikaner aus schlechtem Gewissen. Sie schüttelten hinterher mit viel Druck unsere Hände, kurz darauf hatten sie eine neue Unterkunft für sich und ihr Verwaltungsbüro gefunden und zogen aus. Ich bedauerte nicht, dass sie gingen, denn seit mein Großvater tot war, stanken ihre Uniformen sauer und ekelhaft. Für kurze Zeit hörte ich auf, von einem Mann zu träumen.

Es dürfte Sie nicht überraschen, dass meine Großmutter meinem Großvater nur kurze Zeit später auf den Zentralfriedhof nachfolgte. Selbstverständlich ging sie auf viel unspektakulärere Weise: Sie holte sich einen Schnupfen, der sich zu einem Husten auswuchs, zu dem sich wiederum ein hartnäckiges Fieber gesellte, sodass die kleine, zarte Frau noch ein wenig heftiger zusammenschrumpfte und alle Haare verlor, als wollte sie noch einmal alles abwerfen, was an ihr einen letzten Überfluss darstellte. Kurz darauf war sie tot. Bei ihrem Begräbnis weinte ich nicht besonders viel, da sie gestorben war, wie man eben zu sterben hatte, alt, krank und im eigenen Bett. Selbst in dieser Beziehung hielt sie sich noch an die gesellschaftlichen Erwartungen. Da die Trauer mich also nicht ausfüllte, konnte ich in aller Ruhe wütend sein. Katharina war nicht gekommen, weder zur Beerdigung ihres Vaters noch zu der ihrer Mutter. Den Verstorbenen konnte es gleichgültig sein, aber mich ärgerte es umso mehr. Immer wieder bat ich Tante Klara, mir die Adresse des Klosters zu geben, damit ich meiner Mutter eigenhändig bitterböse Briefe schicken konnte. Klara nickte jedes Mal und sprach dann von etwas anderem.

Nachdem unser Haushalt so unerfreulich auf drei klägliche Personen zusammengeschrumpft war, wuchs er, für mich beinahe ebenso unerfreulich, bald wieder an. Zuerst kam mein dämlicher Cousin aus Russland zurück. Als er in Wien aus dem Zug stieg, sah er aus wie die Leiche eines Schornsteinfegers. Tante Klara vergaß sofort alle Sorgen um ihren Mann und stürzte sich mit aller Liebe auf dieses verdreckte Knochengerüst, das ihr Sohn war. Und wieder hieß es für mich von früh bis spät ruhig sein, weil nun der dämliche Cousin seine Ruhe brauchte, und beim Abendessen mussten die besten Stücke auf seinen Teller wandern. Tante Klara tat geradewegs so, als würden wir ihm das schulden. Dabei schuldete ich meinem dämlichen Cousin überhaupt nichts, ich hatte ihn nicht geheißen, in den Krieg zu marschieren. Das ist der mit der Rotzbremse gewesen, und seine Bagage, und der dämliche Cousin selbst, weil ihm die Panzer und Uniformen so gut gefielen. Den Krieg haben sich die Männer schon ganz allein eingebrockt, aber wir Frauen mussten das jetzt mit auslöffeln. Und unsere Löffel waren diesbezüglich sogar noch ein wenig größer, was wir der allgemeinen Ansicht nach verdient hatten, weil der Kelch des Frontkampfs und der Gefangenschaft an uns vorübergegangen war. Sogar meine herrische Tante Klara senkte den

Kopf nun demütig, wenn sie mit meinem dämlichen Cousin zusammen war. Es war, als hätten die Männer die Sühne schon abgeleistet, die wir Frauen noch abzuleisten hatten, allerdings in kleinen Dosen, über unser ganzes Leben verteilt. Darum sind die jungen Frauen später so gehorsam geworden wie ihre Großmütter, und so unglücklich.

Damals bemühte sogar ich mich sehr, zu allen Männern nett zu sein, manchmal sogar zu meinem dämlichen Cousin. Und dann trat, leider Gottes, Freddy Pregl in mein Leben.

SCHICKSALSJAHRE DER FRAU FIALLA

Bella gerant alii, tu felix Austria nube.

Den Spruch kennen Sie doch, Fräulein Claudia? Kriege mögen andere führen, du, glückliches Österreich, heirate!

Na, ein schönes Glück ist das mit dem Heiraten, wer so ein Glück hat, braucht kein Pech mehr. Dabei muss ich zugeben, dass ich zumindest einigermaßen selbst schuld an meiner Misere gewesen bin. Meine habsburgerschen Vorfahrinnen hingegen wurden verheiratet, ohne gefragt zu werden, als neunjährige Kinder zum Beispiel, und meistens an ihre Cousins. Meinen dämlichen Cousin hätte ich nicht heiraten mögen, aber wissen Sie, der Freddy Pregl ist im Endeffekt leider um nichts besser gewesen.

Sagen Sie, Fräulein Claudia, haben Sie eigentlich schon einmal einen so richtig schönen Mann gesehen? Ich meine, nicht bloß gutaussehend. Meine früheren Verehrer waren allesamt gutaussehend gewesen, sie hatten mich nicht die Bohne interessiert. Auch einige der amerikanischen Soldaten waren gutaussehend und die Mechaniker in der Fabrik, mein Gott, manche Frauen hätten sicher auch meinen dämlichen Cousin als einigermaßen gutaussehend bezeichnet. Aber Schönheit ist doch etwas anderes. Über weibliche Schönheit sind ganze Bücher geschrieben worden, doch ein schöner Mann ist kaum in Worte zu fassen. Und heute fällt es mir besonders schwer, wo ich jetzt doch weiß, welcher Unrat sich hinter derart glänzenden Fassaden befinden kann.

Aber als ich Freddy Pregl damals zum ersten Mal erblickte, in unserem Salon mit Tante Klara ins geschäftige Gespräch vertieft, dachte ich sofort an meine Ritter, deren innere Tugend sich stets in ihren symmetrischen Gesichtszügen ausdrückte. Das war Freddy nämlich vor allem – unglaublich symmetrisch! Keinerlei Schieflage war zu erkennen, die Nase gerade, die Augen gleich groß, und wenn er lächelte, zog er die Mundwinkel gleichmäßig auseinander. Es schien, als hätte er alles Bäuerliche, Ungenaue, Unregelmäßige aus seinem Gesicht verbannt, genauso wie aus seiner Aussprache. Er drückte sich nämlich sehr gewählt aus, in fast perfektem Hochdeutsch. Das hatte er sich während des Krieges zugelegt denn um nichts unterscheiden wollte er sich von seinen Kameraden aus dem »Altreich«, darum hat er sich seinen Kärntner Zungenschlag abgewöhnt, wie andere sich das Rauchen abgewöhnen. Dort ist er eigentlich hergekommen, aus Kärnten, aus dem Süden. Doch umso nördlicher hat er sich immer gegeben, und die wasserblauen Augen haben das Ihre dazu getan. Dass sein Geburtsname Korosec̆ gewesen ist und Pregl nur der Mädchenname seiner Mutter, hab ich erst viel später erfahren. Freddy hat den Korosec̆ sein Lebtag verleugnet, wie er überhaupt ziemlich vieles verleugnet hat nach dem Krieg. Die Amerikaner haben ihm jedoch geglaubt und den Persilschein ausgestellt. Persilschein, Fräulein Claudia, so sagte man zu den Papieren, die einem bescheinigten, dass man kein Nazi gewesen ist. Dass man eine weiße Weste hat, sozusagen sauber wie mit Persil gewaschen. Freddy war in Deutschland als »Mitläufer« eingestuft worden, was die zweitbeste Kategorie war, nur »entlastet« war noch sauberer.

»Aber das ist sehr ungerecht«, erklärte er Tante Klara just in dem Moment, als ich den Salon betrat, »immerhin bin ich nur Parteimitglied geworden aus wirtschaftlichen und gesellschaftlichen Zwängen!«

Und Tante Klara, die bei all den unappetitlichen, aber profitablen politischen Kontakten und Verwicklungen niemals selbst Parteimitglied geworden ist, nickte verständnisvoll. Allerdings hieß sie auch nicht Korosec̆ und war nicht auf einem ärmlichen Bauernhof geboren worden, das machte es womöglich einfacher, solchen Verheißungen zu widerstehen.

Im Übrigen war es mir damals herzlich egal, wie und worüber Freddy redete. Ich war geblendet! Dieser Mann schien nicht im Geringsten gezeichnet zu sein von den vergangenen Kriegsjahren, wie es mein dämlicher Cousin und Onkel Otto waren, wie es Tante Klara war und auch ich. Er war in meinem Alter und gleichzeitig wie neu: schlank, ohne mager zu sein; gepflegt, ohne weibisch zu sein; männlich, ohne verwundet zu sein. Das mag jetzt so nacherzählt wenig spektakulär klingen, aber damals fuhr dieser Anblick in mich hinein wie ein Blitz, oder vielleicht richtiger: wie der Teufel. Ich hatte den Salon eigentlich nur betreten, um meiner Tante Klara etwas zu bringen, war es ein Schreibheft oder ein Teller Gebäck oder ein Taschentuch gewesen, ich weiß es nicht und wusste es schon in dem Augenblick nicht mehr, in dem ich es aus der Hand gegeben hatte. Freddy lächelte mich an, so geradlinig, wie er eben lächelte. Und um mich war's endgültig geschehen.

Ich will meine erste Ehe hier kurzhalten, viel kürzer, als sie wirklich gewesen ist, denn immerhin hat sie fünfzehn

Jahre lang gedauert, die sich angefühlt haben wie fünfhundert. Allerdings fällt mir auch keine Habsburgerin ein, die glücklich verheiratet gewesen ist. Warum sollte ausgerechnet ich da eine Ausnahme darstellen?

Man kann es so zusammenfassen: Freddy und ich sind aufeinander reingefallen, ich auf seine strahlende Schönheit und er auf den Irrglauben, ich wäre die Erbin der Automobilfabrik. Er kam wie gesagt aus keinem reichen Elternhaus, und genau deshalb war er besonders ehrgeizig. Wenn er sich etwas vornahm, erreichte er es auch, und gerade hatte er sich vorgenommen, ein Automobil zu besitzen. Das war ein Irrsinn zu dieser Zeit, weil ja kaum Autos hergestellt wurden, und die wenigen, die doch hergestellt wurden und unserer Firma das Überleben sicherten, waren nicht zum Privatgebrauch gedacht. Aber Freddy war das egal. Er hatte im Krieg für die Wehrmacht Autos gefahren und würde deshalb auch im Frieden ein Auto fahren, alles andere wäre ein Rückschritt, und Rückschritte waren nicht zu akzeptieren. Darum war er also ursprünglich zu Tante Klara gekommen: Er wollte um ein Auto verhandeln. Doch als er mich da hereinkommen sah, kam ihm der Gedanke, dass es etwas gab, das noch besser war, als ein Auto zu besitzen, nämlich eine Autofabrik zu besitzen.

Das hat er natürlich niemals zugegeben, aber ich bin mir sicher, dass er mich in diesem Moment für Klaras Tochter hielt und somit für eine gute Partie. Da war so ein Flackern in seinem Blick, und im Nachhinein bin ich immer sehr hellsichtig!

Freddy bat mich sogleich liebenswürdig, zu bleiben und mich zu ihm zu setzen. So einer war er nämlich, der in fremden Häusern die Bewohnerinnen dazu anhielt, sich doch zu setzen. Tante Klara kräuselte die Lippen, sagte aber nichts dagegen. Ich nahm mit zitternden Händen und trockenem Mund in einem der Lehnsessel Platz. Freddy redete fortan mit uns gerade so, als wäre er der Verkäufer und Klara und ich die Kundinnen, nur dass er kein Auto verkaufte, sondern sich selbst. Und seine Vorzüge waren so zahlreich und vielfältig, dass er ewig darüber sprechen konnte, während mir das Blut so laut in den Ohren sauste, dass ich ihn kaum verstand. Mein Herz schlug, wie es noch nie zuvor geschlagen hatte, nicht bei den romantischsten Ritterromanen, nicht einmal bei all den verschwitzten Amerikanern im Haus. Wenn Freddy hin und wieder eine Frage stellte, kamen die Worte nur glucksend aus meinem Mund, und hinterher wusste ich nie, ob es überhaupt richtige Antworten gewesen waren oder bloße Geräusche. Freddy schien sich daran glücklicherweise nicht zu stören. Nachdem er schließlich seiner Meinung nach genug Vorarbeit geleistet hatte, lud er mich für den Abend ins Kino ein. Ich blickte hoffnungsfroh zu Tante Klara und gluckste: »Darf ich?«

Sie zögerte einen Augenblick, und heute glaube ich, dass sie in diesem Moment darüber nachdachte, ob sie mich retten sollte. Auf ihre Art hatte Klara doch ein Verständnis von Männern, immerhin hatte sie mit Freud diskutiert!

Dann zuckte sie allerdings nur mit den Schultern: »Bist ja alt genug.« Damit war mein Schicksal besiegelt.

Da Freddy einen ehrgeizigen Plan verfolgte, waren wir drei Monate später verlobt. Inzwischen hatte er freilich herausgefunden, dass ich lediglich Klaras Nichte war. Vermutlich hätte er da lieber meinen dämlichen Cousin geheiratet, aber das war damals ja noch nicht möglich. Immerhin konnte er sich damit trösten, dass ich dennoch ein beachtliches Erbe erhalten sollte und er im Unternehmen eine Stelle auf Lebenszeit.

Freddy hatte nämlich nichts gelernt, nichts Richtiges zumindest, nichts von der Pike auf. Es war eher so, dass er in seinem Leben allerlei Kenntnisse aufgepickt hatte, quasi im Vorbeigehen: Im bäuerlichen Betrieb seiner Eltern musste er früh die körperliche Arbeit kennenlernen, in einer Kirchenschule die geistige, später als Postbote hatte er Briefe ausgefahren und noch später an der Front war er der Chauffeur von irgendjemand Wichtigem gewesen. Wer dieser Wichtige war, kann ich Ihnen nicht verraten, weil Freddy es mir nie verraten hat. Ich schätze aber, seine Parteimitgliedschaft wird sich da bereits ausgezahlt haben.

Damals machte ich mir jedenfalls keine Gedanken über Freddys Vergangenheit, wie ich mir generell keine Gedanken machte. Mein Kopf schien mir grell ausgeleuchtet von seiner blendenden Schönheit, und selbst wenn er gerade nicht bei mir war, sah ich ihn überall. Alles erinnerte mich an ihn: die Budapester meines dämlichen Cousins im Schuhschrank (Freddy trug ähnliche), der morgendliche Malzkaffee in der Tasse (Freddys Haar hatte dieselbe Farbe), der zerknüllte Putzfetzen im Waschbecken (fragen Sie mich nicht, was genau es war, aber irgendetwas an diesem nassen Stück Stoff hatte in meinen Augen ebenfalls frappante Ähnlichkeit mit Freddy). Die verhasste Hausarbeit ging mir jetzt leicht von der Hand, denn ich sah sie nun als Generalprobe für die lebenslange Vorstellung, die ich als Haus- und Ehefrau geben wollte. Mit dem Waschen und Bügeln hatte ich ja schon mehr als genug Erfahrung gemacht, jetzt begab ich mich ans Stricken, Stopfen und Kochen, immer mit der Erinnerung an unsere beiden Annas im Kopf, denn Tante Klara war mir hierbei keine große Hilfe. Sosehr sie sich auch bemühte, eine gute Frau für die kriegsgeschundenen Männer zu sein, Hausarbeit lag ihr einfach nicht. Mir im Übrigen auch nicht, doch das wollte ich mir auf keinen Fall eingestehen. Freddy hatte diesbezüglich nämlich Erwartungen, seine Mutter war fleißig, fromm, hübsch und noch einmal fleißig gewesen, leider jedoch jung verstorben. Ich behauptete, mit meiner Mutter verhielte es sich ebenso. Freddy wirkte damit recht zufrieden, denn Tante Klara war ihm Schwiegermutter genug.

Da wir unsere Verlobung, wie es damals üblich war, im Anzeigenteil der Zeitung verkündet hatten, trudelten nach und nach einige Glückwunschschreiben ein. Die meisten kamen von Leuten, die irgendetwas mit Tante Klara oder Onkel Otto zu tun hatten, vor allem Mitarbeiter aus Fabrik, Autogeschäft oder Bankwesen. Aber eines Tages befand sich unter meiner Post eine Ansichtskarte. Abgebildet war die Wiener Augustinerkirche um die Jahrhundertwende. Davor spazierten Damen mit großen Hüten umher, ein Fiaker mit gelblichen Pferden schob sich an ihnen vorbei. Die Karte war bereits vergilbt, die Schrift auf der Rückseite jedoch schien frisch. Ich kannte sie, konnte sie aber nicht sofort zuordnen. Wenn Sie erlauben, Fräulein Claudia, möchte ich zitieren, denn die Worte haben sich in meine Erinnerung gebrannt, obwohl oder vielleicht sogar, weil sie so banal waren.

Liebes Hannerl, stand dort geschrieben,

nun hast du dich also verlobt, wozu ich herzlich gratulieren möchte. Wie gerne würde ich deiner Hochzeit beiwohnen, allerdings ist meine Frau im Moment unpässlich, und es wäre leichtsinnig von mir, sie in diesem Zustand allein zu lassen. Ich erbitte dein Verständnis!

Mit den herzlichsten Grüßen,

dein lieber Papa

PS. Natürlich sollst du ein Hochzeitsgeschenk von mir erhalten, ich werde es dir bei der nächsten Gelegenheit schicken!

Diese »nächste Gelegenheit« sollte sein Begräbnis sein, aber dazu komme ich noch.

Damals las ich die Karte, riss sie in viele kleine Teile und ließ sie als Flocken in den Mistkübel schneien. Erst so viel später verstand ich dummes Ding den Hinweis! Was schauen Sie mich so bedröppelt an, Fräulein Claudia, es ist doch ganz eindeutig, was er mir damit sagen wollte. Die Augustinerkirche hat er mir geschickt, wo all seine Vorfahren vor den Altar und damit ins Unglück getreten sind: Franz Joseph und Elisabeth, Rudolf und Stephanie. Doch das ist noch längst nicht alles! Auch ihre Herzen liegen dort. In der Kapuzinergruft sind nämlich nur die Habsburger Gebeine bestattet, ihre Herzen hingegen wurden zuvor herausgeschnitten und nun in so Vasen aufgebahrt bei den Augustinern. Mein Vater hat mir zur Verlobung eine Hochzeitskirche voller Habsburger Herzen geschickt, und ich habe die Postkarte nur enttäuscht zerrissen.

Mein Hochzeitsfest fiel dann ausgesprochen bescheiden aus, es war ja alles Mangelware. Sogar an Menschen mangelte es! Wie viele Menschen waren in den vergangenen Jahren gefallen, verschollen, verschwunden, und von Zeit zu Zeit verschwanden immer noch welche von den Straßen, manche von ihnen tauchen irgendwann in Sibirien wieder auf. Ein paar von denen waren vielleicht tatsächlich Nazis gewesen oder Spione.

Mir mangelte es an meinem Hochzeitstag jedoch an nichts und niemandem, denn Freunde hatte ich ja nie gehabt. Außer vielleicht unsere beiden Annas, aber weder von der einen noch von der anderen habe ich je wieder etwas gehört, nachdem sie uns verlassen hatten. Vielleicht sind wir unseren Dienstmädchen nie so sehr Familie gewesen, wie wir geglaubt haben.

Die Hochzeitsgesellschaft bestand daher vor allem aus Mitarbeitern aus Fabrik und Autogeschäft, außerdem natürlich aus dem mickrigen Rest von Familie, der mir geblieben war: Tante Klara, der lahme Otto und mein dämlicher Cousin. Von Freddys Seite kam niemand. Wenn er früher von einem Beruf in den nächsten schlitterte, war es stets so gewesen, als schlitterte er von einem Leben ins andere. Er hatte in der Lateinschule bereits die anderen Bauernkinder hinter sich gelassen und in der Postfiliale seine Mitschüler schon vergessen und als Chauffeur im Krieg wiederum die Postler. Jetzt trat er in unsere Autofabrikanten-Familie ein und ließ seine Kameraden zurück wie abgelegte Kleidung. Auch von seinen Verwandten kam niemand, die Anreise wäre ihnen zu weit, erklärte Freddy. Das mag zum Teil gestimmt haben, aber noch mehr glaube ich, dass er sich geschämt hat für die Leute, die nicht so schön aussahen wie er und nicht so gestochen scharf redeten und doch sein Fleisch und Blut waren.

Wir machten viele Hochzeitsfotos, auf denen wir beide traditionsgemäß verdrießlich aussahen. Als Geschenk bekamen wir von den Lahms einen mintgrünen Mittelklassewagen namens »Olympia«, und selig saß ich auf dem Beifahrersitz, während Freddy uns zur Hochzeitsreise in die Wachau chauffierte. Dort tranken wir viel Marillenschnaps, die Donau plätscherte, die Sonne schien, und ich dachte, wie es alle jungen Leute immer denken, das Leben würde ewig so weitergehen.

Heute aber weiß ich, dass Freddy prädestiniert war für ein Leben in Enttäuschung. Er hielt sich selbst nämlich für so groß, dass die Welt um ihn herum immer irgendwann zu eng werden musste. Jeder Lohn war für ihn eine Selbstverständlichkeit, die leider etwas zu spät kam, jeder Verzicht eine kränkende Zumutung. Anders als seine Arbeitsstellen war die Ehe jedoch ein permanenter Zustand, kein Aufstieg mehr möglich.

Denn seine kühnsten Träume hatten sich mit einem Schlag alle erfüllt: Er war Automobilbesitzer geworden, ohne einen Groschen dafür zu bezahlen. Außerdem blieben wir in unserem herrschaftlichen Ringstraßenhaus wohnen, die Lahms traten uns einige Zimmer ab, die wir von da an unsere Wohnung nannten. Freddy schritt anfangs sehr stolz durch die hohen Räume und stand gerne in den Fenstern, als wäre er selbst ein Kunstwerk des Historismus. Ich hingegen hätte eigentlich lieber etwas Eigenes gehabt. Wir lebten mit den Lahms doch ein bisschen so unter einem Dach wie früher mit den Amerikanern: als erzwungene Gäste. Eigenen Hauseingang hatten wir keinen, beim Kommen und Gehen liefen wir stets dem lahmen Otto oder dem dämlichen Cousin über den Weg, und Tante Klara erwartete immer noch, dass ich die Wäsche für die ganze Familie machte, wozu hatte man immerhin eine Hausfrau im Haus? Denn dass ich arbeiten ginge, und sei es nur als Tante Klaras Sekretärin und nur für ein paar Stunden in der Woche, war für Freddy ganz und gar ausgeschlossen.

»Wie sähe das denn aus für deine Tante«, sagte er, »wenn die ganze Welt erfährt, dass ihre eigene Nichte schuften gehen muss, weil sie deren Gatten kein anständiges Gehalt bezahlt?«

Tante Klara hatte Freddy, nachdem sich unsere Hochzeit als unvermeidbar abgezeichnet hatte, wie erwartet eine Stelle im Unternehmen verschafft, nämlich als eine Art Verkaufsleiter. Er konnte eben gut reden und sah noch besser aus, das gefiel den reichen Herrschaften, von denen es langsam wieder mehr und mehr gab. Es ging nämlich bergauf, mit der Autoindustrie und der Wirtschaft und überhaupt! Freddy brachte in Wahrheit gar nicht wenig Geld nach Hause, und ich hatte auch ein bisschen etwas auf der hohen Kante. Also, das ist eine etwas komplizierte Angelegenheit, in der ich mich selbst nicht recht auskenne, aber ich versuche, es Ihnen trotzdem zu erklären: Mein Großvater hat mir schon zu seinen Lebzeiten, nämlich am Tage meiner Geburt, einen winzigen Anteil seiner Firma vermacht, »zur Absicherung für das arme Bankert«, wie er gesagt haben soll. Ein Bankert, Fräulein Claudia, das ist ein Kind, das eben nicht im ehelichen Bett gezeugt worden ist, sondern mit der Magd auf einer Bank, und auch wenn meine Mutter beileibe keine Magd war und meine Zeugung auf keiner Bank, sondern in einer Vorratskammer stattfand, sagte er es trotzdem. Nun, diese »Absicherung« existierte als bloßer Prozentsatz, der tief in dem Unternehmen drinsteckte und nicht so einfach herauszuholen war. Verwaltet wurde dieses Geld wie das gesamte Firmenvermögen von Tante Klara und Onkel Otto, und hin und wieder bekam ich eine kleine Dividende. Sicher wäre es möglich gewesen, sich von Klara ausbezahlen zu lassen, das hätte dann vielleicht sogar für eine eigene Wohnung gereicht, allerdings für keine, die Freddys Ansprüchen gerecht wurde. In Wahrheit war er nämlich auch mit dem Ringstraßenpalais bald schon unzufrieden. Sein Ehrgeiz wollte ihn immer höher hinaufdrängen, nur war da gar keine Sprosse mehr auf der Leiter, die er hätte erklimmen können, und es kam, wie's kommen musste: Freddy stürzte ab.

Zu Beginn bemerkte ich es kaum. Da waren höchstens eine leichte Verstimmtheit, ein paar kritische Worte seinerseits, scheinbar gedankenlos hingeworfen und kaum scharf genug, um mich zu verletzen. Mit der Zeit aber wurde es immer offensichtlicher: Freddy war höllisch unzufrieden, und ich dumme Gans dachte, es läge an mir. Wissen Sie, ich hatte mich in meinem Leben ja noch nie wirklich angestrengt. In der Schule wäre es vielleicht gescheit gewesen, ich aber war immer lieber in meine eigenen Träume geflüchtet. Die Ehe hingegen, sagte ich mir, war der wahr gewordene Traum und somit die unleugbare Wirklichkeit, erforderte also meine wirkliche Anstrengung. Ich bemühte mich redlich, und damit meine ich beileibe nicht nur den Haushalt! Die Männer gingen ja mit allerhand Erfahrung in die Ehe und erwarteten sich dann als Braut eine Jungfrau mit dem Wissen einer Hure. Was denn, Fräulein Claudia, wenn es doch wahr ist? Ich war dreißig und ungeküsst, bis dieser Freddy Pregl in mein Leben trat. In meiner Hochzeitsnacht wurde mir erst deutlich, was ich alles nicht gewusst hatte. Natürlich war ich aufgeklärt worden, auf eine biologisch-nüchterne Art und Weise, aber die möglichen Freuden des Körpers waren mir völlig unbekannt gewesen. Sie müssen gar nicht so rot werden, ich verspreche Ihnen, nicht weiter ins Detail zu gehen, es ist ja auch völlig unwichtig. Aber was ich eigentlich sagen wollte: Mir wurde erst unter Freddys Körper bewusst, dass ich selbst einen Körper hatte! Und das war jetzt doch noch einmal etwas ganz anderes, als sich in Ritterromanen zu vergraben oder die Nase in verschwitzte Wäsche zu stecken. Freddy war ein wirklicher Mann und ich eine wirkliche Frau. Diese Wirklichkeit, diese Gewöhnlichkeit schien mir damals als höchste Tugend. Ich schämte mich für das verträumte Mädchen, das ich einmal gewesen war, und gratulierte mir sehr zur endlich erreichten Reife. Gleichzeitig wirkte Freddy jedoch mit jedem Mal enttäuschter und enttäuschter. Daher versuchte ich mich an die ordinären Zeichnungen meiner Mitschülerin zu erinnern. Aber jeder hilflose Versuch erotischer Extravaganz endete bloß in einem peinlichen Schweigen, das Freddy noch verdrießter und mich noch unsicherer machte. Wissen Sie, die Wichtigste der ehelichen Pflichten schaffte ich nicht zu erfüllen: Ich wurde einfach nicht schwanger. Dabei war Freddy so erpicht darauf, ein Kind zu zeugen. Das stand ganz oben auf seiner Liste der zu erreichenden Ziele eines anständigen Lebens. Und dass ich ihm gerade diesen einfachen, diesen einfachsten Männerwunsch nicht erfüllen konnte, führte dazu, dass ich schließlich selbst enttäuscht war: von meinem Körper, von Freddy, von der Wirklichkeit. Nach einem Jahr Ehe war die Stimmung bei uns bitter wie Wermut.

Freddy entkam diesem Dunst immerhin täglich für ein paar Stunden. Wenn er morgens das Haus für die Arbeit verließ, zog er sich mit seinem Mantel zugleich ein Lächeln über, und wenn er abends heimkam, hängte er beides gemeinsam an der Garderobe auf. Dann zog sich sein Gesicht eng zusammen, weg war alle Symmetrie, und seine gestochen scharfe Aussprache wich einem unverständlichen Brummen. Wenn er denn überhaupt noch mit mir redete. Wir gingen weder ins Kino noch zum Tanzen, der einzige außereheliche Kontakt, den ich noch pflegte, war gezwungenermaßen der zu den Lahms. Während Freddy bei der Arbeit war, saß ich auf dem Sofa und blickte die Wand an, an der ich überhaupt nichts sah, keine Ritter, keine Burgfräulein, die Fantasie war mir ausgegangen, wie einer Bäckerei abends das Brot ausgeht, als wäre mein Lebensabend bereits gekommen. Manchmal wurde mir dann auch schwarz vor Augen und ich sank in eine finstere, aber nicht unangenehme Kühle hinein. Wenn Freddy dann nach Hause kam, war er enttäuscht, dass kein Essen bereitstand, und ich war enttäuscht, wieder aus meinem Grab heraussteigen zu müssen. Aber auch so vergeht die Zeit, Fräulein Claudia, fünf Jahre, zehn, fünfzehn.

Man meint immer, dass es bei einer zerbrechenden Ehe ein gewisses Ereignis geben muss, einen Konflikt, eine Revolution, in der die Liebe unter wehenden Fahnen am Schafott geopfert wird. Manchmal ist es jedoch nur die Last der Enttäuschungen, die alles erdrückt.

So schlimm die Ehejahre waren, so entscheidend waren sie auch, und hätte es sie nicht gegeben, wäre ich wohl nie dahintergekommen, wer ich wirklich bin. Es ereigneten sich in dieser Zeit nämlich einige wichtige Dinge. Zuerst wurde Österreich für frei erklärt, und diesmal endgültig, die letzten Besatzungssoldaten zogen von dannen, ich erfuhr es im Flur von Tante Klara und hatte keine Meinung dazu, außer vielleicht, dass ich ein wenig neidisch auf dieses freie Österreich war.

Das noch viel wichtigere Ereignis fand schließlich einige Jahre später statt und wieder war Klara die Botin. Diesmal klopfte sie sehr förmlich an unsere Wohnungstür, die eigentlich nur eine Zimmertür in ihrem eigenen Haus war, dann trat sie mit gefalteten Händen und ernstem Gesichtsausdruck ein. Es war bereits Abend, ich hatte die Stricksachen in der Hand und Freddy die Zeitung. Wir spielten Ehepaar, aber ich strickte nicht und er las nicht, wir dümpelten beide in unserem düsteren Teich aus vagen Vermutungen, wie das Leben hätte sein können, wäre es anders gelaufen. Tante Klara redete nicht lange um den heißen Brei herum: Mein Vater war gestorben.

Ich wusste nicht, was ich sagen sollte.

»Wer?«, fragte Freddy und blickte von der Zeitung auf.

»Johann Witz«, antwortete Tante Klara, »der Vater vom Hannerl.«

»Aha«, sagte Freddy, während er schon wieder in die Zeitung schaute, »du hast also einen Vater gehabt.«

Und da begann ich zu schluchzen. Denn er hatte recht: Ich hatte einen Vater gehabt.

Wissen Sie, Fräulein Claudia, als Kind besaß ich eine Puppe mit einem hübschen Kleid und Haaren, die man richtig kämmen konnte. Eine Zeit lang spielte ich sehr gern mit dieser Puppe und irgendwann dann nicht mehr, sie verschwand in einer Spielzeugkiste unter meinem Bett. Als ich etwa vierzehn oder fünfzehn Jahre alt war, erzählte mir die eine Anna lachend, wie sie vor vielen, vielen Jahren ebendiese Puppe aus der Kiste stibitzt und einem armen Mäderl in der Straßenbahn geschenkt hätte, was mir bis dahin nicht einmal aufgefallen wäre. Und das stimmte, es war mir nicht aufgefallen, ich wüsste bis heute nichts davon, hätte Anna es mir nicht gebeichtet. Und trotzdem schossen mir, dem schlaksigen Backfisch mit dem modischen Bubikopf, die Tränen in die Augen, ich heulte so frenetisch, dass Anna gar nicht wusste, wie sie mich trösten sollte. Untröstlich war ich, weil ich nämlich gar nicht traurig war, oder jedenfalls nicht nur: Ich hatte etwas Verlorenes wiedergefunden und etwas Wiedergefundenes verloren, und das im selben Augenblick, in einem einzigen ausgesprochenen Satz. Und genauso war es nun mit meinem Vater.

Tante Klara legte mir, hilflos wie Anna damals, die Hände auf die Schultern, näher sind wir einer Umarmung im Übrigen nie gekommen. Selbst Freddy grunzte irgendetwas Mitleidvolles.

»Ein Herzschlag«, sagte Tante Klara, »schnell und schmerzlos. Er hat nicht leiden müssen.«

Das sagen die Leute so, wenn jemand schnell stirbt, und wenn jemand langsam gestorben ist, sagen sie: »Jetzt muss er nicht mehr leiden«, und beides sollte gleichermaßen ein Trost sein für etwas, für das es gar keinen Trost geben kann.

Obwohl ihn Tante Klara selbstverständlich von der Arbeit freigestellt hätte, wollte Freddy mich partout nicht auf das Begräbnis begleiten.

»Ich kannte den Mann doch überhaupt nicht«, brummte er missmutig, und ich antwortete schluchzend: »Ich doch auch nicht!«

In diesem Moment wusste ich noch gar nicht, wie recht ich damit hatte. Freddy war dennoch nicht zu erweichen, er konnte es nicht ausstehen, um etwas anderes trauern zu müssen als um sein eigenes Lebensglück. Ich drängte ihn auch nicht weiter dazu, er wäre mir ohnehin keine Stütze gewesen. Am Tag der Beerdigung litten Tante Klara und Onkel Otto nun aber beide unter einer Magengrippe, und so wurde schließlich mein dämlicher Cousin zu meinem Begleiter und dem offiziellen Vertreter der Familie Lahm bestimmt. Er chauffierte mich, ohne zu murren und sogar ohne etwas Dämliches zu sagen, nach Grinzing. Das ist ein schöner Friedhof dort, direkt hinter den Heurigenlokalen. Gustav Mahler liegt da begraben und seine Alma, außerdem Paula Wessely, Peter Alexander und Thomas Bernhard, also sagen wir, ein Querschnitt durch die gesamte österreichische Seele. Na, damals lagen sie dort noch nicht, damals haben die ja alle noch gelebt bis auf den armen Gustl. Und wo später der Grabstein meines Vaters stehen sollte, stand nur ein provisorisches Holzkreuz und darauf der Name »Johann Witz«, der so ganz ohne Titel oder sonstigem Zusatz zu klein und kurz wirkte für den Kreuzquerbalken. Dafür war die Trauergemeinde viel größer, als ich erwartet hatte, und größer als alle Trauergemeinden, an denen ich bisher teilgenommen hatte. Hier waren Alte und Junge versammelt,

Familien mit Kindern, grobschlächtige Männer in Trachtenjacken, außerdem ein ganzer Haufen schluchzender älterer Damen. Mein Vater, so staunte ich, war ein beliebter Mann gewesen! Die Leute weinten, und gleichzeitig lachten sie viel, wenn sie über ihn sprachen. Ein paar von ihnen trugen sogar Erinnerungsstücke bei sich, Dinge, die sie in seinem Laden gekauft hatten: kleine Figürchen, Tücher aus bunten Stoffresten, ein Bub schleppte sogar einen ausgestopften Vogel unterm Arm.

»Geschmacklos«, raunte mein dämlicher Cousin, so ganz konnte er sich seine Dämlichkeit dann doch nicht verkneifen. Eine kleine, zarte Dame mit schwarzem Hut und verheulten Augen huschte auf mich zu und fragte, ob ich seine Tochter wäre, das Hannerl. Ich nickte und sie lächelte mich tapfer an. »Ich bin seine Frau«, sagte sie, »schade, dass wir uns nicht bei einer schöneren Gelegenheit kennenlernen konnten. Aber Sie hatten ja immer diese fürchterliche Migräne!«

Es scheint, mein Vater hat seine verschiedenen Leben ganz gut voneinander ferngehalten.

Am Grab wurden dann zahlreiche Reden gehalten, jeder hatte ein kleines Erlebnis oder eine Anekdote über den Johann Witz zu erzählen, zum Schluss erhoben die Redner unsichtbare Gläser und sagten so etwas wie: »Wir sehen uns auf der anderen Seite, Hansi!«

Mein dämlicher Cousin schielte immer wieder auf seine Armbanduhr, ich hingegen ließ meinen Blick lieber über die Menschenmenge wandern. Und zum Glück, denn nur so konnte ich die alte Frau erblicken, die etwas abseits stand, oder eigentlich saß sie dort, in einem Rollstuhl nämlich. Man konnte trotzdem erkennen, dass sie groß gewachsen war und auch sehr gerade, wissen Sie, wie so ein gut gepflegter Baum. Als Baumkrone sozusagen trug sie einen Hut mit großer

Krempe und dunklem Netzschleier, der ihre Augen bedeckte, darunter jedoch war eine ziemlich lange Nase zu erkennen. Und wissen Sie, wer das war, Fräulein Claudia?

Das war die Elisabeth Petznek!

Na, was schauen Sie mich jetzt so an wie ein Goldfisch? Sagt Ihnen der Name denn gar nichts? Nun gut, mir hätte er damals auch nichts gesagt. Ich betrachtete die Dame bloß, weil sie irgendwie so überhaupt nicht zu all den treuen Kundinnen und Kunden des Kurzwarenladens mit ihrer einfachen Kleidung und dem Tand aus Vaters Geschäft zu passen schien. In ihrer spröden Eleganz passte sie auch nicht zu den schluchzenden Damenbekanntschaften. Schließlich meinte ich, sie wäre vielleicht nur eine Passantin, die rein zufällig hier vorbeigekommen war und aus Neugier angehalten hatte. Nie und nimmer wäre mir eingefallen, dass diese Frau meine Tante war, meine Tante Erzsi!

So, jetzt klingelt's aber langsam, nicht wahr? Erzsi, also die Tochter vom Kronprinz Rudolf, das einzige Kind aus seinem ersten Leben mit der unglückseligen Prinzessin Stephanie. Somit die Halbschwester meines Vaters. Stellen Sie sich das vor, Fräulein Claudia: Die letzte Kaiserin – denn sie wäre unsere Kaiserin geworden, wäre das Erbrecht nicht so frauenfeindlich gewesen und das Land überhaupt eine Republik – erwies meinem Vater, ihrem Halbbruder, die letzte Ehre! Freilich, nur anonym aus sicherer Entfernung und halb hinter ihrem Schleier versteckt, denn auch sie wusste ein Geheimnis zu wahren. Ich löste meinen Blick von ihr, als der Sarg endlich hinuntergelassen wurde, und als ich später wieder aufsah, war sie verschwunden, so still und heimlich, wie sie erschienen war. Aber sie war da gewesen, daran gibt es für mich bis heute keinen Zweifel!

Während sich die ganze Trauergemeinde in einer Prozession

langsam vom Grab Richtung Heurigenlokal bewegte, wo der Leichenschmaus angerichtet war, kam abermals die neue Frau meines Vater auf mich zugehuscht. Sie war nämlich eine Person, die ausschließlich huschte, so ein bisschen, als hätte sie keinen rechten Platz in der Welt und würde überall nur stören. Jedenfalls überreichte sie mir in der ihr eigenen hastigen Art ein Holzkästchen, das an den Rändern ein wenig mit Perlen verziert war, ansonsten jedoch nicht sonderlich wertvoll aussah.

»Dein Vater wollte, dass du es bekommst«, sagte sie, »es ist ein Hochzeitsgeschenk. Er wollte es dir unbedingt persönlich überreichen. Aber leider warst du da ja immer unpässlich!«

Mein dämlicher Cousin blickte mich leicht amüsiert von der Seite an, denn von meinen vielen Krankheiten war ihm bisher nichts bekannt gewesen.

Als ich nach dem Leichenschmaus wieder nach Hause kam, war Freddy schon von der Arbeit zurückgekehrt, was mir gar nicht recht war, weil ich das Kästchen gern vor ihm versteckt hätte. Ich versuchte, es irgendwie unter meiner Strickjacke zu verbergen, aber selbstverständlich ging das schief und er war jetzt nur umso neugieriger.

»Was hast du denn da, Johanna?« Er sagte nämlich ausschließlich Johanna zu mir, niemals »Schatz« oder »Mausi« oder auch nur »Hannerl«, selbst ganz zu Beginn unserer Liebe nicht. Nun schien es mir, er hätte am liebsten »Frau Pregl« zu mir gesagt, wie zu einer Haushälterin.

Ich antwortete, dass es ihn überhaupt nichts anginge, was ja stimmte. Da wurde er wütend und sein Gesicht wurde wieder klein und asymmetrisch. Schroff riss er mir das Kästchen aus der Hand. Vielleicht erhoffte er sich hier irgendein wertvolles Erbe, das ihm, seiner Ansicht nach, wie alles

Gute in der Welt rechtmäßig zustand. Oder aber er vermutete in dem Kästchen etwas Schlechtes, einen Beweis meiner Untreue zum Beispiel. Das Kästchen war nicht versperrt, sondern bloß mit Schnallen verschlossen, die riss Freddy jetzt auf und verbog sie dabei völlig und ich schrie, so laut ich konnte. Ich glaube, in diesem Moment riss der allerletzte, dünne Faden, der mich noch mit Freddy verband. Mein Schrei war so markerschütternd, dass wenige Sekunden später mein dämlicher Cousin aus dem Nebenzimmer hereingestürzt kam, weil er dachte, Freddy hätte mich furchtbar verprügelt. In diesem Moment schien mir mein Cousin gar nicht so dämlich wie sonst, sondern direkt ritterlich. Umso enttäuschter war ich, als er sich die Situation von Freddy in aller Ruhe erklären ließ und herzlich darüber lachte. Dann beugten sich die beiden Männer gemeinsam über das Kästchen, blickten tief in mein Innerstes und in das meines Vaters, in die Geschichte meiner Familie, die ihnen nicht gehörte.

»Das ist ja nur alter Tand«, stellte mein plötzlich wieder ausgesprochen dämlicher Cousin fest.

»Und darum so ein Aufstand, Johanna?«, fragte Freddy. Sie einigten sich darauf, dass meine Nerven zerrüttet wären von dem übermäßig langen Begräbnis, dann holte Freddy eine Flasche Schnaps aus dem Küchenschrank und zwei kleine Gläser. Normalerweise konnten die beiden einander nicht besonders gut leiden, in ihrer Niederträchtigkeit haben sie sich allerdings verbrüdert. Das geschundene und für sie wertlose Kästchen war bereits vergessen und so nahm ich es an mich und schlich zu Bett. Dort erst, unter der Bettdecke verborgen, wagte ich einen eigenen Blick hinein. Und ich war schockiert! Schockiert nämlich darüber, wie unrecht die beiden meinem armen Vater getan hatte. In dem Kästchen befand sich kein Tand – sondern herrlichstes Glitzern vergangener Zeiten! Anstecknadeln, Abzeichen, Broschen und andere kleine Schmuckstücke, mit Doppeladlern und kaiserlichen Insignien verziert, sogar eine Fotografie war dabei, die den Kaiser Franz Joseph beim Beten zeigte. Es war großes Glück, dass Freddy ein dermaßen schlechtes Auge für Antiquitäten bewiesen hatte, sonst hätte er sich sicherlich sofort daran bedient und mein dämlicher Cousin womöglich auch. Würde ich dieses Kästchen jemals verkaufen, dachte ich jetzt, dann wäre ich reich. Dann wäre ich frei vom Freddy Pregl und von den Lahms, dann könnte ich nach Südamerika auswandern oder nach Singapur und ein neues Leben beginnen, eine ganz andere Johanna sein. Eine Zeit lang war dies mein liebster Gedanke. Wenn ich Freddy anblickte und enttäuscht war, fiel mir gleich das Kästchen ein mit seinen ungeahnten Möglichkeiten.

Natürlich wusste ich in meinem Innersten, dass ich es niemals verkaufen könnte, es war ein Erbe, das ich zu tragen hatte wie ein Kreuz. Die Freiheit ist schön, aber nicht gemacht für Kaiserinnen.

ZWISCHENWORT DER AUTORIN CLAUDIA HENDL

Meine Freundin Dani ist ungeduldig geworden, weil ihr Chef ungeduldig geworden ist. Bei unserem letzten Telefonat erklärte sie, dass sie mein Buch, wenn überhaupt, unbedingt vor Weihnachten auf den Markt bringen müssten, weil die Menschen zwischen Weihnachten und Silvester immer so ein bisschen monarchistisch gestimmt wären, wegen der vielen Kostümschinken im Fernsehen. Außerdem wäre Weihnachten überhaupt der einzige Anlass, heutzutage noch Bücher zu kaufen, als Geschenk wären sie dann nämlich das Platzproblem anderer. Und auch wenn Weihnachten für den Normalverbraucher noch unendlich weit in der Zukunft zu liegen schien, so gingen die Kalender in Verlagen ganz anders, sagte Dani. Auf jeden Fall wollte sie, dass ich ihr einmal alles schicke, was ich bisher über Frau Fialla niedergeschrieben hatte. Dani war jetzt nicht mehr nur meine alte Schulfreundin, sondern sozusagen auch meine Lektorin, also müsste sie auch etwas lesen, das besagte ja schon das Wort. Das leuchtete mir natürlich ein. Wir hatten am Telefon schon öfters über das Buch gesprochen, als ich mir zum Beispiel die Erlaubnis für die Zwischenwörter bei ihr eingeholt habe, und auf diesem Weg waren Dani auch schon einige Anekdoten aus Frau Fiallas Leben zu Ohren gekommen. Allerdings hatte ich ihr tatsächlich noch keine einzige von meinen nächtlich in den Computer getippten Zeilen gezeigt. Übrigens auch sonst keinem.

Meine Eltern nahmen zwar hin, dass ich jetzt auch an meinen freien Montagen in die Gaststube hinunterstieg und meine Feierabende allein vor dem Computer verbrachte statt wie früher mit ihnen gemeinsam vor dem Fernseher. Den Grund dafür schienen sie allerdings vergessen zu haben. Sogar meine Mutter hatte mittlerweile ihre Hoffnung auf einen großen Artikel über unser »k.u.k«-Gasthaus in der *Kronen Zeitung* aufgegeben.

Ob Frau Fialla selbst überhaupt noch an das Buch dachte, wenn wir montags in der leeren Gaststube zusammenkamen, konnte ich nicht sagen. Ich hatte ihr einmal von meiner Freundin Dani erzählt und dass sie für einen Verlag arbeitete, der besonderes Interesse an den Leben berühmter Menschen hatte.

»Das ist ja äußerst schicksalhaft«, sagte Frau Fialla daraufhin, erstaunlich unbeeindruckt, als hätte sie mit einer solchen Fügung bereits gerechnet. Dann wartete sie mit dem Weitersprechen, bis ich mein Handy auf den Tisch gelegt und die Aufnahme gestartet hatte.

In gewisser Weise vergaß sogar ich selbst von Zeit zu Zeit, dass diese Geschichte nicht nur zwischen Frau Fialla und mir bleiben, sondern einmal eine Leserschaft haben sollte. Als Dani nun nach dem »Manuskript« verlangte, bekam ich es ehrlich gesagt ein bisschen mit der Angst zu tun. So wie Frau Fiallas Mann und ihr Cousin in das Kästchen geschaut hatten, würde Dani jetzt also in unsere Geschichte schauen. Und womöglich würde sie ebenso schlussfolgern, dass das alles kein »Glitzern aus der Vergangenheit« wäre, sondern bloßer »Tand«. Einige Tage lang spielte ich mit dem

Gedanken, das Buchprojekt abzublasen, aber natürlich nicht ernsthaft. Einerseits hatte ich es Frau Fialla versprochen, andererseits war Dani ja meine beste Schulfreundin, was doch etwas ganz anderes war als ein liebloser Ehemann oder ein dämlicher Cousin. Und ein bisschen glaubte ich vielleicht auch, dass es eine Chance sein könnte für mich. Dabei dachte ich gar nicht an Stephen King und seine Millionen, sondern daran, dass Dani richtig begeistert sein könnte von meiner Arbeit, in etwa so, wie alle immer begeistert gewesen waren von ihrem Geigenspiel. Also trank ich eines Abends vor dem Computer ein Glas Rotwein und schickte ihr die Datei.

Danach hörte ich eine Zeit lang nichts mehr von ihr. Das war grundsätzlich nicht verwunderlich, immerhin waren mittlerweile mehr als hundert Seiten zusammengekommen und Dani musste die ja erst einmal alle lesen. Trotzdem war ich so nervös, dass es sich auf meinen Alltag auswirkte. Ich löste keines meiner Sudokus mehr richtig, beim Servieren verwechselte ich Bestellungen, und Frau Fialla stellte ich das Himbeerwasser mit so zittrigen Händen hin, dass ich ein wenig davon verschüttete.

»Wertes Fräulein«, tadelte mich Frau Fialla, »Sie stehen heute ganz schön neben sich!« Ich brachte es nicht übers Herz, ihr zu sagen, dass sie, oder besser gesagt ihre Geschichte, der Grund dafür war.

Nach ein paar Tagen, die mir viel länger vorkamen als gewöhnliche Tage, kam schließlich eine E-Mail von Dani. Das war ungewöhnlich, denn Dani ist an und für sich eine passionierte Telefoniererin. »Das geht viel schneller«, sagt sie immer, und natürlich verhaspelt sie sich am Telefon nie und stottert auch nicht herum wie ich.

Die E-Mail war ungewöhnlich lang, vielleicht sogar die

längste E-Mail, die ich jemals erhalten hatte. Ich habe sie abgespeichert und kann sie deswegen hier wortwörtlich wiedergeben. Dani schrieb:

Liebe Claudsch,
(das ist ihr Spitzname für mich, und ich will ihn hier so stehen lassen, um bei der Wahrheit zu bleiben, aber ich bitte Sie inständig, ihn gleich wieder zu vergessen, ich mag ihn nicht besonders.)

mit großem Interesse habe ich dein Manuskript gelesen. Von Zeit zu Zeit war ich sogar sehr amüsiert. Allerdings muss ich zugeben, dass es doch etwas anders ist, als ich mir erwartet hätte. Wie du weißt, ist unser Verlag auf die Biografien von prominenten Persönlichkeiten spezialisiert. Noch ist mir nicht ganz klar, wie deine Frau Fialla zu dieser Kategorie gehören sollte. Bisher ist ihr Bezug auf die Habsburger doch eher schwach ausgefallen. Es scheint mir sogar manchmal, als hätte sie diesen familiären Hintergrund bloß erfunden, damit ihr jemand zuhört. Und in dir, liebe Claudsch, hat sie freilich ein leichtes Opfer gefunden. Sie meint es sicherlich nicht böse. Sie ist einsam, wie es heutzutage fast alle alten Leute sind. Oder aber sie ist ein weiblicher Don Quixote (Ritterromane!), die bis heute nicht aus ihrer Traumwelt erwacht ist, und dich macht sie zu ihrem Sancho Pansa. Du bist immer viel zu nett, Claudsch, das sage ich dir ja schon seit unserer Schulzeit.

Nun kennst du diese Frau Fialla natürlich um einiges besser als ich und hältst sie offensichtlich für vertrauenswürdig. Da will ich nicht vorschnell urteilen, zumal die Biografie einer verlorenen Habsburgerin so hervorragend in das vorweihnachtliche Verlagsprogramm passen würde. Aber vielleicht könntest du deine Frau Fialla dazu bringen, ein bisschen schneller auf den Punkt zu kommen?

Apropos auf den Punkt kommen: Das ist ein generelles Problem. Oft scheint sie einfach zu erzählen, was ihr gerade in den Sinn kommt, ohne jede Dramaturgie. Wie heißt's so schön? In der Kürze liegt die Würze. Über deine »Zwischenwörter« haben wir uns ja bereits am Telefon unterhalten. Ich bleibe bei meiner Meinung, dass ich sie für unnötig halte, eine gute Geschichte spricht doch für sich selbst. Wenn du unbedingt darauf bestehst, wäre ich dir zumindest dankbar, wenn du meine Person aussparen könntest. Ich weiß, dass du es nicht so gemeint hast, aber in deinen Schilderungen komme ich doch einigermaßen arrogant herüber, und diesen falschen Eindruck möchte ich vermeiden. Außerdem bin ich deine Lektorin und keine Buchfigur.

Das größte Problem an dem Manuskript ist jedoch, ich habe es ja schon angesprochen, die Glaubhaftigkeit. Und damit meine ich nicht nur Frau Fiallas hochadelige Abstammung, sondern Frau Fialla generell. Nehmen wir zum Beispiel diese Gräfin Triangi aus ihrer Kindheit: Hast du das nachgeprüft? Mich erinnert die Dame nämlich ein wenig an die Lady aus diesem Film, in dem Meryl Streep so herrlich grottenschlecht singt, Florence Foster Jenkins.

Der Tod von Alois Schleyermann hingegen erinnert sogar frappant an den Tod des Komponisten Anton Weberns. Auch er wurde von amerikanischen Besatzungssoldaten erschossen, als er zum Rauchen vor die Tür getreten ist. Versteh mich nicht falsch, natürlich kann ein solches Schicksal so oder so ähnlich zu dieser Zeit ganz unterschiedliche Menschen getroffen haben, aber ein wenig auffällig scheint mir diese Parallele doch.

Und das sind nur zwei der zahlreichen Punkte, die mich bei deinem Manuskript irritieren. Am meisten verwirrt mich freilich die Kernthese, dass Kronprinz Rudolf seinen

Selbstmord überlebt haben soll, was nach dem heutigen Stand der Wissenschaft einfach nicht den historischen Tatsachen entspricht. Wenn wir dieses Buch wirklich machen wollen, brauchen wir Beweise dafür, und zwar so handfest wie möglich.

Das ist keine endgültige Absage, Claudsch, doch ich hoffe, du verstehst, dass dieses Werk noch einiges an Überarbeitung und Rechercheарbeit benötigt, bevor wir weitere Schritte setzen können. Vielleicht möchtest du ja einmal zu mir nach Wien kommen, dann könnten wir persönlich darüber sprechen. In der ersten Maiwoche würde es mir gut passen.

Liebe Grüße (auch an deine Eltern),
Dani

Ich las die E-Mail, einmal hastig, dann noch einmal genauer, schließlich ein drittes Mal. Und dann passierte etwas sehr Ungewöhnliches: Ich wurde wütend.

Ungewöhnlich ist das, weil ich sonst eigentlich nie wütend werde, sondern verzweifelt. Das war schon in der Schule so. Wenn mich ein anderes Kind oder, was leider fast genau so häufig vorkam, ein Lehrer hänselte, zumeist aufgrund von meiner Figur, begann ich zu heulen. Auf der Stelle, übergangslos, ohne auch nur zu versuchen, mich zu wehren. Das machte meine Situation natürlich noch peinlicher, denn schlimmer als ein dickes Kind ist nur ein dickes Kind, das heult.

Doch in diesem Augenblick empfand ich nicht den geringsten Drang zu heulen, stattdessen kickte ich mit dem Fuß gegen den leeren Papierkorb, sodass er durch das halbe Zimmer rollte. Danach fühlte ich mich besser, ich setzte mich wieder an den Computer und tippte eine Antwortmail, ohne auf Groß- und Kleinschreibung oder sonst etwas zu achten, schlug einfach, so fest ich konnte, auf die Tastatur ein:

liebe dani,
anbei der link zur website der schleyermann-lahm-ag, unter »über uns« findest du die firmengeschichte, die frau fiallas erzählung bestätigt. ein zeuge (der dämliche cousin) lebt sogar noch!!! außerdem passt mir die erste maiwoche gar nicht. vielleicht die zweite.
glg claudia

Das war die wütendste E-Mail, die ich jemals geschrieben hatte. Ich drückte mit Genugtuung auf »Senden«. Während ich mich zurücklehnte und den Papierflieger auf dem Bildschirm anstarrte, das Symbol dafür, dass die Nachricht übermittelt wurde, überkamen mich schon erste Zweifel. Immerhin hatte sich Dani nicht nur die Mühe gemacht, meine Niederschrift zu lesen, sie hatte sich sogar noch Gedanken dazu gemacht, und auch wenn mir diese nicht gefielen, waren sie doch nicht ganz von der Hand zu weisen. Manches von dem, was Dani erwähnte, war mir selbst ja auch schon aufgefallen, nur hatte ich nie den Mut gefunden, bei Frau Fialla nachzuhaken. Einerseits, weil Dani recht hat und ich ausgesprochen nett bin. Andererseits, weil ich die kleine Furcht in mir hegte, dass Frau Fiallas Antworten mir noch weniger gefallen würden als Danis kritische Gedanken. Und je länger ich jetzt den sausenden Papierflieger anstarrte, desto klarer wurde mir, dass Dani sogar ziemlich eindeutig im Recht war. Der Papierflieger verschwand, die Nachricht war draußen.

Kleinlaut tippte ich noch eine zweite E-Mail:

Liebe Dani,
ich habe gerade in meinem Kalender nachgesehen: Erste Maiwoche lässt sich bei mir doch machen.
Alles Liebe,
Claudia

Der darauffolgende Tag war ein Sonntag, an dem die Arbeiter nicht kamen und, weil das Wetter schlecht war, auch keine Sonntagsausflügler. Nur Frau Fialla stand pünktlich wie die Uhr an der Garderobe, ließ sich ihren durchnässten Hut und den Mantel abnehmen und dann zu ihrem Platz beim Kaiserbildnis »geleiten«. Während sie dort saß und selig an die Wand starrte, ging ich hinter die Bar, um das Himbeerwasser herzurichten. Dabei hörte ich meinen Vater in der Küche seufzen, dann das Brutzeln von Panier in der Pfanne. Ich würde etwas sagen müssen. Vielleicht sollte ich nicht unbedingt Danis ungünstige Einschätzung wortwörtlich wiedergeben, aber zumindest erwähnen, dass es nicht ganz so rosig aussah um unser Buch. Ein bisschen hoffte ich doch noch, dass Frau Fialla dann ein Argument parat haben würde, das alle Zweifel vom Tisch fegte, sogar und vor allem meine eigenen.

Als ich Frau Fialla nun das Himbeerwasser brachte, zog ich mich nicht wie sonst immer sofort zurück, sondern blieb neben ihr stehen. Frau Fialla nippte an ihrem Glas und nahm ihre winzigen Schlückchen. Ich wartete. Schließlich stellte sie ihr Glas geräuschvoll ab und blickte mich an.

»Was gibt es denn noch?«, fragte sie in dem ihr eigenen, herrschaftlichen Tonfall, den sie anwandte, wenn ihr etwas nicht passte. Ich räusperte mich.

»Frau Fialla …«, stammelte ich, wusste dann aber nicht recht weiter. Frau Fialla kniff ihre kleinen Augen noch mehr zusammen. Es war offensichtlich, dass sie mit dem Kaiser allein sein wollte.

»Also … die Sache mit unserem Buch …«, setzte ich erneut an. Da hellte sich ihr Blick ganz plötzlich auf, sie lächelte mich erfreut an.

»Ja?«, fragte sie mit heller Stimme, offensichtlich in Erwartung irgendeiner frohen Botschaft. Nichts hatte sie vergessen. Nun war ich in einer Zwickmühle: Einerseits wollte ich immer ehrlich sein, andererseits war ich nun einmal so furchtbar nett.

Rasch sagte ich deshalb: »Wissen Sie, die Sache mit dieser Gräfin, die so schrecklich sang und Flöte spielte …«, aber Frau Fialla fiel mir sofort ins Wort: »Sie meinen wohl: so schrecklich *komisch*!«

»… nun, gibt es für die Auftritte dieser Gräfin irgendwelche anderen … Zeugen?«, brachte ich meine Frage zu Ende. Frau Fialla neigte misstrauisch den Kopf.

»Zeugen?«, wiederholte sie scharf.

Ich schluckte.

»Ich will nur ihre Auftritte besonders ausführlich schildern«, erklärte ich, »wissen Sie, man muss in jedem Buch ja auch etwas zu lachen haben!«

Das war zumindest nicht vollständig gelogen, und Frau Fialla schien das einzusehen, sie nickte langsam. Da sie allerdings nicht sofort antwortete, führte ich noch ein wenig weiter aus: »Es wäre doch gut, wenn noch jemand anderes von der Gräfin Triangi erzählen könnte, aus einem anderen Blickwinkel, verstehen Sie?«

Frau Fialla zuckte mit den Schultern.

»Na, wenn Sie jemanden finden, der so biblisch alt ist wie

ich«, sagte sie, »oder Sie befragen Ihr Internet. Die Triangi ist immerhin ein Star.«

Damit griff sie zu ihrem Himbeerwasserglas und wandte sich wieder dem Kaiser zu. Die Sache war für sie gegessen.

In der Küche haute mein Vater auf die Glocke, der Zander war fertig. Ich stellte ihn wortlos vor Frau Fialla hin und verkroch mich rausch auf meinen Platz hinter die Bar zu meinen Rätselheften. Anstatt wie sonst meine Sudokus zu lösen, warf ich einen kurzen Kontrollblick zu Frau Fialla hinüber, die vollauf mit dem Sezieren ihres Fischstückes beschäftigt war. Dann zog ich mein Handy aus der Schürzentasche und gab »Gräfin Triangi« in die Suchmaschine ein. Den Vornamen hatte ich vergessen, aber das machte nichts, ich fand sie sofort. Auf den verschiedenen Websites hieß sie einmal »Beatrice«, einmal »Beatrix«, aber ganz einig waren sie sich darin, dass sie 1868 geboren und 1940 gestorben war und dazwischen Karriere als »Wiener Original« gemacht hatte, nämlich als bizarre Unterhaltungskünstlerin in Kabaretts und vor Gericht gleichermaßen. Es war alles haargenau so, wie Frau Fialla es geschildert hatte. Was Frau Fialla allerdings nicht erzählt hatte, vielleicht, weil sie selbst gar nicht davon wusste: Das Leben der Gräfin Triangi hatte in einer Pflegeanstalt für Geisteskranke geendet.

Ich kopierte den Link zu einem der Artikel, den wollte ich später mit Genugtuung an Dani schicken.

Und weil ich gerade dabei war, las ich mir auch die Wikipedia-Seiten von Hedy Lamarr und ihrem waffenproduzierenden Ehemann Fritz Mandl durch, auch diese bestätigten mir alles, was Frau Fialla erzählt hatte. Es gab ja wirklich solche Lebensläufe, die sich wie Hollywoodfilme lesen, dachte ich, warum sollte Frau Fiallas Lebensgeschichte dann nicht wahr sein? Zumal sie sich im Vergleich mit der von Hedy

Lamarr geradezu unspektakulär anhörte. Gleichzeitig fragte ich mich, wie so ein Wikipedia-Eintrag über mich aussehen würde. Er wäre wohl recht kurz.

Ich warf auch einen kurzen Blick in die Biografie des Komponisten Anton Webern, von dem ich ehrlich gesagt noch nie etwas gehört hatte, aber Dani hatte in ihrer Mail so auf ihn hingewiesen, als müsste man ihn kennen. Ich scrollte auf der Wikipedia-Seite nach unten, und Dani hatte recht, sein Tod erinnerte tatsächlich an den Tod von Frau Fiallas Schleyermann-Großvater, oder eben umgekehrt. Ich nahm mir vor, beizeiten eine Komposition von Anton Webern anzuhören.

Also war ich einigermaßen gut gelaunt, als ich an der Kaffeemaschine herumhantierte, immerhin war Sonntag und Frau Fialla verlangte nach ihrer »Schale Gold« und dem Gugelhupf. Während die braune Brühe gemächlich in die Kanne tropfte, kam allerdings ein Gedanke in mir hoch, den ich mit meinen Internetrecherchen zu überdecken versucht hatte: Die Hauptsache war ja nicht bewiesen. Die »Kernthese«, wie Dani es nannte, hieß ja: War Frau Fialla tatsächlich die allerletzte Kaiserin? Das musste unbedingt geklärt werden, bevor wir an eine Buchpublikation dachten.

Ich atmete einmal tief durch, bevor ich mich mit dem Gugelhupf und dem Kaffee auf den Weg zu Frau Fiallas Tisch machte.

»Eine Kleinigkeit noch, Frau Fialla«, sagte ich, nachdem ich alles vor sie hingestellt hatte, »wegen Ihrer kaiserlichen Vorfahren: Da haben Sie doch sicher einen Beweis, nicht wahr?«

Frau Fialla, die die Kuchengabel bereits in die Hand genommen hatte, ließ sie wieder sinken. Sie blickte mich wieder an, ihre Augen waren nun zu blauen Nadelspitzen zusammengeschrumpft.

»Beweise«, wiederholte sie mit scharfer Stimme, »sitze ich hier etwa vor Gericht?«

»Nein, natürlich nicht«, antwortete ich schnell, »wissen Sie, es ist nur so, dass meine Freundin Dani, also die von dem Buchverlag, Sie erinnern sich doch, diese Dani meinte bloß, dass es ja praktisch erwiesen sei, und nicht nur praktisch, sondern auch theoretisch eigentlich, dass Kronprinz Rudolf wirklich gestorben ist, also, damals als er sich erschossen hat, und ein Toter kann ja keine Kinder mehr zeugen, und wenn er doch am Leben geblieben wäre, was er ja ohne Zweifel ist, dann würde sie eben gerne einen Beweis dafür sehen, meine Freundin Dani.«

So rede ich nämlich, wenn ich nervös bin, und die vielen »Ähms« und »Aaahs« und Verhaspler erspare ich Ihnen hier in der schriftlichen Wiedergabe. Aber Frau Fialla ließ mich geduldig ausreden, während sie mich mit ihrem Blick akupunktierte.

»Aha«, sagte sie, als ich mehr schlecht als recht zum Ende gekommen war, »und wer will hier wirklich die Beweise sehen: diese Dani oder doch Sie, wertes Fräulein?«

»Dani«, fiepte ich, denn auch das kam vor, dass meine Stimme sich überschlug wie bei einem stimmbrüchigen Knaben, wenn mir etwas besonders unangenehm war. Ich wollte noch eine Erklärung nachsetzen, doch Frau Fialla nickte so bestimmt, als hätte sie bereits alles gehört, was sie hören musste. Sie schob den Teller mit dem Gugelhupf und ihre »Schale Gold« von sich, nur ein paar Zentimeter, es war lediglich eine symbolische Geste.

»Wertes Fräulein«, erklärte sie dann mit eiskalter Stimme, »ich wünsche, hinausgeleitet zu werden!«

Das tat ich dann auch und wagte nicht einmal, darauf hinzuweisen, dass noch nichts bezahlt war. Ich blieb in der

Wirtshaustür stehen und blickte ihr hinterher, wie sie in den Abend hinausmarschierte, die Feder auf ihrem Hut wackelte trotzig. In diesem Moment wusste ich, dass sie morgen, an unserem traditionellen Montag, nicht wiederkommen würde. Noch lange, nachdem das Wirtshaus schon geschlossen war, saß ich an diesem Abend auf Frau Fiallas Stammplatz und starrte den Kaiser Franz Joseph und seinen erlegten Hirsch an.

Den nächsten Tag verbrachte ich vor allem damit, in Gedanken eine E-Mail an Dani zu formulieren, in der ich unser Buchprojekt absagte. Es fiel mir schwer, Worte dafür zu finden. Ich wollte Dani nicht enttäuschen, sagte ich mir, aber in Wahrheit war ich von mir selbst enttäuscht.

Ich muss zugeben, mittlerweile hatte ich mich ein wenig verliebt in unsere gemeinsame Arbeit, die von Frau Fialla und mir. Es war schön gewesen, ihr zuzuhören, weil sie eine wunderbare Erzählerin war und mich auf eine Art in die Vergangenheit entführte, wie es meinen Geschichtslehrerinnen niemals gelungen war. Doch nun spürte ich, dass mein »Gerät«, mit dem ich ihre Geschichten aufnahm, und die nächtlichen Tippeinheiten vor dem Computer mir beinahe genauso wichtig geworden waren wie die Treffen mit Frau Fialla selbst. Bisher war ich kein besonders fleißiger Mensch gewesen. Das heißt nicht, dass ich faul gewesen war, in einer Gastwirtschaft gibt es ja immer genug zu tun, und ich habe von klein auf mitgearbeitet, dafür haben meine Eltern schon gesorgt. Aber die Arbeit im Gasthaus war mir immer eher wie eine Routine vorgekommen, wie das morgendliche Zähneputzen oder das Duschen am Abend, etwas, das man erledigte, weil es zu erledigen war. Mit dem Buch war es etwas anderes. Ich mochte es, ein Ziel zu haben. Bis jetzt hatte ich noch nie »auf etwas hingearbeitet«.

Ich weiß nicht, wann genau das passiert war, aber ich hatte in Hinblick auf das Buch so etwas wie einen Ehrgeiz entwickelt. Die Absage, die ich nun verfassen musste, war keine Absage an Dani, sondern an mich selbst. Es war nur besonders ärgerlich, dass Dani recht behalten sollte und ich nun wie eine Witzfigur dastand, der dicke Sancho Pansa zu Frau Fiallas magerem Don Quixote. Deswegen konnte ich mich den ganzen Tag lang nicht entschließen, mich an den Computer zu setzen, ich trieb mich ruhelos in der Wohnung herum wie ein eingesperrtes Haustier, bis mein Vater mich genervt anwies, doch spazieren zu gehen. Dazu hatte ich zwar keine große Lust, aber noch weniger Lust hatte ich, die E-Mail zu verfassen, also zog ich mir meine Frühlingsjacke über und trat vor die Haustür. Weiter kam ich allerdings nicht, denn da erblickte ich in der Ferne eine kleine Gestalt mit tanzender Feder auf dem Hut, die sich in winzigen, unsicheren Schritten der Gaststube näherte. Frau Fialla war zurückgekehrt, pünktlich wie immer, und blickte mich erstaunt an, wie ich da zum Ausgehen bereitgemacht in der Tür stand.

»Ja, Fräulein Claudia«, sagte sie, nachdem sie angekommen war, »haben Sie mich etwa vergessen?«

Ich schüttelte hastig den Kopf: »Ich dachte nur, ich hätte Sie gestern beleidigt!«

Frau Fialla lachte auf.

»Da braucht es schon mehr, um Johanna Fialla zu beleidigen!«, sagte sie und hakte sich bei mir unter.

Nun hatte ich natürlich weder Zander noch Gugelhupf vorbereitet, aber immerhin das Himbeerwasser konnte ich ihr hinstellen, und mein Handy hatte ich eingesteckt, das legte ich nun mit aktivierter Aufnahmefunktion auf den Tisch. Diesmal begann Frau Fialla allerdings nicht sofort zu reden, sondern grinste mich mit frech funkelnden Augen an, wie ein Lausbub, der gerade einen Streich ausgeheckt hatte. Dann griff sie mit einer flinken Bewegung in ihre Handtasche und holte mehrere Blätter Papier heraus, dicht beschrieben in einer etwas kindlichen, aber sehr ordentlichen Handschrift. Die Zettel schienen schon ziemlich alt zu sein, ein grauer Schleier hatte sich über das einst weiße Papier gelegt, und die Tinte war etwas ausgebleicht. Dennoch konnte man sehen, dass sie über all die Jahre hinweg immer ordentlich aufbewahrt worden waren, die Blätter waren bis auf die Faltkanten glatt wie gebügelt. Diese Zettel legte Frau Fialla nun wortlos vor mich hin und lächelte noch breiter. Als ich danach greifen wollte, entzog sie mir das Papier aber hastig.

»Na, na, na, Fräulein Claudia«, sagte sie, »nicht so eilig! Sie wollten den Beweis, hier haben Sie ihn. Doch zuerst muss ich Ihnen noch von Anton erzählen, meinem zweiten Ehemann. Denn mit dem hat eigentlich alles angefangen.«

DIE EIGENTLICHE UND WIRKLICHE GEBURT DER FRAU FIALLA, ERSTER TEIL

Mit Anton hat alles angefangen. Oder aufgehört. Oder, und das ist vielleicht richtiger: Die Geschichte, die mit meiner Geburt zu enden drohte, wurde mit Anton fortgesetzt. Schauen Sie mich nicht so verwirrt an, Fräulein Claudia, ich erkläre Ihnen das alles schon noch. Dann werden Sie auch sehen, was es mit diesen Notizen auf sich hat.

Nun, Sie erinnern sich, dass meine Ehe Anfang der Sechzigerjahre nicht mehr in der besten Verfassung war und ich selbst in noch schlechterer. Nach dem Vorfall mit dem Kästchen war ich so apathisch wie noch nie. Es gab Tage, an denen ich mich nicht mehr vom Sofa wegbewegte, und Freddy konnte schimpfen und brüllen und betteln, wie er wollte, ich hörte ihn nicht. Zu Beginn war er seiner Gewohnheit nach enttäuscht: Zu allem Überfluss hatte seine Frau jetzt auch noch einen Dachschaden. Nach einer Weile wurde ich ihm allerdings unheimlich. Eine unglückliche Frau ist ja nicht ungewöhnlich, aber eine Frau, die sich nicht einmal mehr beschwert? Er hüpfte also über seinen Schatten und bat die Lahms um Rat. Onkel Otto, dieser absolut unbegnadete Menschenkenner, meinte, ich hätte eine Grippe. Mein dämlicher Cousin war hingegen der Ansicht, die Ursache meines Zustandes müsste irgendwo im ehelichen Schlafzimmer zu finden sein, denn seiner Weltanschauung nach konnten alle weiblichen Probleme im Bett gelöst werden und alle männlichen auf dem Schlachtfeld. Tante Klara kam des Rätsels Lösung wohl am nächsten: Der Tod meines Vaters hätte mich schlimmer getroffen als erwartet. Um meine Trauer zu lindern, fiel ihr dann aber auch nichts Klügeres ein, als eine Luftveränderung vorzuschlagen. Das Sommerhaus im Salzkammergut befand sich ja immer noch in unserem Besitz, obwohl es vollkommen leergeräumt und seit Kriegsende von keinem von uns mehr aufgesucht worden war. Nun, da Tante Klara das sechzigste Lebensjahr inzwischen überschritten hatte, begann sie sich langsam Gedanken über einen Alterswohnsitz zu machen. Nicht so sehr ihretwegen, aber der lahme Otto sah schon lange nicht mehr ganz frisch aus, von seiner Blutvergiftung hatte er sich nie so ganz erholt, und schon davor war er kein Ausbund an blühendem Leben gewesen. So hatte Klara die Idee, ich könnte doch den Sommer in unserem Haus im Salzkammergut verbringen, es ein bisschen auf Vordermann bringen und nebenher die gute Luft atmen, die meine Stimmung heben würde. Von dem Vorschlag zeigten sich alle begeistert außer ich, aber immerhin war ich nicht vollständig dagegen. So setzte ich mich also zum ersten Mal in meinem Leben hinter das Lenkrad unserer mintgrünen Olympia. Freddy erhielt für die Zwischenzeit einen neueren, viel schöneren Ersatzwagen aus den Geschäftsbeständen, den er jedoch nur zähneknirschend entgegennahm, weil er ihn sich seiner Ansicht nach schon seit Langem verdient hatte. Ich fuhr los, ohne mich noch einmal umzusehen.

Die Leute gafften wie damals bei Großmutter Else, eine Frau allein in einem Auto war immer noch höchst ungewöhnlich, das kannte man höchstens aus den amerikanischen Filmen. Ich starrte stur geradeaus, und im Innersten wusste ich wohl schon in diesem Augenblick, dass es kein Zurück mehr geben würde. In meinem Koffer befand sich nicht viel mehr als ein paar Kleider und das Kästchen meines Vaters, und doch ließ ich nichts zurück.

Vor und neben und hinter den Straßen bauten sich nach und nach die Bergmassive auf und all die anderen Postkartenmotive, die Seen und altertümlichen Bauernhäuschen und Villen aus der Kaiserzeit. Ich atmete tief ein und aus, und Tante Klara hatte recht gehabt, die Luft tat mir gut, nicht nur, weil es frische Landluft war, sondern auch, weil ich sie mir nicht mit Freddy teilen musste. Langsam, langsam kehrte das Gefühl in mich zurück, erst nur in die Fingerspitzen als ein zartes Kribbeln, von da ausgehend über meine Hände und Arme bis zum Brustkorb. Ich versuchte, mich an ein Lied zu erinnern, das ich pfeifen konnte, denn Pfeifen galt als absolut nicht sittlich, und gerade nach so etwas stand mir der Sinn, nach Freiheit. Es fiel mir aber kein Lied ein, und da bemerkte ich erst, wie lange ich keine Musik mehr gehört hatte und auch nichts gelesen oder mir etwas ausgedacht. Existiert man überhaupt, wenn man nichts mehr zu pfeifen weiß? War ich noch Mensch oder schon Gespenst, nur noch ein kalter Luftzug auf der Haut der Lebenden? So philosophierte ich vor mich hin, und es war angenehm, wieder Gedanken im Kopf zu haben, so lächerlich sie auch sein mochten.

Ich war bereits von der Hauptstraße abgefahren und unserem Sommerhaus schon ziemlich nahe gekommen, da musste ich unvermittelt stehen bleiben. Der Grund dafür war ein Zaun. Noch nie hatte es hier einen Zaun gegeben, jetzt gab es aber einen und mittendrin ein großes Zauntor, das erst geöffnet werden musste, bevor man passieren konnte. Zu diesem Zweck lehnte ein Kerl mit Krücken dort, nicht schön und nicht hässlich, kleingewachsen und ein bisschen grau wie das Holz des Zaunes. Sie können sich schon vorstellen, Fräulein Claudia, wer das war: mein Anton Leitmeier! Nun, damals natürlich noch weit davon entfernt, »mein« Anton zu sein, ich kannte ihn ja gar nicht. Vom Auto aus beobachtete ich das traurige Prozedere, wie er langsam hinkend das Zauntor öffnete. Dass er ein künstliches Bein hatte, wusste ich zu diesem Zeitpunkt noch gar nicht, die Hose flatterte ihm nämlich um beide Beine so heftig herum, als wären diese nur Holzsteckerln. Weil er nämlich so mager war, ein rechtes Zniachterl, wie man so schön sagt. Zum Abschied warf ich ihm ein Trinkgeld aus dem Fenster, das war aber auch schon alles, ich fuhr unbehelligt weiter. Er hingegen, sagte er mir später, wäre sofort wieder so verzaubert gewesen wie damals, als ich an seinem Krankenbett vorbeigeschritten war. Er erkannte mich nämlich sofort.

Ich hatte Glück, das Sommerhaus stand noch, es waren keine Fremden eingezogen, und grobe Schäden gab es auch keine, nur ein wenig Schmutz und Staub und den Geruch nach Vergangenheit. Nachdem Anna und ich alles, was nicht niet- und nagelfest gewesen war, gegen etwas zu Beißen eingetauscht hatten, war das Häuschen erwartungsgemäß wenig wohnlich, und so verbrachte ich meine erste Zeit hauptsächlich mit Einkaufsfahrten in die nächstgrößeren Orte. Und jedes Mal kam ich zum Zaun, musste stehen bleiben, dem armen Invaliden beim Öffnen des Tores zuschauen und ihm dann ein paar Groschen geben, die er dankbar entgegennahm.

Eines Tages, ich kam gerade von einem meiner Beutezüge zurück, wagte er es endlich, mich anzusprechen: »Sie sind doch die junge Schleyermann?«

Ich bejahte, obwohl ich weder jung noch eine Schleyermann war, sondern leider Gottes nur eine Pregl und noch davor eine Witz.

»Wissen Sie«, sagte er und lächelte dabei breit, »ich habe mich nach Ihnen erkundigt, damals vor fünfzehn Jahren.«

Und was bei einem anderen Mann eine Frechheit gewesen wäre, war bei Anton reinste Liebenswürdigkeit, weil er eben die Treuseligkeit eines alten Dackels besaß.

»So«, antwortete ich deswegen sehr freundlich, »wie komme ich zu der Ehre?«

Da erzählte er mir alles vom Lazarett und wie ich ihn von seinem Leiden geheilt hätte, als mein Mantel seinen Bettpfosten streifte. Er erzählte es mit großer Ernsthaftigkeit, trotzdem konnte ich mir das Lachen nicht verkneifen.

»Sie sprechen von mir, als wäre ich eine Heilige!«

»Das vielleicht nicht«, antwortete Anton und klimperte treuherzig mit den Augenlidern, »aber doch von Gottes Gnaden!«

Ich gab ihm seine Groschen und dachte bei mir: armer Irrer. Das war gar nicht böse gemeint, eher im Gegenteil. Ich musste an die Hofnarren aus meinen Ritterromanen denken, diese komischen Käuze, die jedoch stets die Wahrheit sprachen. Von da an hielten wir immer einen kurzen Plausch, wenn ich an dem Tor stehen blieb.

Einmal fragte ich: »Seit wann gibt es eigentlich diesen Zaun?«

»Der Bauer hat ihn errichten lassen vor einigen Jahren«, erklärte Anton.

»Wozu denn das?«, fragte ich.

»Na, um mir eine Arbeit zu verschaffen«, antwortete Anton und blinzelte in dieser ihm eigenen kindlichen Art. Zwar bekäme er eine Invalidenpension, erklärte er, aber es war schön, sich etwas dazuzuverdienen, überhaupt, einen Nutzen zu haben für die Gesellschaft, und wenn das auch nur hieß, ein Tor zu öffnen, das bloß seinetwegen existierte.

»Sie Glücklicher«, seufzte ich, »ich habe nämlich überhaupt keinen Nutzen für die Gesellschaft.«

Dieses kribbelnde Gefühl, das mir bei meiner Anreise durch Finger und Arme bis in den Brustkorb gefahren war, hatte nun endlich mein Herz erreicht – ich wurde ganz wehmütig.

»Sagen Sie nicht so etwas!«, rief Anton erschrocken, aber dadurch fühlte ich mich nur angestachelt, ihn mit all den Frustrationen meines Lebens zu überschütten. Ich saß ja im Wagen mit halb hinuntergekurbeltem Fenster, er stand auf der anderen Seite der Scheibe, es hatte etwas Beichtstuhlhaftes. Waren Sie schon einmal beichten, Fräulein Claudia? So richtig in der Kirche, meine ich. Na, Sie sind hier am Land aufgewachsen, natürlich waren sie oft beichten. Ich hingegen hatte nur ein einziges Mal das Vergnügen, vor der Erstkommunion, da war es verpflichtend gewesen. Wir sollten nämlich gewissermaßen »gereinigt« zu unserem ersten Abendmahl schreiten, in unseren blütenweißen Kleidern. Aber wovon kann man eine achtjährige Göre schon reinigen? Also habe ich lauter Sünden erfunden, da ich fürchtete, der Priester würde mich andernfalls für langweilig halten. Sehen Sie, so wichtig war es mir, vor diesem Priester Eindruck zu schinden, weil er so altehrwürdig war mit seinem Talar und dem dicken Bauch und dem lichten Haar! Anton war das Gegenteil: schlicht gekleidet, mager und mit wirren Locken, vor ihm war mir alles gleich. Vor ihm konnte ich ehrlich sein. Ich erzählte ihm also von meiner Mutter, die mich im Stich gelassen hatte, von meinem Vater, den ich im Stich gelassen hatte, und dass ich ausgerechnet gerade dann ein kleines bisschen Nutzen für die Gesellschaft gehabt hatte, als die Gesellschaft am schlechtesten dran war: im Krieg nämlich. Dass ich mich später verführen hatte lassen von der makellosen Schönheit eines Freddy Pregl und wie wir uns seitdem gegenseitig maßlos enttäuscht hatten, wo es doch das Mindeste gewesen wäre, ein Kind miteinander zu bekommen. Irgendwo in meiner Erzählung begann ich zu schluchzen, weil es mir nämlich auch völlig egal war, dass Anton mich Rotz und Wasser heulen sah. Er hörte schweigend zu, nachdenklich auf seine Krücken gestützt, und wirkte dabei auf eine eigentümliche Art sogar ein wenig weise.

»Sagen Sie mir«, klagte ich zum Schluss, »wozu bin ich überhaupt in diese Welt hineingeboren?«

Anton schwieg und blickte mich ernst an mit seinen großen Augen, die gar nicht strahlten wie die von Freddy, dafür so dunkel und tief waren, dass man hineinsinken konnte. Ich versank für einige Sekunden, dann wischte ich mir mit dem Ärmel die Tränen aus dem Gesicht, gab Anton seine üblichen Groschen und fuhr weiter.

Den Abend verbrachte ich wie alle Abende allein in dem Haus, das langsam wieder ein wenig Form und Farbe angenommen hatte. Nichts erinnerte mehr an den vergangenen Luxus, alles war grobschlächtiger, massentauglicher geworden, das Holz der Möbel dick, die Stoffe orange-braun gemustert. Kein Porzellan, keine Gipsbüsten und kein bestickter Sonnenschirm, dafür gab es ein Radio. Den Apparat hatte ich gekauft, weil ich die neueste Musik hören wollte, um endlich wieder etwas zum Pfeifen zu haben. Ganz furchtbar kitschige Schlager waren das, die sie da spielten, von vorn bis hinten ordinär, aber ich hörte sie trotzdem. Ich schloss also die Augen, lauschte dem Schmus und versuchte, mich so wenigstens ein bisschen mit der Liebe auszusöhnen.

Und als ich an diesem Abend so dasaß und mir anhörte, dass Rosen rot sind, *my love,* klopfte es plötzlich an der Tür. Sie können sich schon denken, Fräulein Claudia, wer das gewesen ist: der Anton Leitmeier natürlich, diesmal allerdings ganz ordentlich gekleidet, mit einem Leinenanzug, der ihm viel zu groß war, und gestriegelt und gekämmt wie ein Rennpferd. Na, ein bisschen lächerlich war der Anblick schon, vor allem jedoch rührend.

»Ich hätte Ihnen gerne einen Blumenstrauß mitgebracht«, sagte er, »aber der ist so schwer zu tragen«, und traurig verwies er mit einem Kopfnicken auf die Krücken.

Ich versicherte ihm, dass ein Blumenstrauß überhaupt nicht notwendig gewesen wäre, dann bat ich ihn herein. Sie können mir glauben, Fräulein Claudia, einen anderen Mann als den Anton hätte ich nicht so schnell hereingelassen! Bei all unseren Problemen war ich meinem Freddy nämlich immer sehr treu gewesen.

Den Anton Leitmeier ließ ich eben nur eintreten, weil er mir als gute Seele erschien und nicht als Mann. Ich bot ihm Wein an oder Tee oder Kaffee, Anton schlug alles aus und wirkte plötzlich sehr nervös, wie er da auf meinem Sofa saß, an der vordersten Kante. Hätte er einen Hut dabeigehabt, hätte er ihn wahrscheinlich in den Händen gedreht.

»Frau Pregl«, sagte er, da unterbrach ich ihn gleich: »Johanna, bitte!«, weil ich doch den Namen Pregl nicht mehr leiden konnte. Da lächelte er ein bisschen schüchtern und wiederholte ehrergiebig: »Johanna.«

Dann endlich eröffnete er, warum er hergekommen war. Oder besser gesagt, eröffnete er gar nichts, sondern griff in die Innentasche seines Jacketts und holte ein paar ordentlich zusammengefaltete Zettel hinaus, ebendiese Zettel, die ich Ihnen soeben gezeigt habe. Und so wie Sie jetzt hatte ich nicht den geringsten Schimmer, was ich davon halten sollte. Nur war ich höflicher als Sie und fingerte nicht gleich danach, na, widersprechen Sie mir nicht, Fräulein Claudia, schauen tut man mit den Augen und nicht mit den Händen! Ich schaute also, konnte mir aber immer noch keinen Reim darauf machen. Anton schwitzte stark und tupfte sich mit einem Taschentuch im Gesicht herum.

»Was ist das?«, fragte ich freundlich.

Anton räusperte sich, dann setzte er zu einer langen Rede an. Ich möchte sie etwas verkürzt wiedergeben und außerdem poliert, denn auch wenn Anton zuweilen hochtrabende Formulierungen benutzte, sprach er ebenso zögerlich und stammelnd wie Sie immer, Fräulein Claudia.

Er sagte also in etwa: »Johanna, als du mir damals im Lazarett erschienen bist wie ein Engel, hatte ich bereits so eine leise Ahnung, die nur bekräftigt wurde durch all das, was du mir heute erzählt hast. Darum begann ich nach Dienstschluss auf der Stelle, meine Familienunterlagen zu durchforsten. Weißt du, ich bin nämlich ein Einzelkind und, man kann so sagen, der letzte meiner Sippe. Bei mir laufen also alle familiären Stränge zusammen. Mein Erbe besteht vor allem aus jeder Menge Papier und darunter befindet sich ebendieses Schriftwerk hier. Nun, Schriftwerk klingt vielleicht ein wenig groß für diese paar Seiten, nennen wir es ein Bekenntnis. Mein Vater hat es verfasst, kurz bevor er starb. Darum hat es bisher noch niemand zu Gesicht bekommen außer mir, dem alleinigen Erben. Ich las es damals zwar mit großem Erstaunen, allerdings hatte ich zu dieser Zeit andere Sorgen, es war das Jahr neununddreißig, ich wurde zum Kriegsdienst eingezogen. Dieses Bekenntnis ließ ich in einer Dokumentenmappe in meiner bescheidenen Hütte zurück, und dort blieb es, bis ich Jahre später und um ein Bein ärmer wieder zurückkehrte. Inzwischen hatte ich dich ja schon getroffen, Johanna, als Engel im Lazarett. Du wolltest mir nicht mehr aus dem Kopf gehen, und da fiel mir das Bekenntnis meines Vaters wieder ein. Als ich entlassen wurde, holte ich es sofort aus der Dokumentenmappe und las es noch einmal, diesmal mit großer Aufmerksamkeit. Konnte es etwa wirklich sein, dass …? Es war ein wilder Gedanke, der mich aber ebenso wenig losließ wie die Erinnerung an dein Gesicht. Ich versuchte sogleich, dich wiederzufinden, doch da warst du natürlich schon abgereist. Nicht mehr konnte ich über dich in Erfahrung bringen, als dass du die ›kleine Schleyermann‹ seist und einer Autofabrikantendynastie entstammst und dass deine Familie früher häufig zur Sommerfrische in die Gegend gekommen war. Ich hörte von einem Radfahrpionier und einer autolenkenden Dame und herzigen Zwillingstöchtern, eine durch und durch bürgerliche Familie. Wie sollte das alles zu meiner Theorie passen? Nicht im Geringsten, und doch konnte ich sie nicht verwerfen. Ich war wie Isaac Newton, dem der Apfel nun einmal auf den Kopf gefallen war und der nun nicht anders konnte, als herauszufinden, was es damit auf sich hat. Also besorgte ich mir kistenweise historische Bücher, ich wurde direkt zum Forscher. Na, mit dem fehlenden Bein war ich ja auch zu sonst nichts zu gebrauchen. Nächtelang wälzte ich mich sogar durch die langwierigsten, trockensten Abhandlungen und fand immer alles bestätigt, was mein Vater niedergeschrieben hatte. Nur konnte ich trotzdem immer noch nicht beweisen, was ich schon die ganze Zeit spürte, dass nämlich alles mit dir zu tun hat. Bis jetzt! Du kannst dir meine Überraschung vorstellen, Johanna, als ich dich da in deinem schicken Wagen sitzen sah, etwa fünfzehn Jahre älter als bei unserem letzten Zusammentreffen im Lazarett und doch noch so strahlend wie damals! Es schien mir sofort ausgesprochen schicksalhaft, dass gerade ich dir das Tor öffnete, ich, der ich seit dem Tod meines Vaters schließlich der einzige Hüter der Wahrheit bin! Vielleicht, dachte ich mir, ist dieser Umstand schon himmlisches Zeichen genug, wenn auch sicher kein Beweis im wissenschaftlichen Sinn. Doch dann hast du mir heute erzählt, wie es sich mit deiner Familie und vor allem mit deinem Vater verhält, da wurde mir plötzlich alles sonnenklar!«

So, und mit diesen Worten deutete er auf die Zettel.

ZWISCHENWORT DER AUTORIN CLAUDIA HENDL

Mit diesen Worten deutete Frau Fialla auf die Zettel und sah mich dabei erwartungsvoll an. Nach ihrer vorigen Rüge wagte ich natürlich nicht, sofort danach zu greifen. Da wurde sie ungeduldig und sagte streng: »Na, lesen Sie schon!« Ich nahm die Zettel also vorsichtig an mich und las:

Wien, am 30. Jänner 1939
Ich, Peter Leitmeier, habe beinahe auf den Tag genau fünfzig Jahre lang darüber geschwiegen, was mir im zarten Alter von nicht einmal zehn Lenzen über den sogenannten Tod des Kronprinzen, dem hochwohlgeborenen Erzherzog Rudolf, anvertraut worden ist. Dies lange Schweigen hielt ich aus der wohl berechtigten Sorge, man würde mich aufgrund meiner Jugend nicht ernst nehmen, ferner sich über mich lustig machen oder gar der Wichtigtuerei bezichtigen. Schwerer als meine Angst wog jedoch die Loyalität, die ich meinem Informanten, aber auch dem Kronprinzen hochpersönlich, entgegenbrachte. Wohl vor allem darum habe ich auch später, längst zu einem honorablen Bürger herangewachsen und durchaus in der Lage, mir Gehör zu verschaffen, weiterhin kein Wort über die ganze Angelegenheit verloren.

Die Erfahrungen unserer politisch unruhigen Zeiten bringen es jedoch notwendigerweise mit sich, dass man die

Frage, was geschehen wäre, hätte man irgendwann in seinem Leben anders gehandelt, nicht mehr weiter von sich schieben kann. Ich bin zu dem Schluss gekommen, dass ich uns und den kommenden Generationen möglicherweise großes Leid erspart hätte, hätte ich dieses eine Mal die Wahrheit über die Loyalität gestellt. Nun aber, da die Monarchie bereits in ferner Vergangenheit liegt und selbst der Staat Österreich als solches von den Weltkarten verschwunden ist, ist es freilich zu spät, um die Verfehlungen der Vergangenheit wiedergutzumachen. Jedoch sehe ich es nun als meine Pflicht an, für die Zukunft Schlimmeres zu verhüten. Darum möchte ich hiermit ein Zeugnis ablegen, das Licht bringt in eine der bis dahin dunkelsten Nächte der Monarchie, nämlich in jene vom 29. auf den 30. Jänner 1889.

Zu Beginn will ich einige Worte über meine eigene Person und Herkunft verlieren, sodass der werte Leser sich ein eigenes Bild machen möge über meine Redlichkeit.

Geboren bin ich 1878 im schönen Ausseerland, wo ich auch heute noch ansässig bin. Mein Vater war Postbeamter, meine Mutter eine fromme Hausfrau, deren Kunstfertigkeiten in der Küche weit über unsere Nachbarschaft hinaus hohes Ansehen genossen. Meine Familie war, wie viele bürgerliche Familien dieser Zeit, dem österreichischen Herrscherhaus inbrünstig ergeben. Mein Vater sammelte leidenschaftlich Briefmarken, die das Konterfei gekrönter Häupter und vor allem die der Habsburger zeigten. Meine Mutter schloss den Kaiser nebst seiner reichlichen Verwandtschaft jeden Abend in ihr Gebet ein, was sie sicherlich eine volle Stunde ihres Nachtschlafes kostete. Beide hatten sie die kaiserliche Familie schon mehrere Male beobachtet, wenn diese zur Sommerfrische in unserer Gegend weilte, und auch ich selbst war als noch sehr junges Kind bereits in den Genuss dieses Anblickes gekommen.

Man kann sich also vorstellen, welche Aufregung herrschte, als die Nachricht vom plötzlichen Tod unseres Kronprinzen zu uns aufs Lande vordrang. Durch mein zartes Alter die Tragweite des Unglücks kaum begreifend, nahm ich doch die Bestürztheit wahr, die die Erwachsenen um mich herum ergriff. Beinahe noch größer als jene war allerdings die Verwirrung: Zuerst hieß es nämlich, der Herzschlag hätte den Kronprinzen mit seinen dreißig Jahren dahingerafft, später, dass es ein Giftmord gewesen wäre, zuletzt wurde bekannt gegeben, er hätte in geistiger Umnachtung den Revolver gegen die eigene Schläfe gerichtet. Da uns ständig neue, einander widersprechende Nachrichten erreichten, wich die erste traurige Benommenheit sehr schnell dem Tratsch und dem Rätselraten. Manche wollten gar von einem toten Mädchen gehört haben, welches neben der Leiche des Kronprinzen gefunden worden sei, und zwar nur mit einem Nachthemd bekleidet! Wenn jedoch meiner kaisertreuen und darüber hinaus äußerst prüden Mutter solcherlei Gerüchte zu Ohren kamen, wurde sie fuchsteufelswild. Sie hatte revolutionäre Ungaren in Verdacht oder italienische Anarchisten oder gar geheime Agenten im Dienste Bismarcks, die sich eines politischen Gegners entledigt hätten. Den Freitod und die geistige Umnachtung hielt sie für eine Erfindung der Journaille: »Sie wollen nur den politischen Frieden wahren, zu Kosten der Reputation unseres Kaiserhauses!« Mein Vater hingegen stellte weniger komplizierte Überlegungen an. Als meine Mutter sich gerade nicht im Zimmer befand, hörte ich ihn zu einem unserer Nachbarn sagen, dass ein schönes Mädchen so manchen Mann schon zu Dümmerem als in den Tod getrieben hätte.

Nun, solches Gerede beherrschte in jenen späten Jänner-, frühen Februartagen jedenfalls unser Haus und das ganze Land.

Meinen Eltern galt es bei allen noch so unappetitlichen Gerüchten als patriotische Pflicht, dem Kronprinzen die letzte Aufwartung zu machen. Insbesondere die Jugend, also ich, sollte sich einen persönlichen Eindruck von diesem wichtigen Mann und seinem epochenweisenden Unglück machen. Außerdem war eine Schwester meines Vaters in der Hauptstadt verheiratet, und so bot es sich an, die Aufwartung bei der kaiserlichen mit einem Besuch der eigenen Familie zu verbinden.

Ich mochte die Wiener Tante sehr gern und freute mich auf die Vergnügungen einer Bahnreise, jedoch war es mir innerlich höchst zuwider, der Aufbahrung des Kronprinzen beizuwohnen. In meinem Leben hatte ich noch keinen toten Menschen gesehen und stellte es mir recht schauderhaft vor. Über diese Befürchtung konnte ich freilich mit keiner Menschenseele sprechen, da man mich als »ängstlich« und »weibisch« abgetan hätte, was für einen Knaben von fast zehn Jahren natürlich die schlimmste aller Schmähungen war.

So wurde ich an diesen eiskalten ersten Februartagen dick in Pelze eingewickelt und wir machten uns mit der Eisenbahn auf die Fahrt nach Wien. Auf mich machte bereits der Lärm und Rauch der Dampflock einen riesigen Eindruck, und kaum zu fassen waren für mich die Schönheiten und Scheußlichkeiten der Großstadt, die sich mir zeigten, sobald wir am Kaiserin-Elisabeth-Bahnhof aus dem Waggon gestiegen waren. Ich meinte, die ganze Weltbevölkerung hätte sich dort eingefunden, um unseren Zug in Empfang zu nehmen, so dicht war das Gedränge auf den Bahnsteigen, so vielfältig die Sprachen, so fein und so schmutzig die Herrschaften.

Dieser überwältigende Eindruck wurde allerdings schon sehr bald übertrumpft, nämlich als wir uns am vierten Februar, dem Tage vor der Beisetzung, auf dem Josefsplatz vor der Kapuzinergruft einfanden. Der Platz war so voller Menschen, dass man trotz des gefrorenen Bodens nicht ausrutschen konnte, man steckte in der Menschenmasse gleichsam fest wie die Sardinen in einer Büchse. Alles war äußerst trauernd, aber gleichzeitig äußerst wütend, denn es hatte bereits das Gerücht die Runde gemacht, dass nicht jeder in die Hofburgkapelle vorgelassen werden würde, der Andrang wäre einfach zu groß. Mag es Zufall, mag es Schicksal gewesen sein: Meine Eltern und ich erhielten Zugang! Von dem lauten Platz in die stille Kapelle getreten, wurden mir von dem Weihrauchgeruch sogleich die Sinne ganz vernebelt. Da war ein Meer aus langstieligen Kerzen, welches gemeinsam mit dem Duft geradezu weihnachtliche Gefühle in mir auslöste, doch statt dem Christuskind in der Krippe lag im Zentrum der Aufmerksamkeit der Verblichene. Während meine Mutter pflichtbewusst schluchzte und mein Vater voll Würde den Kopf senkte, nahm ich meinen gesamten Mut zusammen und hob den Blick, um den Toten genauer zu betrachten, sodass mich niemand einen Feigling schimpfen könnte, vor allem nicht ich selbst. Freilich war ich noch nicht allzu groß gewachsen, sodass mir allerhand die Sicht einschränkte. Zudem hatte man den Hochwohlgeborenen in gebührendem Abstand von seinem trauernden Volk aufgebahrt, die prächtig livrierten Wachmänner garantierten die Einhaltung desselben. Was ich jedoch erhaschen konnte, war entgegen all meinen Erwartungen weder schauderhaft noch auf irgendeine andere

Weise erschreckend. Mir schien es gar, als wäre es gar kein Toter, den ich hier betrachtete, denn da war so ein seltsamer Glanz auf seiner kaiserlichen Stirn, der mich an etwas erinnerte, das ich schon einmal gesehen hatte. Vor nicht allzu langer Zeit hatten Schausteller in unserem kleinen Ort haltgemacht, und die täuschend echten Wachspuppen berühmter Persönlichkeiten galten als besondere Attraktion unter uns Kindern. Nun fiel mir ein, was dieser Glanz zu bedeuten hatte: Das war gar keine Leiche, sondern eine Wachspuppe!

Doch noch bevor ich diesen Gedanken vertiefen konnte, waren meine Familie und ich von den hereinströmenden Massen bereits weitergetrieben worden, unsere Andacht hatte nicht eine Minute gedauert. Schon standen wir wieder mitten im Rummel auf dem Josefsplatz, wo nun zu allem Überfluss starker Schneefall eingesetzt hatte. Meine Eltern meinten, dass bei dieser Wetterlage der weite Weg zur Wohnung meiner Tante nicht zu bewältigen sei, sie wollten lieber abwarten, bis sich der Niederschlag gelegt hätte. Außerdem hätte man die lange Fahrt nach Wien nicht auf sich genommen, um dann lediglich in der Stube der Tante zu sitzen und Tee zu trinken. So nahmen meine Eltern und ich Zuflucht in einer nahen Weinschenke. Auch hier war es übervoll, und an allen Tischen gab es nur ein einziges Gesprächsthema: den Tod des Kronprinzen. Manche flüsterten pietätsvoll, manche heulten hysterisch, manche tratschten schamlos. Es ging also im Großen und Ganzen zu wie die letzten Tage bei uns zu Hause, nur mit mehr Menschen auf viel engerem Raume. Wir fanden Platz an einer großen Tafel, wo hauptsächlich Leute saßen, die es nicht bis in die Kapelle hineingeschafft hatten, und nun begierig den Ausführungen meiner Eltern lauschten. Sie machten alles noch etwas größer, festlicher und tragischer, als es tatsächlich gewesen war, und amüsierten sich trotz regelmäßiger Bekundung ihrer Trauer prächtig. Ich, der ich ja weder Wein trinken noch ungefragt das Wort ergreifen durfte, begann mich recht bald höllisch zu langweilen, und da meine Eltern vollends mit ihrer Berichterstattung beschäftigt waren, entfernte ich mich schließlich still und heimlich von unserem Tisch, um die Lokalität auf eigene Faust zu erkunden. Sie schien mir nicht so völlig verschieden von unseren Dorfgasthäusern zu sein, jedoch freilich viel größer und dichter bevölkert. Ständig stieg mir ein Kellner auf den Fuß, streifte mich eine Dame mit ihren ausladenden Röcken, wurde ich meiner bloßen Anwesenheit wegen »Lausbub« geschimpft.

Da fiel mir ein älterer, recht dicker Mann ins Auge, der ganz allein an einem großen Tisch saß. Dies war bemerkenswert, da doch ein solches Gedränge herrschte und an jedem anderen Tisch mindestens zehn Leute saßen, selbst wenn dort nur Platz für vier war. Ich fragte mich, ob der Mann unangenehm roch, sodass sich niemand zu ihm gesellen wollte. Das konnte ich mir allerdings nicht vorstellen, da er, obwohl einfach gekleidet, sehr gepflegt wirkte, der Schnurrbart war ordentlich gezwirbelt. Außerdem schien er mir im Vergleich zu den anderen Wirtshausbesuchern besonders freundlich, da er weder pietätsvoll flüsterte noch hysterisch heulte noch schamlos tratschte. Er pfiff. Die Töne kamen dabei so klar und deutlich über seine geschürzten Lippen, dass die Melodie trotz des großen Lärms, der in der Gaststätte herrschte, deutlich zu vernehmen war. Zu meiner Überraschung war es eine äußerst fröhliche Melodie. Ich musste den Mann sehr auffällig angestarrt haben, denn plötzlich hörte er auf zu pfeifen und blickte mich an.

Erst fürchtete ich, er wollte mich für meine Unverblümtheit tadeln, aber dann sah ich das schalkhafte Blitzen in seinen Augen.

»Gefällt dir, was ich da pfeife, Bub?«, fragte er und redete dabei in einem so schön breiten Vorstadt-Wienerisch, wie es der Ehemann meiner Tante, ein Hausmeister, auch immer tat. Ich nickte schüchtern.

»Schon«, sagte ich, »nur scheint mir das Lied ein wenig …« Nun zögerte ich, denn natürlich stand es mir nicht zu, einen Erwachsenen zu tadeln. Doch der Mann lächelte mir aufmunternd zu: »Es scheint dir ein wenig was?«

»Nun ja«, antwortete ich und bemühte mich, besonders gewählte Worte zu finden: »Ein wenig unpassend. Ich meine, in Anbetracht des Ablebens unseres Kronprinzen.«

Der Mann blickte mich einen Moment lang mit so großen Augen an, als wüsste er nicht im Geringsten, wovon ich redete. Dann aber schien er zu verstehen und lachte ziemlich laut, was mir noch sehr viel unpassender als das Pfeifen vorkam.

»Kommst du denn von der Aufbahrung, Bub?«, fragte er und ich nickte artig.

»Und«, fragte er weiter, »wie hat sie dir gefallen?«

Dies schien mir eine sehr eigenartige Frage zu sein, denn ich konnte mir nicht vorstellen, dass Aufbahrungen in der Regel große Begeisterung auslösten.

»Sehr würdig«, antwortete ich, erinnerte mich dann aber wieder an den seltsamen Eindruck, den ich beim Anblick der sterblichen Überreste des Kronprinzen gehabt hatte, und setzte nach: »Und etwas merkwürdig.«

Der Mann zog die Augenbrauen hoch.

»Was schien dir denn daran so merkwürdig, Bub?«

So erzählte ich ihm also von den Wachspuppen, die ich

auf dem Jahrmarkt gesehen hatte, und wie mich der Tote auf der Bahre frappant an diese erinnert hatte. Da wurde der Mann plötzlich ernst und nachdenklich, er begann, über seinen ergrauten Bart zu streichen, und ich fürchtete schon, in meiner Naivität etwas Ungebührliches gesagt zu haben. Bevor ich jedoch zu einer Entschuldigung ansetzen konnte, sagte der Mann: »Komm, setz dich her, Bub!«

Dabei wies er auf den Stuhl, der ihm gegenüberstand. Ich blickte mich um, meine Eltern waren nirgendwo zu sehen, also setzte ich mich wie befohlen. Der Mann nahm einen großen Schluck aus dem Bierglas, das vor ihm stand, dann seufzte er.

»Eines Tages werde ich es ohnehin erzählen müssen«, murmelte er in sein Glas hinein, »kein Mensch kann ein solches Geheimnis sein Leben lang mit sich herumschleppen. Lieber sage ich es heute dir und habe es mir damit von der Seele geredet, als es rutscht mir in einem unpassenden Moment vor einem anderen heraus.« Und dann erzählte er mir, und niemandem sonst außer mir, die Wahrheit.

Jener fröhlich pfeifende Herr mit dem ergrauten Bart und dem dicken Bauch war nämlich niemand Geringerer als der Leibfiaker unseres Kronprinzen!

»Der Rudolf hat sich schon immer gern unters Volk gemischt«, erklärte er, »und das geht freilich nicht so gut mit einer herrschaftlich livrierten Hofkutsche, die alle Blicke auf sich zieht.«

Ich nickte so ernsthaft, als würde ich mich ebenfalls täglich mit dergleichen Problemen herumschlagen.

Daher hätte der Kronprinz einen vertrauenswürdigen Fiaker für private Zwecke gesucht, erklärte der Mann, und die Wahl fiel auf ihn, weil er nicht nur kutschieren, sondern auch die herrlichsten Wienerlieder pfeifen konnte. Für solcherlei volkstümliche Künste hatte Rudolf nämlich ein großes Herz.

»Bratfisch mein Name«, stellte sich der Mann endlich vor und reichte mir über den großen Wirtshaustisch hinweg die Hand wie einem Erwachsenen. Ich musste mir ein Kichern verkneifen, da ich den Namen reichlich komisch fand, aber freilich wollte ich weder kindisch noch unhöflich wirken und nahm Haltung an.

»Leitmeier mein Name«, antwortete ich im Tonfall meines Vaters und ergriff die Hand des Bratfisches.

»Du musst mir aber etwas versprechen, Leitmeier«, erwiderte er, indem er sich noch weiter über den Tisch beugte und mir beinahe ins Ohr flüsterte, »was ich dir nun erzähle, darf keine Menschenseele jemals hören, verstehst du?«

Ich nickte eifrig, und da erst schüttelte er meine Hand, somit war der Vertrag geschlossen, an den ich mich bekanntlich fünfzig Jahre lang gehalten habe.

Was Bratfisch mir nun berichtete, war das Folgende:

Kronprinz Rudolf war sehr unglücklich geworden mit seiner Ehe und dem höfischen Leben an sich. Seine Frau, die Kronprinzessin, würdigte ihn keines Blickes mehr. Sein Vater, der Kaiser, überschüttete ihn mit zeitfressenden, jedoch sinnlosen Aufgaben, und seine Mutter, die Kaiserin, war so vollauf vom Geiste Heinrich Heines erfüllt, dass daneben wenig anderes Platz hatte. Rudolf suchte also Zuflucht bei den käuflichen Damen und im Alkohol.

»Verständlicherweise«, sagte Bratfisch.

Wieder nickte ich, als würde ich einen derartigen Zustand vollkommen nachvollziehen können, denn ich wollte mich als würdiger Zuhörer erweisen.

Zum ersten Mal in unserem Gespräch wirkte Bratfisch ernstlich traurig: »In dieser Zeit hat Rudolf bereits häufig vom Freitod gesprochen. Aber dann ist er mit dem Gianni zusammengetroffen, das war seine Rettung!«

Der Gianni, so erfuhr ich nun, war ein entfernter Vetter des Kronprinzen, mit richtigem Namen Erzherzog Johann Salvator, nur wenige Jahre älter als der Kronprinz. Außerdem war dieser Gianni mit einem ebenso scharfen Verstand ausgestattet und litt unter derselben politischen Ohnmacht wie Rudolf, bloß war er über diese Umstände weitaus weniger verzagt.

Es musste im vergangenen November gewesen sein, resümierte Bratfisch, als er die beiden Erzherzöge hinaus in ein Heurigenlokal kutschierte, wo sie wie so oft den bürgerlichen Freuden frönen wollten. Freilich saß Bratfisch vorne auf dem Kutschbock und pfiff diskret vor sich hin, dennoch hörte er alles, was im Wagen gesprochen wurde, und Wort für Wort gab er nun die schicksalhafte Unterredung der beiden hochwohlgeborenen Herren wieder.

Denn als Rudolf nun nicht zum ersten Male von seinen Selbstmordabsichten zu sprechen anfing, erwiderte Gianni geradezu gereizt: »Ach Rudolf, muss es immer gleich der Tod sein?«

»Was denn sonst?«, jammerte Rudolf, in seiner nervösen Überspanntheit sofort den Tränen nahe.

Gianni lachte nur und sagte: »Na, das Leben!«

Und dann eröffnete er dem Kronprinzen, was er selbst demnächst zu tun gedenke, nämlich aus dem höfischen Leben ausscheren und sich mit einem Mädel aus dem Hofopernballett fernab von Wien eine neue Existenz aufbauen.

»Ich werde die Kapitänslizenz erwerben«, erklärte Gianni leidenschaftlich, »und mit meiner Milli um die Welt reisen bis zum Ende meines Lebens!«

Darauf folgte ein langes Schweigen des Kronprinzen.

Bratfisch lauschte vorne so aufmerksam, dass er beinahe zu pfeifen vergaß.

»Aber Gianni«, sagte Rudolf schließlich, »dein Fall ist doch ein völlig anderer. Du weißt, ich habe eine sehr hohe Meinung von dir, aber an deiner Person hängt doch zumindest nicht die Zukunft des Reiches. Du kannst ohne Weiteres vor meinen Vater hintreten und um Entlassung aus dem Kaiserhaus bitten. Ich möchte wetten, man steckt dir sogar noch eine schöne Summe zu, damit du rasch all deinen Titeln entsagst und das Hause Habsburg einen Liberalen weniger zu ertragen hat. Wenn ich hingegen nicht Kaiser werde, Gianni, dann wird es niemand. Die Monarchie hängt doch nur noch an der Person meines Vaters, und wenn er einmal nicht mehr ist, wird sie nur noch an meiner Person hängen. Die Völker streben auseinander, nur der Kaiser eint sie noch. Du, Gianni, bist ein einfaches infant terrible, ich bin die Zukunft der Monarchie. Das sind also völlig verschiedene Voraussetzungen.«

»Und wenn du dich erschießt, wird die Monarchie genauso untergehen«, schlussfolgerte Gianni, »da kannst du auch gleich am Leben bleiben und ihr dabei zusehen.«

»Das stimmt«, entgegnete Rudolf traurig, »aber erkläre solche Zusammenhänge einmal meinem Vater! Pflichterfüllung ist seine Religion. Nicht einmal eine Scheidung gesteht er mir zu. Lieber ist ihm, Stephanie und ich machen uns hinter geschlossenen Türen gegenseitig unglücklich, als dass wir getrennt voneinander glücklich werden, da draußen in der Welt. Und dabei geht es hierbei in Wahrheit doch nur um eine private Angelegenheit. Du kannst ja nicht ernsthaft annehmen, dass mein Vater sich großzügiger zeigte, wenn mein Ansinnen darüber hinaus noch dynastische Angelegenheiten beträfe!«

»Da müsste man natürlich drastische Drohungen setzen …«, murmelte Gianni nachdenklich.

»Oh«, erwiderte Rudolf und lachte schrill auf, »glaub ja nicht, dass ich das nicht versucht hätte! Doch dass ich mich wirklich umbringen könnte, nimmt mein Vater mir nicht ab. Seiner Ansicht nach fehle mir der Mut dazu. Und gerade deswegen muss ich es ja tun, verstehst du?«

Mittlerweile war die Kutsche vor dem Heurigenlokal angekommen und Bratfisch ließ die Pferde anhalten, aber keiner der Herren machte Anstalten, auszusteigen. So blieb auch Bratfisch sitzen und spitzte weiterhin die Ohren.

»Nun«, sagte Gianni schließlich, nachdem er eine Zeit lang geschwiegen hatte, »dann bleibt nur eine Möglichkeit: Der Kronprinz muss sich umbringen, während du am Leben bleibst!«

Nachdem Bratfisch diese Worte zitiert hatte, machte er eine Pause und zwinkerte mir spitzbübisch zu. Man kann sich vorstellen, wie sehr mich dies alles verwirrte, dennoch versuchte ich, ein besonders kluges Gesicht zu machen, damit der alte Kutscher mich nicht für einen dummen Jungen hielte. Heute scheint mir aber, dass er sich mir anvertraute, gerade weil er mich eben für einen dummen Jungen hielt, der von niemandem ernst genommen würde, selbst wenn er alles ausplaudern sollte.

Nachdem Bratfisch sich von der Bedienung ein weiteres Glas Bier hatte bringen lassen, führte er aus, was er mit den Erzherzögen an diesem Abend an einem schmutzigen Schanktisch besprach. Rudolf sollte seinen Tod also nur vorgaukeln, während er in Wahrheit irgendwo anders ein schlichtes, doch glückliches Leben führte. Der Kaiser hätte, da er im Glauben bliebe, sein Sohn liege tot in der Kapuzinergruft, keinen Grund, ihn aufspüren zu lassen, geläu-

tert wäre er im besten Falle auch. Die Idee war nun also folgende: Rudolf sollte sich auf einen Jagdausflug begeben, in ein Schloss außerhalb Wiens, von dort aus nicht allzu rasch zu erreichen, sodass Nachrichten und Besucher immer nur mit einiger Verzögerung ankamen. Dann müsste es ihm gelingen, sich die Jagdgesellschaft möglichst vom Leibe zu halten, durch einen vorgeschützten Schnupfen zum Beispiel. Wenn er in der Nacht ganz allein zurückgeblieben wäre, käme der unappetitliche Teil. Man müsste nämlich die Leiche eines jungen Mannes finden, der nicht zu geringe Ähnlichkeit mit dem Kronprinzen aufwies. Allerdings wirkte ein Kopfschuss durchaus entstellend und verleitete den Laien nicht unbedingt zur genaueren Betrachtung der sterblichen Hülle, sodass die Ähnlichkeit auch nicht allzu frappant sein musste. Wenn nun die Jagdfreunde, von Bratfisch alarmiert, herbeigeeilt kämen und die Türe zum Schlafzimmer aufbrächen, würden sie zweifelsohne einen Toten vorfinden und das Schlimmste annehmen. Mit jenem Doppelgänger könnte man auf die Schnelle vielleicht sogar noch die kaiserliche Familie täuschen, dann allerdings käme der schwierigste Teil. Man müsste eine verlässliche Wachsmaskenmacherin finden, sie mit so viel Geld überschütten, dass sie den Schwindel nicht nur mit Freude ausführen, sondern ebenso freudig niemals ein Wort darüber verlieren würde. Das Gleiche galt für die Hofärzte, die ohne Zweifel mit einer Autopsie beauftragt werden würden. Doch dürfte hierbei von Vorteil sein, dass sie dem von Naturwissenschaften begeisterten Kronprinzen allesamt sehr gewogen waren und daher bereitwillig in seinem Interesse handeln würden. Freilich war es notwendig, neben den Bestochenen möglichst keine weiteren Mitwisser zu produzieren, da sich am kaiserlichen Hofe Gerüchte und Geschichten schneller verbreiteten als Strohfeuer. Dem Kronprinzen fiel es nicht schwer, alle familiären Banden zu kappen, nur um sein kleines Töchterlein tat es ihm leid, mit diesem wäre er nur allzu gern noch in Verbindung geblieben. Doch ließ er sich von Bratfisch und Gianni recht rasch davon überzeugen, dass das Mädchen durch solcherlei Komplizenschaft nichts als Schaden davontrüge, die Last der Geheimniskrämerei wäre für ein Kind von gerade einmal sechs Jahren viel zu schwer zu tragen.

»Ich bin schon fast zehn!«, warf ich stolz ein, und Bratfisch nickte: »Darum ist es dir ja auch nicht zu schwer.«

Allerdings musste ich mir eingestehen, dass mir die ganze Sache dennoch einigermaßen schwer vorkam, nämlich schwer zu verstehen. Doch umso genauer wollte ich zuhören und mir alles, was Bratfisch sagte, bis ins kleinste Detail merken, um später mit besonderer Sorgfalt darüber nachsinnen zu können.

Die drei Verschwörer beschlossen also, dass niemand sonst in das Vorhaben eingeweiht werden sollte, mit Ausnahme von Rudolfs Kammerdiener Loschek, der Rudolf nur selten von der Seite wich und dem man ohnehin nichts hätte verheimlichen können. Er war ein Diener alter Schule, seinem Dienstherrn über alle Maßen ergeben. Hätte Rudolf ihm befohlen, aus dem Fenster der Hofburg zu springen, hätte er es ebenso bedenkenlos getan, wie er dem Kronprinzen jetzt bei seiner abenteuerlichen Flucht helfen würde. Rudolf, Gianni und Bratfisch schüttelten einander die Hände, es war beschlossene Sache.

Allerdings wäre die ganze Angelegenheit beinahe erst gar nicht ins Rollen gekommen. Das lag ganz allein an Rudolf selbst. Gerade zu diesem unglückseligen Zeitpunkt verliebte er sich nämlich. Die betroffene Dame war eigentlich keine

Dame, sondern ein junges Mädchen, eine vollbusige Baroness von achtzehn Jahren und unglücklich einem Herzog versprochen. Rudolf war schon eine Zeit lang intimer mit ihr bekannt gewesen und hatte ihr sogar schon den gemeinsamen Freitod in Aussicht gestellt, wie glücklichere junge Männer ihren Angebeteten die Ehe in Aussicht stellen. Die Jüngere hatte dem Vorschlag voll brennender Leidenschaft zugestimmt und wandelte seither selig umher wie eine makabre Braut. Nun, da sein Ableben abgesagt war, wollte Rudolf die arme Baroness ursprünglich in Unwissenheit lassen wie alle anderen auch. Sie sollte denken, er hätte sich eben anders entschlossen und wäre ohne sie aus dem Leben geschieden. Als sie ihm noch einigermaßen gleichgültig war, schien ihm dies bedenkenlos durchführbar, da er sie nun jedoch plötzlich liebte, war er untröstlich.

»Wie soll ich leben ohne sie?«, fragte er bei einer erneuten Kutschenfahrt seinen Vetter Gianni, und schon schien sein Leben wieder am seidenen Faden zu hängen. Der kluge Gianni jedoch seufzte nur.

»Muss es denn sein?«

»Es muss!«, rief Rudolf.

»Das habe ich befürchtet. Dann, lieber Rudolf, gibt es nur einen Weg: Um mit ihr zu leben, musst du auch mit ihr sterben.«

Bratfisch, der auf seinem Kutschbock das Gespräch vernommen hatte, kratzte sich seinen schon etwas kahlen Kopf. Warum ein ohnehin gefährliches Unterfangen noch mehr gefährden wegen einem jungen Ding, von dem es dort draußen doch Hunderttausende vergleichbare gäbe? Aber Rudolfs Entschluss stand fest: Ein Leben mit der kleinen Mary Vetsera oder gar keines.

Am nächsten Tage wurde Mary also, wie immer durch

Vermittlung einer Cousine Rudolfs, die für ihre Kuppelei fürstlich entlohnt wurde, zu einem geheimen Rendezvous bestellt. Über allerlei Hintertreppen gelangten die beiden Frauen unbeobachtet in die Hofburg, wo Rudolf die Cousine durch eine List oder viel eher durch eine erneute Zahlung gleich wieder loswurde und Mary allein in sein Schlafzimmer überführte. Auf diese Art und Weise waren in der Vergangenheit schon ähnliche Zusammenkünfte zustande gekommen, doch zu Marys Überraschung fand sie im Schlafzimmer neben dem Kronprinzen noch drei andere Herren vor: Bratfisch, mit dem sie von Spazierfahrten her bereits bekannt war, zudem den bleichen Kammerdiener Loschek und einen feschen Erzherzog, der sich ihr sogleich als »Gianni« vorstellte. Der Schreck des Mädchens war groß, doch die Herren sorgten sogleich für Aufklärung und legten ihr Schritt für Schritt die Aussichten auf ein neues Leben dar, wenn sie Rudolf denn überhaupt begleiten wollte.

Mary hörte angeregt zu, doch als die Herren zum Abschluss ihrer Erläuterungen kamen, wirkte sie etwas enttäuscht. Sie hatte sich den gemeinsamen Tod nämlich schon so romantisch ausgemalt, dass ein einfaches Leben inkognito dagegen ziemlich reizlos erschien. Dann aber blickte sie den Geliebten mit ihren großen Kuhaugen an, seufzte und sagte feierlich: »Rudolf, du weißt, ich folge dir überallhin!«

»Auch nach Ungarn?«, fragte Rudolf.

»Selbst nach Ungarn«, antwortete Mary.

Damit war das beschlossene Sache.

An dieser Stelle unterbrach ich Bratfisch in seiner Erzählung, da ich mich nicht länger zurückhalten konnte: »Also stimmt es, dass ein Mädchen bei ihm war? Meine Mutter wollte es nicht glauben, und in den Zeitungen stand auch nichts davon!«

»Natürlich stand davon nichts in den Zeitungen«, erklärte Bratfisch, »für den Kaiser ist dies ja die größte Schmach an dem ganzen Fall. Mord und Totschlag mögen angehen, auch in herrschaftlichen Häusern, aber wenn so eine Schlafzimmergeschichte an die Öffentlichkeit gelangt, dann ist der Skandal perfekt. Wenn du mich fragst, Bub, war das für Rudolf sogar die Hauptsache, warum er gerade in diesem Moment sein Herz so stur an die kleine Baroness hängte. Denn davor hatte er nie eine allzu hohe Meinung von den Frauen gehabt, und ihm war eine so recht wie die andere, solange es sich nicht um seine eigene Gattin handelte.«

Nun stellte sich die Frage, wie man mit dem Mädchen verfahren sollte. Eine weibliche Leiche besorgen und eine zweite Wachsmaske in Auftrag geben? Das machte die ganze Angelegenheit beinahe unmöglich, nicht der Wachsmaske wegen, aber wann starben schon zur gleichen Zeit zwei junge Leute, von denen der Herr dem Kronprinzen und die Dame der Baroness zufällig ähnlich sahen, zumindest figürlich?

Bratfisch, der verglichen mit den hohen Herren und dem devoten Diener wohl mit dem größten Sinn fürs Praktische ausgestattet war, stellte in den Raum, dass Mary ja vielleicht doch nicht Teil des makabren Schauspiels sein müsste und einfach von zu Hause fortlaufen könnte. Doch da waren Rudolf wie sie selbst strikt dagegen.

»Meine Mutter würde mich überall finden«, erklärte Mary, »sie liebt mich leider sehr. Mein Onkel liebt mich überhaupt nicht, aber er würde mich genauso finden und danach in ein Kloster stecken. Oder Schlimmeres! Er ist so furchtbar sittenstreng.«

Doch während sie so von ihrem Onkel sprach, kam ihr ein

Gedanke: »Mein Onkel fürchtet eine Familienschmach viel mehr als den Tod. Ja, so könnte es funktionieren!«

Und dann erörterte sie den erstaunten Herren ihren Plan: Bratfisch und der Kammerdiener Loschek mussten ja selbstverständlich als Erste am »Tatort« eintreffen, um alles dementsprechend zu präparieren. Wenn sodann die Jagdfreunde Rudolfs kämen, um den Tod ihres Kameraden zu bezeugen, würde man ihnen gestehen, man hätte im Bette auch eine weibliche Leiche gefunden, diese jedoch aus Gründen der Sittlichkeit in die Abstellkammer gepackt, nur für die Augen der allerengsten Verwandten bestimmt. Diese allerengsten Verwandten, namentlich der gestrenge Onkel, sollten dann sogleich in Kenntnis gesetzt werden vom Ableben der kleinen Mary. Man müsste ihnen die Mordszene dabei in drastischen Bildern schildern und sagen, dass es allein dem Onkel gestattet wäre, zum Schloss zu kommen, die Mutter könnte den Anblick nicht ertragen. Bis der Onkel eingetroffen wäre, wäre bereits tiefste Nacht, und wenn er den Ort des Geschehens beträte, spränge Mary aus der Abstellkammer (denn dort wollte sie tatsächlich verharren und sich tot stellen, sollte jemand alle Anweisungen missachten und die Türe öffnen). Nun würde sie den Onkel vor vollendete Tatsachen stellen: Entweder würde er sie eigenhändig mit seiner Kutsche zum nächsten Bahnhof bringen und anschließend der Mutter sowie der ganzen Welt bezeugen, dass sie leider verblichen wäre. Oder aber Mary wiederum würde der Mutter und der ganzen Welt von ihrer Schande erzählen und noch aus dem entferntesten Kloster Briefe mit den detailliertesten Darstellungen ihrer gemeinsamen Nächte mit dem Kronprinzen an alle großen Zeitungen schicken. Was wäre ihm wohl lieber?

»Der Onkel wird schon richtig entscheiden«, erklärte

Mary selbstgefällig. Die Erzherzöge stimmten ihr zu, der Kammerdiener und der Kutscher beugten sich deren Urteil wie immer, sodann war alles unter Dach und Fach und man musste nur noch auf den geeigneten Zeitpunkt warten.

Der geeignete Zeitpunkt war gekommen, als in Alland, einem Dorf nächst dem Jagdschlosse Mayerling, nach schwerer Krankheit ein junger Mann dahinschied, der so arm war, dass seine Familie seine sterblichen Überreste unter dem Versprechen, er würde ein christliches Begräbnis erhalten, gegen ein kleines Entgelt ohne weitere Fragen herausrückte. Bratfisch, der mit der Verhandlung beauftragt war, verschwieg ihnen geflissentlich, dass man ihrem armen Kerl dafür erst in den Kopf schießen müsste, dies machte ja ohnehin keinen Unterschied mehr.

Also wurde alles hurtig arrangiert, Rudolf setzte seine Jagdgesellschaft an und Mary ließ sich abermals von der geschäftstüchtigen Cousine Rudolfs über geheime Wege zur Hofburg geleiten. Beim Kronprinzen angekommen, schickte dieser die Cousine unter dem Vorwand hinaus, Mary und er hätten etwas unter vier Augen zu besprechen. Sie war diese Art der vertraulichen »Besprechungen« freilich schon gewohnt und ging, nur dass sie diesmal nach ihrer Rückkunft keine Baroness mehr vorfand und auch den Kronprinzen nicht, denn sie waren getürmt!

»Das heißt natürlich, sie saßen seelenruhig in meiner Kutsche und ließen sich Wiener Lieder vorpfeifen, und da sie davor wochenlang die Todgeweihten gespielt und vor Verwandten dramatische Szenen gemacht hatten, die sie fast schon ein bisschen wahnsinnig hatten wirken lassen, kicherten sie nun umso ausgelassener!«, erzählte Bratfisch und wurde bei der Erinnerung selbst ganz vergnügt. Er trank sein Glas aus und lächelte nun schon etwas bierselig.

»Und dann?«, fragte ich ungeduldig, da ich mich langsam sorgte, meine Eltern könnten jederzeit kommen und mich zum Gehen zwingen, denn mittlerweile musste es recht spät geworden sein und zu Hause wartete die Tante.

»Na, den Rest kennst du, Bub«, antwortete Bratfisch, immer noch fröhlich, »der Plan ist ja schließlich aufgegangen!«

Ich starrte ihn verdutzt an, denn auch wenn ich freilich jung war und in derart krummen Dingen keinesfalls bewandert, so fiel mir dennoch auf, wie kompliziert sich die ganze Angelegenheit gestaltete und an wie vielen Ecken und Enden eine Möglichkeit zum Scheitern lauerte. Aber Bratfisch nickte zufrieden.

Er höchstpersönlich kutschierte das Paar nach Mayerling hinaus, und Mary blieb im Schlafzimmer versteckt, während Rudolf seine Jagdgesellschaft unterhielt, ein paar alte, adelige Freunde, treuherzige Kumpanen. Allerdings wurde schließlich darauf verzichtet, auch tatsächlich zur Jagd zu reiten, da Rudolf sich über einen Schnupfen beklagte, der ihn nicht nur am Jagen, sondern vor allem auch daran hinderte, abends noch nach Wien zurückzufahren. Dort hätte er nämlich einem Familiendiner beiwohnen sollen, doch er telegrafierte seiner Frau eine halbherzige Entschuldigung und schickte abends noch die Jagdfreunde fort, er müsste sich erholen. In Wahrheit war an Erholung freilich nicht zu denken, die ganze Nacht verbrachten Mary und er heiter mit dem Schreiben der zahlreichen Abschiedsbriefe, wobei sie sich sogar einen Scherz erlaubten, der noch einmal alles riskierte: Sie baten darum, im selben Grabe bestattet zu werden, wo sie doch wussten, dass man von Rudolf einen falschen, von Mary allerdings überhaupt keinen Körper vorfinden würde. Sie schrieben es im festen Glauben, dass der Hof einem solchen Wunsche niemals nachgeben würde, und damit sollten sie ja recht behalten. Während alldem wartete der Kammerdiener vor der Kammer und der Kutscher draußen in seiner Kutsche.

»Du hättest mich sehen müssen, Bub«, sagte Bratfisch, »mitten im Winter habe ich geschwitzt wie eine Schweineschwarte in der Pfanne, so nervös bin ich gewesen. Und die beiden schreiben in aller Seelenruhe Briefe!«

Gegen sechs Uhr morgens waren dann endlich zwei Schüsse zu vernehmen, freilich nur zur Täuschung etwaiger Ohrenzeugen, denn kurz darauf kam schon der Kronprinz angelaufen, mit falschem Bart und in die elendigsten Lumpen gehüllt, sodass kein Mensch ihn hätte erkennen können.

»Der Loschek richtet drinnen gerade meinen Doppelgänger«, erzählte er, nachdem er auf den Wagen gestiegen war, »und Mary sitzt schon in der Abstellkammer. Beten wir, dass alles gut geht! Und jetzt, mein Lieber, kutschier mich noch ein letztes Mal und pfeif dein schönstes Lied für mich, ja?«

Und Bratfisch begann jenes Lied zu pfeifen über das Glück, das ein Vogerl war, und brachte den heiteren Kronprinzen, der nun kein Kronprinz mehr war, zu einem abgelegenen Bahnhof in der Provinz. Von dort aus sollte Rudolf über verschlungene Wege die Reise nach Ungarn angehen, ein Land, das er immer sehr geliebt hatte und dessen Sprache er fließend beherrschte. Mary sollte am nächsten Tage folgen, sofern freilich mit dem Onkel alles gut ginge, woran sie aber keinen Zweifel hegte.

Als Rudolf am Bahnhof aus dem Wagen stieg, zog er seinen zerlumpten Hut.

»Auf Wiedersehen, Nockerl«, sagte er, denn dies war Bratfischs Spitzname aufgrund seines teigigen Körpers.

»Auf Wiedersehen …«, antwortete Bratfisch, aber dann wusste er nicht, wie er weitersprechen sollte, Rudolf bemerkte diese Verlegenheit und lachte.

»Ich hab in meinem Leben schon so viele Pseudonyme benutzt, da soll mir doch noch ein guter Name einfallen!«

Dann fuhr die Eisenbahn mit Krach und Rauch in den Bahnhof ein und Rudolf entschwand zum letzten Mal aus Bratfischs Blick. Mit einer Traurigkeit im Herzen, als wäre sein Herr tatsächlich gestorben, fuhr Bratfisch nach Mayerling zurück. Dort verlief alles in den gewünschten Bahnen: Die Freunde Rudolfs waren vom Kammerdiener Loschek vom Ableben des Kronprinzen in Kenntnis gesetzt worden und zum Schloss zurückgeeilt, wo sie sich vom falschen Toten täuschen ließen. Loschek schilderte ihnen den Moment, da er die Tür aufgestoßen und seinen Dienstherrn sowie das Mädchen in ihrem eigenen Blute liegend vorgefunden hatte, in so drastischen Worten, dass sie später allesamt schworen, sie wären selbst dabei gewesen und hätten sogar die Baroness mit eigenen Augen tot auf dem Bette liegen gesehen. Dabei hockte diese ja die ganze Zeit über in der Abstellkammer und musste sich die Hände auf die Lippen drücken, um nicht laut zu lachen!

Später in der Nacht kam tatsächlich Marys Onkel in Mayerling an. Mary klärte ihn über den Schwindel auf und stellte ihn vor die Wahl.

»Und denk auch an die Mutter«, sagte Mary listig, »was würde ihr schwaches Herz eher ertragen: eine Leiche oder eine Hure zur Tochter?«

So brachte der Onkel die entehrte Nichte zähneknirschend mit seiner Kutsche zum nächsten Bahnhof. Von dort aus fuhr sie in den frühen Morgenstunden dem Geliebten hinterher, während der Onkel die Reise zu Marys Mutter antrat und ihr die traurige Nachricht überbrachte, ihre geliebte Tochter wäre dahingeschieden. Das mag ihm gar nicht als rechte Lüge, sondern sogar als Beschönigung erschienen sein, denn ein totes Mädchen war in seinen Augen tatsächlich immer noch besser als ein entehrtes.

»Es hat ihm leider nichts gebracht«, fügte Bratfisch mit einiger Amüsiertheit hinzu, »denn nun, da die Gerüchte über das Mädchen trotz aller Bemühungen des Hofes allüberall erzählt werden, ist die Baroness nämlich nicht nur vermeidlich tot, sondern zusätzlich wirklich kompromittiert. Denn mittlerweile wird hinter vorgehaltener Hand schon der Name Mary Vetsera genannt, so ist die ganze Familie Vetsera bei der höheren Gesellschaft bereits in Ungnade gefallen. Jetzt natürlich kann der Onkel nicht mehr zurück, ohne sich vollends zum Affen zu machen.«

Bratfisch nahm wieder einen großen Schluck seines Bieres.

»Uns hingegen hat der Hof sehr geholfen«, sagte er dann und grinste breit.

»Geholfen«, fragte ich überrascht, »wie denn das?«

»Na, indem er alles unter den Tisch kehren wollte, was unter den Tisch zu kehren war, stiftete er vor allem Verwirrung!«, antwortete Bratfrisch und grinste noch ein wenig breiter.

»Das stimmt«, rief ich, »bei uns im Hause wurde erst von Herzschlag gesprochen und dann von Jagdunfällen und politischen Intrigen!«

Bratfisch lachte jetzt so herzlich, dass seine sonore Stimme durch die ganze Gaststube schallte. »Und von eifersüchtigen Förstermeistern, die sich rächen wollten für die amourösen Abenteuer des Kronprinzen mit ihren Gattinnen«, sagte er, »jaja, es wurde gar so heftig getratscht, dass der Hof besser daran tat, mit der Wahrheit rauszurücken, das heißt, was eben gemeinhin für die Wahrheit gehalten wird. Nur die kleine Vetsera wird in offiziellen Mitteilungen noch immer stur verschwiegen, wo doch schon alles durchgesickert ist.«

»Und wie ging das mit der Wachsmaske vor sich?«, fragte ich, denn diese interessierte mich besonders, da sie meine eigene Entdeckung gewesen war und überhaupt der Grund, dass ich mit Bratfisch ins Gespräch gekommen war.

»Unsere lieben Hofärzte haben sie an dem falschen Kronprinzen angebracht unter dem Vorwand, der Schädel sei durch den Schuss zu fürchterlich entstellt für eine öffentliche Aufbahrung. Stell dir vor, sie haben die Leiche auf einem Billardtisch aufschneiden müssen, der Kaiser erlaubte die Entfernung seines entseelten Sohnes aus den kaiserlichen Kammern nicht. Er fürchtete, es könnte allzu viel nach außen dringen, wenn man die Leiche etwa ins allgemeine Krankenhaus brächte. Der Kaiser ordnete dies also zur Wahrung der Ehre an und bannte damit gleichzeitig für uns die Gefahr, dass sich durch Zufall ein nicht eingeweihter Arzt den toten Leib vornahm und unglückliche Entdeckungen machte. Unsere Ärzte hingegen bezeugten wie versprochen den Freitod und brachten an der Leiche die Wachsmaske an, für die Rudolf viele Nächte lang einer verschwiegenen Künstlerin Modell gesessen hatte. Indessen verbrannten die Diener des Kaisers sämtliche Schriftstücke aus Sorge, diese könnten die hochwohlgeborene Familie noch weiter kompromittieren. Dabei vernichteten sie jedoch unwissentlich alles, was möglicherweise doch noch Licht in die Sache hätte bringen können, und bezahlten jeden fürstlich, von dem zu fürchten war, er könnte plaudern.«

»Auch Sie?«, fragte ich, und Bratfisch drückte seinen dicken Zeigefinger an die Lippen als Zeichen, dass man darüber nun wirklich nicht sprechen durfte, dabei jedoch nickte er.

»Nun also liegt unser Kronprinz gar nicht drüben in der Kapelle«, schlussfolgerte ich, »sondern führt ein Leben als ganz normaler Mann, und Mary ist jetzt seine ganz normale Frau!«

Bratfisch nickte abermals: »Du hast es also verstanden!«

Plötzlich spürte ich eine Hand auf meiner Schulter, es war die bereits befürchtete Hand der Mutter. Ihr Gesicht war tränenüberströmt, weil viel Wein sie immer rührselig machte, und wie gerne hätte ich ihr zum Troste gesagt, dass der betrauerte Kronprinz sich nicht ins Jenseits, sondern nur bis nach Ungarn befördert hatte.

»Dummer Bub«, schluchzte meine Mutter, »immer muss man dich suchen!« Hinter ihr erschien mein Vater ebenso betrunken, aber weniger rührselig, und drohte mir mit Ohrfeigen.

Ich wollte protestieren, denn noch nie hatte sie mich irgendwo suchen müssen bis zu ebenjenem Tag, und Schuld daran war ja nur der Kutscher, der mich zum Dableiben aufgefordert hatte. Hilfesuchend drehte ich mich nach ihm um, auf dass er ein gutes Wort für mich bei meinen Eltern einlegte, doch ich konnte ihn nirgends mehr erblicken. Bratfisch war still und heimlich verschwunden.

Das ist es also, was ich zu berichten weiß von der sogenannten Tragödie von Mayerling, deren Tragik sich vor allem darin äußert, dass womöglich noch ein rechtmäßiger Erbe des Kaiserthrones unter uns weilt, der nichts weiß von seiner Abstammung. Nun mögen die Zeiten andere sein als dazumal, aber oft denke ich daran, ob ich diesen Verfall meines Landes nicht hätte verhindern können, hätte ich mein Wissen früher mitgeteilt. Jedoch hielt ich mein Versprechen und schwieg über diese Sache den ganzen Heimweg über bis zum Hause meiner Tante und dann mein gesamtes Leben lang.

Für Mary wurde ein leerer Sarg in die Familiengruft in Heiligenkreuz gestellt, von ihrer Mutter sehr beweint. Der falsche Kronprinz wurde in der Kapuzinergruft neben seinem angeblichen Onkel Maximilian beigesetzt. Ich sage angeblich, da ich aus ähnlich vertrauenswürdigen Quellen weiß, dass der wahre Maximilian noch bis vor drei Jahren unter dem Namen Justo Armas in El Salvator lebte und dort eines natürlichen Todes starb, aber diesen außergewöhnlichen Fall möchte ich zu einem anderen Zeitpunkt genauer schildern.

Dies also ist das Zeugnis, das ich, Peter Leitmeier, ablegen möchte am heutigen Tage, in der Hoffnung, zukünftigen Generationen damit dienlich zu sein, auf welche Art und Weise auch immer.

Peter Leitmeier

Ich hatte sehr langsam gelesen, da die Schrift zwar ungelenk, aber dennoch altmodisch verschlungen war, außerdem wusste ich gar nicht, wann ich zuletzt einen so langen handschriftlichen Text gelesen hatte. Nun blickte ich auf und sah in Frau Fiallas erwartungsvolles Gesicht.

»Na, Fräulein Claudia«, sagte sie, »was sagen Sie jetzt?«

Ich wusste überhaupt nicht, was ich jetzt sagen sollte. In meinem Kopf schwirrte es, und ich verspürte eine so große Lust wie noch nie, alles Mögliche in »meinem« Internet nachzuschlagen. Zögerlich schob ich die Blätter über den Tisch zu Frau Fialla zurück, aber sie schüttelte den Kopf.

»Behalten Sie das«, sagte sie, »zeigen Sie es ruhig Ihrer *Freundin.*« Während sie das Wort »Freundin« aussprach, machte sie mit den Fingern Anführungszeichen in der Luft.

Ich wollte das Geschenk nicht annehmen, denn sicherlich

gehörte dieses Bekenntnis mitunter zu Frau Fiallas wertvollstem Besitz, und ich war nie besonders gut darin gewesen, Dokumente in Ordnung zu halten, Frau Fialla jedoch bestand darauf. Schließlich faltete ich die Zettel zusammen und legte sie in die verschließbare Kasse hinter unserer Bar, dort würden sie mir wenigstens nicht abhandenkommen. Frau Fialla schien sehr zufrieden zu sein, sie lehnte sich auf ihrem Stuhl zurück und lächelte dem Kaiser und seinem toten Hirsch an der Wand gegenüber zu.

»Sie fragen sich jetzt sicherlich«, murmelte sie, ohne den Blick von dem Bild abzuwenden, »was das alles mit mir zu tun hat, nicht wahr?«

Ich konnte mir zwar schon irgendwie zusammenreimen, worauf es hinauslaufen würde, dennoch nickte ich, um Frau Fialla nicht zu enttäuschen. Dabei fühlte ich mich ein wenig wie der Junge, der dem alten Kutscher lauschte und dabei versuchte, nur ja alles richtig zu machen. Überhaupt fiel mir auf, dass unsere Unterhaltungen dem geschilderten Gespräch zwischen Klein Peter und dem Kutscher Bratfisch ziemlich ähnelten: Einer sprach, einer staunte. Nur war unser Gasthaus leider schon lange nicht mehr so überfüllt gewesen.

»Natürlich fragen Sie sich das, weil ich mich genau das Gleiche fragte, nachdem ich diese Zeilen gelesen hatte«, erklärte Frau Fialla immer noch selig lächelnd, dann aber kam eine plötzliche Unruhe in sie, ihr Blick wanderte nervös über die Tischfläche: »Sagen Sie, Fräulein Claudia, haben Sie Ihr Gerät wohl noch eingeschaltet?«

DIE EIGENTLICHE UND WIRKLICHE GEBURT DER FRAU FIALLA, ZWEITER TEIL

Ich lachte. Oh, ich lachte wie noch nie zuvor in meinem Leben, und mein armer Anton schaute ganz dumm aus der Wäsche, er hatte wohl vieles erwartet, nur das nicht. Nachdem ich mich wieder beruhigt hatte, tat mir meine Reaktion sofort leid, ich wollte ihn ja nicht kränken.

»Eine abenteuerliche Geschichte«, murmelte ich entschuldigend, indem ich ihm die Zettel zurückreichte, »wer denkt sich denn so etwas aus?«

»Und gerade deswegen muss sie ja wahr sein«, entgegnete Anton sehr ernst, »die abenteuerlichsten Geschichten schreibt das Leben!«

Da musste ich ihm allerdings recht geben. Dennoch verstand ich immer noch nicht, was das alles mit mir zu tun haben sollte.

Womöglich war ich in diesem Augenblick auch deshalb so begriffsstutzig, weil das Verständnis dessen, was Anton da andeutete, solche Konsequenzen mit sich brächte, die meine arme gebeutelte Seele nicht hätte ertragen können. Oder sagen wir, sie hätte sie nicht allein ertragen können, denn nun griff Anton nach meinen Händen.

»Dein Vater«, sagte er und sah mich dabei eindrücklich an, »wie hieß er noch gleich?«

»Johann Witz«, antwortete ich verwirrt.

»Und dessen Vater?«

»Auch, aber soweit ich weiß, wurde er von allen nur Hans Witz genannt.«

»Hans Witz«, wiederholte Anton sehr langsam, »ist das nicht genau so ein Name, den sich ein Herr mit gutem Humor als Pseudonym wählen würde?«

»Möglicherweise, aber …«, antwortete ich und verstand immer noch nicht, da fiel mir Anton auch schon ins Wort: »Und wie ist er gestorben, dein Großvater?«

»Versehentlich von einem Amerikaner erschossen …«

»Nein, nein, der andere!«

Mittlerweile schien sich Anton auf seine dezente, unterwürfige Art über meine Langsamkeit zu ärgern.

»Angeblich der Alkohol …«, antwortete ich, und Anton schrie mich schon beinahe an: »Und Rudolf hat doch getrunken!«

Und jetzt erst fiel bei mir der Groschen. Ich glaubte erst, ich müsste wieder laut auflachen wie vorhin, aber die Stimme blieb mir im Halse stecken, es kam nur ein schwaches Röcheln heraus, die Laute eines verendenden Tiers.

Mit zitternden Knien stand ich auf und hieß Anton, kurz zu warten. Dann schritt ich ins Schlafzimmer hinüber und holte mein Kästchen unter dem Kissen hervor, denn dort verbarg ich es aus Gewohnheit, auch wenn keiner mehr hier war, der es mir hätte streitig machen können. Es schien mir schwerer als früher, staatstragender, ich konnte es mit einer Hand gar nicht mehr heben und schleppte es beidhändig vor mir her. Dann stellte ich es vor Anton hin und öffnete die verbogenen Schnallen. Schon an seinem flackernden Blick konnte ich erkennen, dass er sofort begriff.

»Die Kaiserlichen Insignien«, hauchte er trotzdem unnötigerweise und wagte vor Ehrfurcht gar nicht, das Kästchen zu berühren.

Mir wurde schwarz vor Augen. In diesem Moment tat ich es dem Kronprinzen Rudolf gleich: Ich starb, um zu leben! Nur trat ich eben genau den umgekehrten Weg an wie er, ich stieg von der Bedeutungslosigkeit meines tristen Lebens hinauf in glänzende Sphären. Ich hörte noch Antons Stimme, sie klang wie aus der Ferne, ich konnte seine Worte nicht verstehen. Aber das war egal, denn mich selbst verstand ich zum ersten Mal! Bisher war ich doch immer nur eine verirrte Touristin gewesen in meinem eigenen Leben. »Gehen Sie weiter, Sie sind hier falsch!« Wie oft hätte ich mir diesen Satz selbst zurufen wollen, ohne so recht zu wissen, warum.

Was hatte ich gesucht in den Büchern, den Träumen, selbst in der grabähnlichen Dunkelheit meiner Depression? Bloße Ablenkung? Einen Ausweg? Jetzt aber verstand ich es: Immer nur die Wahrheit. Und Anton hatte sie mir geschenkt. Ich war Rudolfs Enkeltochter, die Urenkelin von Sisi und Franz Joseph, die Ur-Ur-Ur- und so weiter von Maria Theresia und vom letzten Ritter Maximilian und schließlich vom ersten Habsburger Kaiser, der eben auch Rudolf hieß.

Ich öffnete die Augen wieder, schloss mein Kästchen und wusste, dass meine Ehe beendet war, der Seitensprung war schon in diesem Augenblick vollzogen.

Anton stellte mir an diesem Abend noch viele Fragen, deren Antworten so sonnenklar waren, dass sie fast schon als rhetorisch zu bezeichnen sind.

War mein Großvater mit seiner jungen Frau nicht angeblich aus Ungarn gekommen, um den Kurzwarenladen in Wien zu übernehmen? Ja natürlich!

»Aber warum eigentlich«, fragte ich, »warum ist Rudolf ins verhasste Wien zurückgekehrt?«

Anton blickte mich so rechthaberisch an, wie es seine devoten Züge eben zuließen.

»Das ist ja logisch«, sagte er, »wegen seiner Tochter.«

In diesem Moment wurde mir bewusst, dass die edle Dame, die das Begräbnis meines Vaters von ihrem Rollstuhl aus beobachtet hatte, ebenjene Erzsi gewesen sein musste! Ich schlug mir mit der flachen Hand auf die Stirn: »Er hat sie also doch noch ins Vertrauen gezogen, als sie etwas älter wurde!«, und Anton nickte aufgeregt.

Hatte nicht mein Vater Vögel ausgestopft und in seinem Hinterzimmer ausgestellt? Rudolf war ein leidenschaftlicher Vogelforscher gewesen.

Die Mutter meines Vaters hatte mit Vornamen Alexandrine geheißen? Das war ausgerechnet der zweite Vorname von Mary Vetsera!

Mein Vater ging zu Dirnen? Und wer war zufällig Stammgast im Edelbordell der berüchtigten Frau Wolf gewesen?

»Es gibt keinen Zweifel«, sagte Anton, »der Kronprinz und dein Vater – die sind Vater und Sohn!«

Da kam es plötzlich über mich: Ich küsste Anton so heftig, dass die Blätter und mein leeres Weinglas und überhaupt alles, was auf dem Tischchen stand, zu Boden fiel, nur das Kästchen blieb stehen in all seiner würdigen Schwere.

Es war ja eigentlich eine Ironie: Freddy, der immer nur nach Höherem getrachtet hatte, sollte mich gerade in dem Augenblick verlieren, in dem ich zur Prinzessin geworden war! Und dann auch noch an einen unscheinbaren Invaliden. Was denn, Fräulein Claudia, ein Schönling war mein Anton keiner gewesen, aber so … wahrhaftig! Ich erinnerte mich an meine späten ersten Küsse damals im dunklen Kinosaal, und wie stolz ich damals war, nun endlich dazuzugehören, eine normale Frau zu sein! An diesem Abend wurde mir jedoch bewusst, dass es gerade diese Normalität war, die mich so unglücklich gemacht hatte. Ich hatte ganz einfach immer das falsche Leben gelebt, und Freddy konnte da in Wahrheit gar nicht so viel dafür. Nun war ich ganz berauscht von meiner Wiedergeburt und Anton war berauscht von mir, wir warfen uns miteinander aufs Sofa, und ich werde das nicht weiter ausführen, Fräulein Claudia, weil ich weiß, dass Ihnen das immer so fürchterlich unangenehm ist. Aber mit Freddy war es auf jeden Fall vorbei. Warum sollte ich auch weiterhin für einen schlechtgelaunten Geck die Hausfrau spielen, wenn ich für diesen schmächtigen Kerl doch die Kaiserin war!

Als ich am nächsten Morgen erwachte, immer noch in den mageren Armen meines Entdeckers, kam freilich die Ernüchterung. Nicht, dass ich zweifelte, ich war mir meiner Sache sicher wie noch selten, aber wenn ein Rausch verfliegt, setzt wohl unvermeidlich eine Art Katzenjammer ein. Mein Katzenjammer hieß Tante Klara. Mit Freddy würde ich fertigwerden, Freddy war kein Problem. Eine kurze Zeit lang würde er sich noch mehr leidtun als ohnehin schon, sich jedoch bald darauf eine Frau suchen, die jünger war als ich und schöner und noch mehr Geld mit in die Ehe brachte. Dann wäre es deren Aufgabe, ihn Tag für Tag maßlos zu enttäuschen.

Darin, Freddy zu verdrießen, hatte ich ja Übung, das fiel mir nicht schwer. Mir graute nur vor Tante Klara. Es war dabei nicht so, dass ich ihren Zorn fürchtete, denn Klara war keine zornige Frau, sie war eine entschlossene. Ich fürchtete, sie würde mir meine wahre Identität ausreden wie den Russen damals die Autofabrik. In ihren Augen war ich ebenso Inventar der Schleyermann-Lahm-AG wie die Fließbänder und Greifarme in den Produktionshallen, wie die Verkaufstische und Kassen in den Geschäftsräumen, auch wenn meine Aufgabe vielleicht eher dekorativer Natur entsprach: Die Familie gehörte zum Geschäft. Jetzt erst wurde mir bewusst, was meine Geburt, Johann Witz' Fehltritte und Katharinas Scheidung zu bedeuten gehabt haben mussten für meinen armen alten Großvater. Er war vom Pionier, der Neues schuf, aufgestiegen zu einem Geschäftsmann, der sich dem Erhalt zu widmen hatte. Aber erhalten Sie einmal etwas in Zeiten derartiger Umbrüche, wie der Beginn des neuen, alten Jahrhunderts sie mit sich brachte, erhalten Sie überhaupt einmal irgendetwas! Zum ersten Mal spürte ich die Last der dynastischen Verantwortung auf meinen Schultern und ironischerweise kam sie von der durch und durch bürgerlichen Seite meines Stammbaums. Wir sind nie eine jener Unternehmerfirmen gewesen, die auf Gedeih und Verderb in die Öffentlichkeit strebte, mein Großvater und später auch Tante Klara legten immer Wert auf noble Zurückhaltung. Man holte die Öffentlichkeit lieber zu sich nach Hause in den Salon und flüsterte dort, statt sich dem marktschreierischen Gebrüll auf den Gesellschaftsseiten auszusetzen. Image, nicht wahr? So sagt man heute. Und zu so einem Image eines Familienunternehmens gehört die Unternehmerfamilie unweigerlich dazu. Das war bei den Schleyermanns und Lahms nicht anders als bei den Habsburgern.

Ich wollte mich mit Anton besprechen und stieß ihn in die Seite. Er blinzelte und rieb sich dann die Augen, ungläubig, ob dies noch ein Traum wäre oder schon der Tod, ob er gar schon im Paradies wäre, so muss ihm meine Anwesenheit vorgekommen sein. Für diese Art von Romantik stand mir freilich gerade nicht der Kopf, ich hatte an

Praktischeres zu denken, nämlich mein Erbe. Und damit meine ich mein Erbe ganz materieller Natur. Denn diese Erkenntnis war Teil meiner großen Ernüchterung: Anton und ich hatten überhaupt kein Geld. Ich rechnete mir ungefähr vor, was Anton an Invalidenpension bekommen musste, plus das Körberlgeld fürs Öffnen des Tores, das war insgesamt mickrig und niemals genug für zwei Personen. Außerdem müssten wir bei ihm wohnen, denn das Sommerhaus, welches ich im Krieg ausgenommen und in den letzten Wochen wieder mit viel Liebe befüllt hatte, gehörte mir ja gar nicht.

»Sag, Anton, wie wohnst du eigentlich?«

In einer Hütte, die einst nur als Wirtschaftsgebäude gedacht war für den Postmeister-Großvater und seine Gattin, aber über die Jahre hat Antons Vater verkaufen müssen, was zu verkaufen war. Nun verfügte Anton lediglich über ein einziges Zimmer, wo früher Besen und Werkzeug gelagert hatten. Er war ein bescheidener Mensch, aber es brach ihm das Herz, dass nun auch ich so hausen sollte! Ich beruhigte ihn, schließlich hatte ich in der Munitionsfabrik im Schlafsaal mit Dutzenden anderer Mädchen genächtigt, wovon die Hälfte geschnarcht hatte, und zudem in einem Bett mit unserer Anna, die sogar ein bisschen dick gewesen war oder zumindest dicker als Anton. Zuletzt musste ich ja sogar neben Freddy schlafen, der mich allein mit seiner Anwesenheit kreuzunglücklich machte. »Eine Besenkammer wäre besser als noch einmal ein Bett mit einem anderen außer dir!«, beruhigte ich ihn, und Anton wurde gleich ganz rot bis hinter die Ohren. Dabei gab ich mich ihm gegenüber zuversichtlicher, als ich es in Wirklichkeit war. Es war aber auch eine vertrackte Situation! Schließlich müsste ich als Kaiserin eigentlich Ländereien noch und nöcher besitzen und Schlösser und sicher auch so etwas wie eine

Pferderennbahn oder etwas ähnlich Einträgliches. Sicher, womöglich war da noch das eine oder andere einzuklagen, da musste man allerdings auch einmal ganz realistisch sein: So ein Erbfolgestreit mit den Habsburgern würde sich wohl oder übel über einen längeren Zeitraum hinziehen. Und in der Zwischenzeit musste man ja von etwas leben.

Außerdem war auch die Lage der Habsburger selbst zu dieser Zeit nicht gerade unkompliziert. Wissen Sie, Fräulein Claudia, der Sohn vom sogenannten letzten Kaiser Karl, der Fast-Thronfolger Otto Habsburg, der ja auch sowas wie mein Cousin war, aber nicht so dämlich wie der andere, also, dieser Otto hatte neunzehnachtundfünfzig eine Verzichtserklärung unterschrieben. Darin war festgehalten, dass er keine Regierungsansprüche mehr stellen und ein braver Republikaner werden wollte und im Gegenzug wieder österreichischen Boden betreten dürfte. Man hatte nach dem Ersten Weltkrieg nämlich der ganzen kaiserlichen Familie Einreiseverbot erteilt, zur Sicherheit, weil man einen Staatsstreich fürchtete, und das sicher auch nicht ganz zu Unrecht. In seinem Exil hat Otto die längste Zeit an seinem Herrschaftsanspruch festgehalten, oder was er jedenfalls für einen Herrschaftsanspruch hielt, denn von mir wusste er ja nichts. Irgendwann gibt sich jedoch auch der größte Sturschädel geschlagen. Zähneknirschend, wie ich annehme, unterschrieb er den Wisch, um in Zukunft als Politiker im Europaparlament zu sitzen, weil dieses geeinte Europa dem habsburgischen Vielvölkerstaat ja noch irgendwie am nächsten kam. Damals allerdings kam Otto der Regierung erst einmal sehr ungelegen. Niemand hatte damit gerechnet, dass er besagte Verzichtserklärung jemals unterzeichnen würde, und jetzt wussten die Parteien nicht so recht, wohin mit den hochwohlgeborenen, aber tiefgefallenen Herrschaften. Die Konservativen waren dafür, sie jetzt halt wieder hereinzulassen, die Linken dagegen, und so zog sich die Diskussion dahin.

Das tat sie bis ins siebenundsechziger Jahr, denn da gab's eine schwarze Alleinregierung und diese ließ den Otto am einunddreißigsten Oktober erstmals wieder österreichischen Boden betreten. Allzu gut dürfte es ihm nicht gefallen haben bei uns, denn er blieb nur einige Stunden, dennoch kam es zu massenhaft Streiks von aufgebrachten Arbeitern. Erst als die Regierung versicherte, dass der ehemalige Thronfolger keinen Anspruch auf Republikvermögen hätte, gaben die Arbeiter wieder Ruhe.

Dieser Otto ist übrigens vor ein paar Jahren gestorben, da wurde er mit viel Tamtam in der Kapuzinergruft bestattet. Haben Sie's gesehen? Das Fernsehen war nämlich auch dabei und der sozialdemokratische Bundespräsident. London und Stockholm haben ihre royalen Hochzeiten, Wien sein royales Begräbnis.

Aber zurück zum Erbe: Ich will nicht behaupten, dass meine adeligen Verwandten sich in akuter Geldnot befanden, dennoch schien es mir fürs Erste aussichtsreicher, Tante Klara um meinen Anteil aus der Fabrik zu bitten. Sie wissen schon, diese paar Prozent der Firma, die mein Großvater mir bei meiner Geburt vermacht hatte und die ich früher schon einmal in eine neue Wohnung mit Freddy stecken wollte, jetzt sollten sie mir ein Leben mit Anton sichern. Ich schmiedete den Plan, mich endlich ganz und gar auszahlen zu lassen und aus dem Hause Schleyermann-Lahm auszutreten wie Erzherzog Gianni damals aus dem Hause Habsburg. Ihm hat's übrigens nur kurz Glück gebracht: Er ist tatsächlich Schiffskapitän geworden und mit einem Frachtdampfer und dem Mädel aus dem Hofopernballett Richtung

Südamerika gefahren. Am Kap Hoorn ist das Schiff wohl in Seenot geraten und mit der Balletttänzerin und Gianni sowie zwanzigköpfiger Mannschaft an Bord gesunken, jedenfalls wurde keiner von ihnen je wieder gesehen. Vor ein paar Jahren haben zwei Kerle aus Norwegen dann allerdings die Behauptung aufgestellt, ihr neunzehnhundertfünfundvierzig verstorbener Großvater wäre in Wahrheit unser Gianni gewesen! Ist das nicht die Höhe? Wie soll der denn vom Kap Hoorn nach Norwegen gekommen sein? Ich sage Ihnen, Fräulein Claudia, es gibt schon narrische Leute in der Welt, da will man sich an den Kopf greifen. Na, ich hatte jedenfalls nicht vor, zur See zu fahren, daher hatte ich nichts zu befürchten.

Anton und ich besprachen nun den ganzen Tag und auch noch die halbe Nacht lang unsere gemeinsame Zukunft. Wir wollten sie, so viel stand fest, der Gerechtigkeit widmen. Gerechtigkeit bedeutete in diesem Fall, dass mein blaublütiger Status allgemein anerkannt werden sollte. Danach wollte ich mit Freuden jede Verzichtserklärung unterschreiben, die man mir vorlegte, denn auf Regierungsgeschäfte hatte ich ohnehin keine Lust. Aber die Anerkennung, Fräulein Claudia, das ist doch wichtiger als alles Geld und Macht!

Wobei Geld natürlich auch nicht zu verachten ist. Wenn ich einmal Geld hätte, könnte ich an Scheidung denken. Anton unterstützte mich dabei, wie in allem, mit glühender Verehrung. Es war angenehm, den Rücken so gestärkt zu wissen, das macht es einem viel leichter, eine Haltung zu bewahren. Fast wie ein Korsett, aber wissen Sie, ganz locker geschnürt.

Am darauffolgenden Tag telefonierte ich nach Wien und sagte zu Tante Klara, dass ich mich auf »neutralem Boden« mit ihr treffen wollte, was heißt, in einem Kaffeehaus. Mir war der Gedanke nämlich zuwider, das Haus zu betreten, in dem ich so lange mit Freddy dahinvegetiert hatte, außerdem schien es mir klüger, Tante Klara nicht in ihrem eigenen Reich zur Rede zu stellen. Sie sagte mit einer Stimme zu, die mich nichts hoffen, nichts fürchten, nichts ahnen ließ, neutral wie ein marmorner Kaffeehaustisch, blitzblank gewischt. Am nächsten Tag wollte sie mir während ihrer Mittagspause Audienz gewähren. So setzte ich mich da frühmorgens in meine Olympia und fuhr los.

Ich hatte ein schlichtes Café ausgesucht, keines der berühmten, noblen, wo Tante Klara auf ihre Kunden oder alte Bekannte treffen könnte und wo sie sich auch sonst bewegte wie ein Fisch im Wasser. Ich wollte es ihr schon ein kleines bisschen ungemütlich machen, damit wir ähnliche Voraussetzungen hatten. Also trafen wir uns in einem derb eingerichteten Vorstadtlokal, ohne jede Eleganz oder Tradition, wo Zigarettenrauch wie Moornebel tief über die Tische strich. Na, zuerst einmal traf ich sie gar nicht, weil ich zu früh dran war. Das Café war fast leer, der Kellner unfreundlich. Ich bestellte mir zum kleinen Braunen einen klaren Schnaps, obwohl es noch nicht einmal zwölf Uhr war, da wurde er ein wenig nachsichtiger. Nachdem ich den Schnaps in den Kaffee und den Kaffee in meinen Rachen geschüttet hatte, schöpfte ich beinahe schon so etwas wie Zuversicht, da öffnete sich die Tür. Herein trat Tante Klara und rümpfte wie erhofft gleich einmal die Nase. Jedoch konnte ich mich an diesem Anblick nicht recht erfreuen, denn hinter ihr ging zu meinem großen Schrecken niemand anderer als Freddy! Irgendetwas in meiner Stimme am Telefon musste Klara verraten haben, dass es in der Angelegenheit zumindest auch um eine eheliche Sache ging. Ich habe es ja bereits erwähnt, Tante Klara hat als Mädchen mit Sigmund

Freud diskutiert, das machte sich jetzt bezahlt für sie! Da stand sie nun, mager und gouvernantenhaft wie eh und je, und weil sie keine Brille mehr trug, seit sie eine brauchte, gaffte sie mit zugekniffenen Augen in meine Richtung herüber. Dieser Blick gab ihrem Gesicht den Anschein, als würde sie mich durchschauen, bis in meine Seele hinein starren, wo sie doch in Wahrheit bloß weitsichtig war. Trotz allem schüchterte Tante Klara mich weitaus nicht so ein wie Freddy in seiner ganzen Pracht. Ja, wirklich, er sah seit Langem wieder einmal ausnehmend schön aus mit den wässrig blauen Augen, die so haargenau gleich groß waren und in einer geraden Linie zueinanderstanden, und jede Wimper auf den Millimeter gleich lang, ich schwöre es Ihnen! Er hatte wieder ein geordnetes, symmetrisches Gesicht wie damals, als ich ihn kennengelernt hatte, und es schien mir, als wäre aller Gram, alle Enttäuschung aus seinem Antlitz verschwunden, als hätte es die gemeinsamen Jahre nie gegeben. Er war sogar sehr freundlich und küsste mich zur Begrüßung auf den Mund, zwar ohne Leidenschaft, aber mit einer Selbstverständlichkeit, dass ich nicht zurückzuweichen wagte. Generell war ich nicht annähernd so angewidert, wie ich geglaubt hatte, dass ich es in seiner Anwesenheit sein müsste. Kennen Sie das, Fräulein Claudia, wenn Sie beschlossen haben, ein altes Kleidungsstück wegzugeben, weil es Ihnen überhaupt nicht mehr passt? Doch kurz bevor Sie es in die Tonne der Kleidersammlung gleiten lassen, scheint Ihnen gerade dieses Stück plötzlich als das Liebste, das Schönste, das Sie jemals besessen haben, und eines Tages würden Sie schon wieder hineinpassen! Genau so war es mit Freddy. Er trat noch einmal in seiner verführerischsten Form auf, um meine Überzeugungen auf die Probe zu stellen. Ich musste stark bleiben, aber leicht fiel es mir nicht.

Klara und Freddy nahmen an meinem Tischchen Platz und bestellten, gerne hätte ich noch einen Schnaps geordert, doch ich beließ es lieber bei einer weiteren Tasse Kaffee. Tante Klara pochte auf die Zeit, das Geschäft schliefe schließlich auch zu Mittag nicht, und mir war es ebenfalls recht, alles möglichst schnell hinter mich zu bringen.

»Ich möchte mir mein Erbe ausbezahlen lassen«, sagte ich zu Tante Klara, »das Ganze, auf einen Schlag.«

Tante Klara zog leicht die Augenbrauen hoch und fragte: »Ach?«

»Aber das haben wir doch besprochen«, mischte sich Freddy ein, »wir wollen das Geld sparen, bis das Kind da ist …«

Sehen Sie, er redete immer noch vom Kind, wo sollte denn ein Kind herkommen, wo wir doch seit Jahren nicht mehr miteinander verkehrten und ich zudem ein gewisses Alter erreicht hatte, nur wollte ich vor Tante Klara derlei Dinge freilich nicht besprechen. Ich sah ein, dass das Geld warten musste, die Herzensangelegenheiten waren wie so oft dringlicher.

»Lieber Freddy«, unterbrach ich ihn also, wobei ich jedoch immer noch Tante Klara anschaute, da ich fürchtete, Freddys schöner Anblick könnte mich im letzten Moment noch schwach werden lassen, »ich bin nicht die, für die du mich hältst. Wir haben unsere Ehe auf einer Lüge aufgebaut, und deswegen musste sie scheitern.«

Ich hielt inne und harrte einen Moment lang der Dinge. Aus Freddys Richtung kam nur ein seltsames Geräusch, ein pfeifendes Einatmen der Luft, fast schon ein Quieken, in Tante Klaras Gesicht hingegen regte sich kein Muskel.

»Ja«, fuhr ich fort, »unsere Ehe ist am Ende, und es ist weder deine Schuld noch meine. Ich habe einen Mann kennengelernt ...«, wieder dieses Geräusch, nun aber verbunden mit einem trocknen, hohen, fast hysterischen Lachen, »... ich habe einen Mann kennengelernt, der mich erkannt hat. Ich meine, er hat mich erkannt als das, was ich bin. Und nichts anderes ist die wahre Liebe, oder?«

Dann wusste ich nicht mehr weiter, senkte den Kopf und schwieg. Zu meiner Überraschung schwiegen auch Freddy und Tante Klara, nicht einmal mehr sein seltsames Geräusch machte er. Es war ganz still. Der Kellner brachte drei Kaffeetassen, stellte sie vor uns hin und ging wieder. Niemand nahm Notiz von ihm, niemand trank. So mögen Minuten vergangen sein. Dann, plötzlich, vernahm ich Freddys Stimme: »Und *dir* bin ich immer treu gewesen!« Er sprach mit einer solchen Bitterkeit in der Stimme, dass ich ihm das wohl oder übel glauben musste. Wie sehr hätte ich mir in diesem Moment gewünscht, dass er fremdgegangen wäre, es hätte uns beide ein wenig zufriedener gemacht.

Dann endlich ergriff Tante Klara das Wort. »Wenn das so ist«, sagte sie kühl, »dann gibt es keinen Zweifel, dass du schuldig geschieden wirst, Johanna. Ich bitte dich, noch heute deine letzten Sachen aus meinem Haus zu holen und auch das Sommerhaus im Ausseerland zu räumen. Freddy, du bleibst natürlich in der Firma und kannst bei uns wohnen, solange du möchtest.«

Mit diesen Worten nahm sie das Kaffeelöffelchen, wie Richter ihren Hammer nehmen, und beendete unsere Ehe sozusagen offiziell, indem sie ihren Milchschaum löffelte.

Freddy atmete recht schwer an meiner Seite, weshalb ich doch einen kurzen Blick hinüberzuwerfen wagte. Und es war eigenartig: Er wirkte sehr verzweifelt, das schon, aber wissen Sie, auch irgendwie befriedigt. Nun war die große Ungerechtigkeit gegen ihn, die er all die Jahre an jedem Eck gewittert hatte, endlich über ihn hereingebrochen. Unübersehbar war sein Unglück jetzt, nicht nur für ihn selbst, sondern für die ganze Welt. Endlich war er auch außerhalb der eigenen vier Wände der Mann, der von seiner Frau maßlos enttäuscht wurde, Selbstbild und Fremdwahrnehmung waren auf seltsame Art und Weise wieder in Einklang gebracht. So gesehen habe ich ihm einen Gefallen getan.

Eigentlich wollte ich das Wort noch einmal auf mein Erbe bringen, wagte es aber nicht mehr. So tranken wir drei unseren Kaffee hastig und schweigend zu Ende, danach kam der Kellner mit der Rechnung zu Freddy, weil es doch so üblich war damals, dass immer die Herren zahlten. Und wie Freddy bezahlte! Umständlich kramte er die Münzen hervor und legte sie hin wie schwere Opfer, die er zu leisten hatte. Es musste dem Kellner das Herz gebrochen haben! Wenn es um derartige Sorgen ihrer Geschlechtsgenossen geht, sind die Männer nämlich alle sehr sensibel.

Immer noch stumm traten Tante Klara, Freddy und ich aus dem Lokal auf die Straße hinaus, dort sollten sich unsere Wege trennen, links ging's zur Firma, rechts parkte die Olympia. Klara eilte schon davon, den Kopf bereits tief in ihren Geschäften, und auch ich wollte mich gerade abwenden, da flüsterte mir Freddy noch ins Ohr: »Aber warum, Johanna, warum?«

Übrigens tat er das im ärgsten Kärntner Singsang, den ich aus seinem Mund jemals vernommen hatte, es klang wie: »Oh-wa wah-ruhm?«

Kurz zögerte ich mit meiner Antwort, dann dachte ich jedoch, warum Freddy jetzt etwas verschweigen, das doch bald die ganze Welt wissen würde.

Also antwortete ich lächelnd: »Weil ich eine Habsburgerin bin«, dann schlenderte ich davon.

REIFEJAHRE DER FRAU FIALLA

So wurde aus der Frau Pregl, gewesene Witz, schließlich eine Frau Leitmeier. Allerdings nicht sofort, denn es galt damals für geschiedene Frauen eine Wartepflicht von neun Monaten bis zur Wiederverheiratung, warum, das weiß kein Mensch. Vielleicht war es eine Sache der Fortpflanzung, damit die Ehrlose ihrem Neuen kein Kuckuckskind unterjubeln konnte, aber das ist nur meine Theorie. Anton und mir war es jedenfalls völlig egal, unser Bund war fest besiegelt, und als wir nach Ablauf der Frist zum Standesamt gingen, war das nicht mehr als reine Bürokratie.

Vor dem Heiraten stand freilich noch mein Umzug an, der sich ein bisschen wie eine Flucht anfühlte. »Aber eine Flucht nach vorne!«, wie ich auch meinem besorgten Anton zur Beschwichtigung mitteilte. Es ging nur alles so fürchterlich rasch. Die wenigen Kleider aus meinem Koffer sowie das Kästchen meines Vaters waren schnell zur leitmeierschen Hütte hinübergebracht, mehr besaß ich nicht. Kurz nachdem ich das Sommerhaus verlassen hatte, verkauften die Lahms es an einen ausländischen Investor. Ich hatte Tante Klara die Freude an ihrem Alterswohnsitz offensichtlich gründlich verdorben. Aus der Wiener Wohnung holte ich mir nichts mehr.

Mein leichtes Gepäck war von großem Vorteil, denn Anton

hauste wie schon beschrieben in einem einzigen Raum, welcher noch dazu aus allen Nähten zu platzen drohte vor lauter Büchern und Blättern. Die notdürftig zusammengezimmerten Regale reichten bis unter die Decke, und weil diese Decke ziemlich niedrig war, lagen Bücher zusätzlich auf dem Esstisch und am Fußende des Bettes und sogar im Waschtrog, wenn dieser gerade nicht in Verwendung war. Anton hatte nicht zu viel versprochen: Es war das Zimmer eines Professors, und jedes einzelne seiner Bücher hatte etwas mit den Habsburgern zu tun. In dicken Mappen sammelte er neben seinen ererbten Familiendokumenten Zeitungsausschnitte, die sich allesamt mit seinem Herzensthema beschäftigten: Auf Flohmärkten kaufte er alte, in Trafiken neue Zeitungen und schnitt alles aus, was auch nur im Ansatz mit dem Herrscherhaus zu tun hatte. Nicht einmal der abgedruckte Text des Erzherzog-Johann-Jodlers oder die Werbeanzeigen der Kaiserin-Elisabeth-Bahn waren ihm zu unwichtig, als dass sie nicht den Weg in eine seiner Mappen gefunden hätte. Dazwischen fand man immer wieder durchaus Bedeutendes. So stieß ich beim Durchblättern einer jener Mappen einmal auf einen Nachruf für Elisabeth Petznek, also meine Tante Erzsi. Auf diese Art erfuhr ich, dass sie vor Kurzem verstorben war. Gezeichnet hatten den Nachruf ihre zwei noch lebenden Kinder, die auf die klingenden Namen Franz Joseph und Stephanie hörten. Anton versicherte mir jedoch, dass ich mich um die nicht sorgen müsste: »Die Kaiserwürde vererbt sich ja von Vater zu Sohn, daher also von Rudolf auf deinen Vater, Töchter lässt sie aus. Du bist also ohne Zweifel die Kaiserin!«

»Aber ich bin ja schließlich auch eine Tochter!«, erwiderte ich. Anton lächelte nachsichtig.

»Du bist jedoch ein Einzelkind. Wenn es keinen männlichen

Nachfolger gibt, dann tritt ja die pragmatische Sanktion in Kraft, man denke nur an Kaiserin Maria Theresia …«

Anton hatte nämlich eine Antwort auf einfach alles! Wissen Sie, Fräulein Claudia, er war vielleicht nicht gebildet im herkömmlichen Sinne, aber unglaublich gescheit. Wenn er mir seine ausführlichen Vorträge über meine Vorfahren hielt, konnte ich ihn nur so staunend anhimmeln, wie er sonst immer mich anhimmelte. Es gab natürlich auch allerhand zu lernen, vom Hofzeremoniell angefangen bis zu meinem verzweigten Stammbaum und den Verläufen richtungsweisender Schlachten, von denen mir aus Schulzeiten höchstens noch die Namen geläufig waren. Sie haben die alten Sisi-Filme gesehen, Fräulein Claudia? Erinnern Sie sich noch, wie die junge Kaiserin von ihrer Bissgurn von Schwiegermutter herumgescheucht wird, um in kürzester Zeit alles standesgemäß Notwendige zu erlernen? So fühlte ich mich, nur dass Anton freilich keine Bissgurn war, sondern ein durch und durch hingebungsvoller Kerl, und auch wenn das Ganze nicht schön geendet hat, so war er mir doch von all meinen Ehemännern der liebste. Er nahm meine Ausbildung sogar so wichtig, dass er sein Zauntor völlig vernachlässigte, und der Bauer den auf diese Weise vollends nutzlos gewordenen Zaun letztendlich wieder entfernen ließ. Das war nicht weiter tragisch, denn Anton hatte ja nun eine neue, viel bedeutendere Aufgabe, er trauerte seiner alten Funktion nicht nach. Schade war's nur ums Geld, weil das immer so knapp war, die kleinen Zuwendungen des Bauern hatten uns bis dahin notdürftig über Wasser gehalten. Nun konnten wir im Winter nicht mehr ausreichend heizen und uns im Sommer nicht ausreichend waschen, wir sahen mit der Zeit immer seltsamer aus und rochen auch so. Geld stinkt nicht, heißt es, zu wenig Geld zu haben, macht es allerdings sehr schwer, nicht zu stinken. Man hätte uns in der Nachbarschaft wohl für versponnene Aussteiger gehalten, für Hippies, hätte Anton nicht von Kindesbeinen an in dieser Gegend gelebt. Natürlich war mir mein Erscheinungsbild höchst unangenehm, sodass ich es noch mehr als sonst vermied, unter Leute zu gehen. Diese Verlegenheit hemmte anfangs zudem jenes ungewohnte Gefühl, das sich nach und nach in meiner Brust breitzumachen begann: den Stolz.

Ich war davor nie besonders stolz gewesen. Verwöhnt, das sicher, von den beiden Annas hofiert und gestriegelt, aber im Gesamtgefüge der Familie, der Gesellschaft doch immer zu unbedeutend, um mir wirklich etwas darauf einbilden zu können. Da waren ja die Makel der fehlenden Mutter, des unverlässlichen Vaters, überhaupt meiner ganze Zeugung in der Vorratskammer. Nun, davon verstand ich als Kind natürlich noch nichts, aber es war doch eine Ahnung der Unsittlichkeit, der Illegitimität, die ich von klein auf mit mir herumschleppte, ohne sie recht benennen zu können. Denken Sie zum Vergleich einmal an meinen dämlichen Cousin: Der hat in seinem ganzen Leben keinen einzigen Zweifel gehegt. Seine Eltern waren hochangesehen und von keinerlei frivolem Geheimnis umwittert. Dann war er freilich ein Mann, der in einer Ehe nicht den Beruf, die Berufung, überhaupt alles aufzugeben hatte. Sein Lebensweg lag vor ihm ausgebreitet wie ein roter Teppich, den er nur zu betreten brauchte, und wenn er doch kurz davon abgekommen ist, so lag das ausschließlich an der außergewöhnlichen Verführungskunst von dem mit der Rotzbremse. Einer wie mein dämlicher Cousin marschiert also mit einem Stolz durch die Welt, mit dem er noch die dämlichste Entscheidung legitimiert.

Ich hingegen erlernte diesen Stolz erst in der Zweisamkeit

mit Anton, wo wir uns Schritt für Schritt, Buch für Buch der Bedeutung meiner Familie, also meiner eigenen Bedeutung, annäherten. Allein die vielen Namen! Kennen Sie die Namen Ihrer Großeltern, Fräulein Claudia? Ihrer Urgroßeltern? Urur… und so weiter? Wie schnell so ein Name in Vergessenheit gerät, nicht wahr? Sogar mein Großvater Alois, zweifelsohne ein wichtiger Mann seiner Zeit, ist heutzutage so gut wie vergessen. Und wenn die Firma einmal nicht mehr ist und mein dämlicher Cousin nicht mehr ist und ich auch nicht, wird er so vollständig von der Welt verschwunden sein, als wäre er niemals ein Pionier gewesen. Jetzt schreiben Sie freilich dieses Buch über mich und der Name Alois Schleyermann wird darin konserviert sein zwischen zwei Buchdeckeln. Aber warum schreiben Sie dieses Buch? Eben nur weil ich eine Habsburgerin bin! *Mein* Name ist es, der sich einreiht in eine Tradition des ewigen Erinnerns, obwohl ich nichts erfunden und nichts aufgebaut und nicht einmal Kinder in die Welt gesetzt habe. Ich bleibe, weil ich bin. Vielleicht klingt das in Ihren Ohren alles etwas konfus, aber wenn man eine solche Entdeckung macht wie ich, die eigene Person betreffend, erhebt es einen unweigerlich, und je länger man darüber nachdenkt, in desto ungeahntere Höhen steigt man. Mit der Zeit störte es mich nicht einmal mehr, dass wir so wenig Geld besaßen und nichts Hübsches zum Anziehen und kein warmes Wasser für die tägliche Toilette. Adel vergeht nicht einfach von ein bisschen Schweiß unter den Achseln und Löchern in der Bluse. Natürlich hätte ich es dennoch erneut probieren können bei Tante Klara, mein Erbe stand mir ja immerhin zu. Jedoch hinderte mich daran der neu gewonnene Stolz, und große Lust auf noch mehr Streitigkeiten hatte ich ebenso wenig. Meine Scheidung war bloß über teure Anwälte und viel Post über die Bühne gegangen, weil Freddy jeden direkteren Kontakt mit mir verweigerte. Und dann hatte er mir noch ein unschönes Theater wegen dem Auto, der Olympia, gemacht, mit dem ich nach dem Treffen im Kaffeehaus zurück ins Salzkammergut gefahren war. Sie erinnern sich, Freddy hat ohnehin einen viel besseren Wagen bekommen, ich dachte, er hätte die Olympia schon vergessen. Dann aber forderte er sie mit aller Vehemenz zurück, weil man über Materielles auch noch streiten kann, wenn man keine Worte mehr findet für die verletzten Eitelkeiten. Mein Herz hing nicht sonderlich an diesem mintgrünen Blechklotz auf Rädern, traurig fand ich es nur, die Bewegungsfreiheit zu verlieren, wir lebten ja doch recht abgeschieden. Aber Anton tröstete mich: Was wir dringend täglich brauchten, hatten wir ja hier in der Nähe, und wenn wir doch einmal weiter weg müssten, so reisten wir mit der Eisenbahn wie anno dazumal der Kaiser. Das beruhigte mich, und ich schrieb Freddy oder besser gesagt seinem Anwalt, dass das Auto jederzeit abgeholt werden könnte. Tatsächlich wurde es auch abgeholt, allerdings nicht von Freddy oder seinem Anwalt, sondern zu meiner großen Überraschung von meinem dämlichen Cousin. Er ließ sich von einem Chauffeur der Firma herkutschieren, um anschließend mit der Olympia gleich wieder zurück nach Wien zu fahren. Dass Freddy nicht selbst gekommen war, wunderte mich nicht, doch mein dämlicher Cousin war eigentlich keiner, der freiwillig irgendwelche Freundschaftsdienste verrichtete, die er ja ebenso gut seinen Angestellten übertragen konnte. Ich merkte allerdings schnell, warum er wirklich gekommen war: Er wollte mit eigenen Augen sehen, was aus mir geworden war. Für ihn war ich ein Faszinosum, einem exotischen Zootier gleich: Eine nicht mehr ganz junge Frau, die einen schönen Mann und ein Palais verlassen hatte, um mit einem unscheinbaren Mann in einer Hütte zu leben! Dies war in der Welt meines dämlichen Cousins ein Amüsement. Übrigens hatte er vor nicht allzu langer Zeit eine sehr viel jüngere Dame geehelicht, die niedlich und naiv war und die er »Weiberl« nannte, was ja schon alles aussagt.

Mein dämlicher Cousin stieg also aus dem Wagen, maß mich mit seinem Blick und dachte dabei vermutlich an sein »Weiberl«, das seiner Meinung nach niemals eine solche Dummheit begehen würde. Er schien mit dieser Einschätzung sehr zufrieden zu sein, denn er lächelte. Dann blickte er auf Anton hinunter, was ich ihm nicht vorwerfen kann, denn er war zwei Köpfe größer und konnte nicht anders. Die Herren wechselten einige höfliche Worte, mein dämlicher Cousin redete gönnerhaft, Anton kriecherisch, was mich fürchterlich ärgerte, weil mein dämlicher Cousin ja nicht einmal ein kleines bisschen adelig war. Ich holte rasch den Autoschlüssel aus der Hütte und sagte dann zu meinem dämlichen Cousin, dass wir nun hofften, nicht weiter von einem gewissen Herrn Pregl aus Wien belästigt zu werden.

Mein dämlicher Cousin lachte unpassenderweise, was mich innerlich zur Weißglut trieb, aber ich gab mich sehr gefasst, Contenance ist eine hohe Tugend für eine Kaiserin. Dann fragte mein dämlicher Cousin plötzlich: »Stimmt es eigentlich, was man über dich erzählt?«

»Was erzählt man denn über mich?«, fragte ich zurück.

»Dass du den Verstand verloren hast«, antwortete er.

Er hatte nicht gefragt: »Stimmt es, was Freddy über dich erzählt?«, damit hätte ich umgehen können, er war eben ein gekränkter Gatte. Es war das von meinem dämlichen Cousin perfide gewählte »man«, das mich störte, das alle und jeden und in ganz besonderem Ausmaß Tante Klara einschloss.

Hatte ich etwa wirklich geglaubt, in Tante Klara eine Verbündete zu finden? Dazu hatte sie mir ja nie den geringsten Anlass gegeben. Sie war sicherlich geschäftstüchtig, gescheit und hatte sogar eine gewisse Begabung zur kreativen Problemlösung, aber verfügte im Grunde über keinerlei Fantasie. Sie war eine Realpolitikerin, die sich schon immer mit den verschiedensten Ideologien herumschlagen musste, ohne jemals selbst idealistisch zu sein. Alles, was über ihre begrenzte Vorstellung von der Welt hinausging, war eben das: verlorener Verstand. Darum war es ihr schon damals in meiner Kindheit zuwider, die Gräfin Triangi anzuschauen.

Und obwohl mir das alles im Grunde meines Herzens immer klar gewesen war, trat mir in diesem Augenblick ins Bewusstsein, wie viel Tante Klara und mich trennte. Auch wenn wir uns nie besonders nahegestanden hatten, war sie nach den verlorenen Annas für mich doch das gewesen, was einer Mutter am nächsten kam. Ihre Anerkennung war es, um die ich unbewusst immer gebuhlt hatte. Enttäuscht wandte ich mich von meinem dämlichen Cousin ab, enttäuscht nicht von ihm persönlich und nicht einmal von Tante Klara, sondern bloß von meiner eigenen Naivität. Den ganzen restlichen Tag lang betrachtete ich dann im Bett liegend das Bildnis des Kronprinzen Rudolf, meines Großvaters. Ich schaute in das traurige Gesicht und dachte daran, wie der Kaiser ihn immer für unfähig gehalten und ihn darum mit sinnlosen Diensten belastet hatte, statt ihm einen Platz zu geben in der Welt. Wir waren uns in diesen Stunden sehr ähnlich, der Kronprinz und ich.

Obwohl dieser letzte Abschied von meinem dämlichen Cousin nicht sonderlich herzlich ausgefallen war, blieb er doch der Einzige meiner Familie, der emsig mit mir in Kontakt blieb. Jedes Jahr um Silvester herum erhielt ich von ihm einen ausführlichen, maschinengeschriebenen Brief, in dem er die wichtigsten Neuigkeiten des scheidenden Jahres zusammenfasste. Aus solchen Schreiben erfuhr ich nach und nach von den Geburten seiner Kinder oder von Freddys Wiederverheiratung mit einer norddeutschen Reedereitochter, die er allerdings, klug geworden aus der Erfahrung mit mir, nun nach Strich und Faden betrog. Schließlich benachrichtigte mich mein dämlicher Cousin vom Tod des lahmen Ottos und seiner Beisetzung im Grab der Schleyermann-Großeltern. Ich ging nicht zur Beerdigung, schon einmal deswegen nicht, weil ich das nötige Geld für das Zugticket nicht hatte. Wissen Sie, all die Jahre lebten Anton und ich auf winzigstem Fuß ausschließlich von seiner Invalidenpension. Nicht einmal die Dividenden aus meinem Anteil der Firma kamen mehr. Und an Zuverdienst war nicht zu denken. Nun, ich dachte schon daran, aber solche Flausen trieb Anton mir immer gleich aus. Er war ganz und gar dagegen, dass ich mir eine Arbeit suchte, wie Freddy auch immer dagegen gewesen war, nur war beider Ablehnung freilich von ganz unterschiedlichem Naturell. Anton ging es nicht darum, was andere Leute sagen würden, sondern ausschließlich um seine innere Überzeugung, dass ich zu Höherem geboren worden sei als für schnöde Tätigkeiten.

Wie heißt es in der Bühnensprache so schön? »Den König spielen die anderen.« Das bedeutet, dass es nur möglich ist, einen Herrscher zu repräsentieren, wenn es auch andere gibt, die eben die Untertanen darstellen. Und meinen Untertan mimte Anton bis zur Perfektion. Er scharwenzelte um mich herum, putzte, kochte, flickte sogar notdürftig die Löcher in den Kleidern und ließ mich keinen Finger rühren. Am Anfang habe ich das durchaus genossen. Mit der Zeit wurde es mir jedoch ein bisschen fad. Bald hatte ich nämlich alles gelesen, was ich als Kaiserin so gelesen haben musste. Ich ging wie meine Urgroßmutter Sisi ausgiebig spazieren, wobei ich weniger sportlichen Ehrgeiz zeigte und die Berge lieber von unten betrachtete, und wenn ich zurückkam, war es meistens noch nicht so spät, wie ich gedacht hatte. Ich hätte Ungarisch lernen können oder Tschechisch, aber das war mir dann doch zu mühsam. Daher begann ich schließlich mit den Briefen.

Ich habe ja bereits erwähnt, dass Anton und ich danach strebten, meinen Stand als Kaiser-Nachfahrin offiziell anerkennen zu lassen. Nur, wer konnte einem so etwas wie Kaiserwürde hochoffiziell anerkennen, zumal in einer Republik? Dafür kam das Familienoberhaupt der Habsburger in Frage, das war damals ebendieser Otto, der nun immer wieder für kurze Zeit einreiste, um die Österreicher an sich und sich selbst an die Österreicher zu gewöhnen, in homöopathischen Dosen sozusagen. Dann gab es da noch den Bundespräsidenten, der damals allerdings ein Sozialdemokrat war und deswegen vielleicht nicht ganz so bewandert in adeligen Belangen. Oder sollte ich mich lieber an die monarchistische Partei wenden, die übrigens bis heute noch hoffnungsfroh dahinvegetiert in irgendwelchen Hinterzimmern von Wiener Kaffeehäusern? Meine neue Cousine und mein neuer Cousin, die Kinder von Erzsi, hatten möglicherweise auch etwas dazu zu sagen oder weit entferntere Verwandte und Mitglieder anderer Adelshäuser, und in Österreich niemals zu vernachlässigen: die katholische Kirche! Ich beschloss also, viele Briefe zu schreiben, und zwar an alle.

An Zeit mangelte es mir ja nicht. Anton, der mich bei diesem Vorhaben auf der Stelle tatkräftig unterstützte, besorgte Papier und tiefschwarze Tinte, die viel edler aussah als diese blaue Schülertinte, und dem Ganzen gleich einen seriöseren Anstrich gab. Ich schrieb nämlich mit der Hand, weil wir keine Schreibmaschine besaßen und uns auch keine leisten konnten. »Aber der Kaiser schrieb auch mit der Hand!«, erinnerte mich Anton, und das war natürlich ein Argument. Dann gab es da allerdings noch das Problem mit den Adressen. So hochwohlgeborene Herren und Damen und auch die weniger hochwohlgeborenen wie etwa der Bundespräsident standen ja nicht einfach mit Namen und Anschrift im Telefonbuch. Gut, vom Bundespräsidenten war zumindest allgemein bekannt, dass man ihn in der Hofburg antreffen konnte, aber wie ich meine Nachrichten etwa an einen Otto Habsburg oder einen Kardinal Sowieso vermitteln sollte, war mir schleierhaft. Doch auch hier erwies sich Anton als große Hilfe und tadelloser Sekretär. Ich sollte mich nur um die Formulierungen kümmern, die keinem anderen als meinem hochadeligen Geiste entspringen könnten, die spätere Beschriftung und Frankierung der Umschläge sollte ich ruhig seine Sorge sein lassen. Anton war immerhin Habsburger-Experte, und da schien es mir nicht weiter verwunderlich, dass sich in seinen schier zahllosen Unterlagen auch einige Geheimnisse wie etwa private Adressen befanden. Ich machte mich also frohen Mutes an die Arbeit.

Auf jedes Blatt Papier zeichnete ich zuerst oben im Eck, so gut es ging, den Doppeladler. Die ersten Entwürfe ähnelten zwar eher einem Gockelhahn und seinem siamesischen Bruder, aber ich bekam bald Übung darin, sodass meine Blätter am Ende fast schon aussahen wie das hochoffizielle Briefpapier der kaiserlichen Familie. In den Briefen schrieb ich dann, dass mein Name Johanna Aloisia Josephine Leitmeier wäre, geborene Witz, und erläuterte, warum er eigentlich

Johanna Aloisia Josephine Leitmeier, geborene Habsburg-Lothringen, lauten müsste. Dabei fasste ich den Augen- und Ohrenzeugenbericht von Antons Vater Peter Leitmeier, so gut es ging, zusammen und ergänzte diesen um eigene Erkenntnisse. Dicke Briefe wurden es also, jeder einzelne an die zehn Seiten lang und gespickt mit Unmengen von Daten und Fakten. Ich steckte die Blätter dann in unbeschriebene, unfrankierte Umschläge, die ich im Anschluss Anton überreichte. Er nahm sie entgegen wie Orden und reichte mir neues Papier für den nächsten Brief. So beschrieb ich über die Jahre hinweg Tausende von Seiten, während meine Kleidung immer schleißiger, die Ernährung immer einseitiger, die Hütte immer baufälliger wurde. Es war eine ermüdende Aufgabe, die ich mir da gestellt hatte. Umso ermüdender, da ich niemals eine Antwort erhielt, von niemandem.

»Pass auf, die haben daran zu knabbern!«, erklärte Anton mir aufmunternd. »Die müssen die letzten hundert Jahre neu schreiben, das ist eine kleine Revolution! Das braucht eben seine Zeit.«

Ich glaubte ihm, weil mir ja nichts anderes übrig blieb, als ihm zu glauben, und doch kam ich jeden Tag ein wenig enttäuschter vom leeren Postkasten zurück. Ah, da ist es wieder, dieses furchtbare Wort: Enttäuschung! Aber diesmal ließ ich sie nicht Besitz von mir ergreifen, überhaupt gab es gar keinen Anlass dazu. Eine Ent-Täuschung setzte ja eine Täuschung voraus, und wie sollte ich gerade jetzt einer aufsitzen, wo ich doch endlich die vollständige Wahrheit erfasst hatte!

Nun, noch gab ich nicht auf. Ich schrieb immer noch täglich meine Briefe an immer neue Adressaten, schließlich begann ich sogar die Namen der Historiker von Antons Büchern abzuschreiben, Unterstützung aus der Wissenschaft konnte nicht schaden. Außerdem schrieb ich an die neue Frau meines Vaters, die es immerhin interessieren konnte, mit wem sie da verheiratet gewesen war. Da die beiden keine eigenen Kinder gehabt hatten, schien mir diese Enthüllung auch erbfolgetechnisch ziemlich ungefährlich. Vor allem aber schrieb ich ihr, weil ich eine Bitte an sie hatte: Sie sollte mir die beiden Gemälde meiner Großeltern aus dem Hinterzimmer des Vaters schicken, möglicherweise gemeinsam mit einem der ausgestopften Vögel, um alles Anton zeigen und von ihm als authentisch kaiserlich bestätigen lassen zu können. Doch auch sie schrieb niemals zurück, und die Bilder habe ich leider nie wieder gesehen, sodass ich bis heute auf meine ausgezeichnete Erinnerungsgabe angewiesen bin.

Irgendwann fiel mir wirklich überhaupt niemand mehr ein, an den ich hätte schreiben können, daher begann ich einfach wieder von vorne, mit Otto Habsburg. Zwar hatte ich nicht wirklich Neues zu berichten, aber doppelt hält besser, dachte ich, das ist wie beim Adler. Antwort erhielt ich dennoch nie.

Um ehrlich zu sein, Fräulein Claudia: Das alles war mehr als ermüdend. Aber fast noch ermüdender als meine fruchtlose Schreibarbeit kam mir schon bald mein Anton vor. Es war ja nicht so, dass er sich zu seinem Nachteil verändert hätte, ganz im Gegenteil: Er veränderte sich überhaupt nicht. Er war ganz g'schamster Diener wie am ersten Tage. G'schamst, das heißt auf hochdeutsch »gehorsamst«, akustisch ist da allerdings noch so ein Stück »Scham« dabei, und das passt ganz ausgezeichnet auf Anton. Seine Scham vor mir, die er selbst Ehrfurcht nannte, verlor er nämlich nie, auch nicht, als wir schon viele Jahre verheiratet waren. Sogar im Bett – nun, Fräulein Claudia, es ist nun einmal für gewöhnlich Teil einer Ehe, warum sollte ich es also nicht aussprechen – verhielt er sich mir gegenüber stets ergeben, und wie im Alltag sollte ich keinen Finger rühren. Aber wie man nicht immer nur geben kann, kann man auch nicht immer nur empfangen, beides langweilt doch irgendwann! Ich glaube, Anton schämte sich tatsächlich. Vielleicht seiner Einbeinigkeit wegen oder wegen seiner schmächtigen Statur oder seines niedrigen Standes, womöglich war es auch eine Mischung aus allen drei Faktoren. Die Einseitigkeit unserer Beziehung frustrierte mich, ihn machte sie krank. Daran kann man freilich nicht ausschließlich unserer Beziehung die Schuld geben, Anton war von vornherein kein Mann von kräftiger Gesundheit gewesen. Er hatte nebst der Kriegsverletzung von Jugend an eine Entzündung, die mit Genuss durch seinen gesamten Körper wanderte: Mal saß sie im Zahnfleisch, dann im rechten Handgelenk, dann wiederum am Beinstumpf, wo sie besonders ärgerlich war, weil er seine Prothese nicht tragen konnte. Dann hüpfte er auf dem gesunden Bein herum, bis sich dort das Fußgelenk entzündete, aber von Schonung wollte er nichts wissen. Schonung hätte ja eine Umkehrung unseres Verhältnisses bedeutet, dass also ich ihm einmal zu Diensten sein müsste, und das konnte er nicht gutheißen. Lieber biss er die Zähne zusammen, sammelte die von mir geschriebenen Briefe ein und machte sich abends noch daran, irgendetwas in der Hütte zu reparieren oder Socken zu stopfen, denn alles war immer kaputt und verfiel mehr und mehr wie sein Körper. Wir gingen mittlerweile beide auf die fünfzig zu, was damals als einigermaßen alt galt, jedenfalls für eine Dame. Während ich mir jedoch trotz meiner wenig glamourösen Aufmachung immer einen Hauch von Jugend und vor allem viel Gesundheit bewahrte, schlich Anton bald schon herum wie ein Greis. Dennoch schlug er jede Unterstützung aus: »Du musst an die Zukunft denken, Johanna, du schreibst deine Briefe!« Und ich gab ihm recht und machte mich verbissen daran, einen neuen Doppeladler zu zeichnen.

So also müssen Sie sich unsere Situation vorstellen an Heiligabend des Jahres neunzehnhunderteinundsiebzig: einigermaßen festgefahren, aber durchaus nicht trostlos. Im Grunde waren Anton und ich trotz beißender Kälte sogar in ausgesprochen feierlicher Laune, während wir unseren kleinen »Altar« herrichteten mit einem Bildnis des Kronprinzen und natürlich auch einem von Mary Vetsera, meiner Großmutter. Sie ähnelten den Gemälden im Hinterzimmer meines Vaters bis aufs Haar, Mary trug sogar den hohen Hut, den sie später als Alexandrine auch noch tragen sollte. Von dem Anblick dieser beiden jungen Leute wurde ich wie immer sehr gerührt. Anton zündete ein paar Teelichter an und dann sangen wir mit äußerst ergriffenen Stimmen »Stille Nacht, heilige Nacht«. Nur sollte diese Nacht überhaupt nicht still werden und schon gar nicht heilig. Wir waren nämlich gerade inmitten der zweiten Strophe, »Gottes Sohn – o wie lacht«, da schrillte die Türglocke. Wir erschraken beide fürchterlich, weil wir beinahe schon vergessen hatten, dass wir so etwas wie eine Türglocke besaßen. Wir hatten keine Besucher, höchstens der Postbote kam dann und wann, wenn er Antons Pension brachte oder den jährlichen Brief meines dämlichen Cousins, der klopfte allerdings.

Anton sprang auf und öffnete. In der Tür stand eine ältere Dame, leicht übergewichtig und stark geschminkt, mit gelbstichig blond gefärbten Haaren und stahlblauen Katzenaugen.

Anton begrüßte sie mit so etwas wie: »Womit kann ich

behilflich sein?«, weil er sie für eine neue Nachbarin hielt oder eine verirrte Weihnachtsurlauberin, und er war ja immer so fürchterlich höflich.

Die Dame antwortete nur mit rauchiger Stimme: »Wohnt die Johanna da?«

Anton bejahte. Ich aber brachte kein Wort mehr heraus, nachdem ich diese Stimme gehört hatte. Da saß ich auf feuchtem Boden unserer ärmlichen Hütte, im Angesicht des Kronprinzen und der Baroness im Teelichtermeer, und begann hemmungslos zu heulen. Mein armer Anton kannte sich jetzt überhaupt nicht mehr aus, er wollte die alte Dame wegschicken, weil er dachte, sie hätte mir in der Vergangenheit ein Leid angetan. Damit lag er ja auch gar nicht so falsch, nur war er leider zu höflich, um wirklich irgendetwas gegen sie auszurichten, so schaute er nur verwirrt zwischen uns beiden hin und her.

Stellen Sie sich vor, Fräulein Claudia, bei dieser Dame handelte es sich um meine Mutter! Katharina hatte mich endlich ausfindig gemacht, nach über fünfzig Jahren! Ein halbes Jahrhundert war vergangen, in welchem ich nichts von ihr hatte als ihre Bücher und die weihnachtliche Schokolade, und selbst davon nur die Hälfte. Jetzt schritt sie in Fleisch, Blut und Kunstpelzjacke an Anton vorbei in unsere Hütte und blieb direkt neben mir stehen.

»Fürchte dich nicht, ich bin deine Mutter«, sagte sie mit durchaus weihnachtlichem Humor zu mir, und an Anton gerichtet fragte sie: »Habt ihr Wein im Haus?« Dann schob sie krachend einen Stapel Bücher von einem Stuhl und nahm Platz.

Ich kann nur mehr verkürzt wiedergeben, was sie uns an diesem Abend erzählte, während ich unaufhörlich schluchzte und Anton unaufhörlich Wein nachschenken musste. Was ich von Katharina erfuhr, war das Folgende: Sie war überhaupt nie im Kloster gewesen. Oder doch, aber bloß für ein halbes Jahr, danach war sie mit einem Priesterseminaristen durchgebrannt. Und die Schokolade, die ich zu Weihnachten immer bekommen hatte, kam in Wahrheit von der Mutter Oberin. Nun schien es mir zumindest ein bisschen weniger übel, dass ich meinem dämlichen Cousin immer die Hälfte hatte abgeben müssen. Von Katharinas Flucht aus dem Kloster wussten nur Großvater Alois, Großmutter Else und Tante Klara, und alle drei waren strikt dafür, jeglichen Kontakt sofort abzubrechen.

»Dir zuliebe, sagten sie«, erklärte Katharina säuerlich, »du solltest nicht schlecht von deiner Mama denken. In Wahrheit kümmerte es sie überhaupt nicht, was irgendjemand über mich dachte. Allein, was über sie selbst gedacht wurde, das war ihnen wichtig.«

Katharina blieb nicht lang bei ihrem Jungpriester in der Schweiz, sie trieb sich stattdessen in Italien, Deutschland, Schweden, Marokko, Spanien und wieder in Österreich herum und heiratete im Laufe ihres Lebens so ziemlich alles außer einen adeligen Ritter, nämlich: einen Klavierstimmer, einen Gemüsehändler, einen Filmschauspieler, einen armen Studenten der Juristerei, dessen vermögenden Vater, einen Kleinkriminellen und einen Hotelbesitzer. Dieser zuletzt erheiratete Hotelier war übrigens Tiroler und hatte vor Kurzem das Zeitliche gesegnet. »Und da kommst du ins Spiel!«, sagte Katharina und blickte mich listig an.

Die Sache war nämlich die: Sie wollte das Hotel gerne auf eigene Faust weiterbetreiben, immerhin hatte sie ihrem verblichenen Mann dabei zugesehen und es wirkte nicht allzu schwierig. »Wintersport«, sagte sie, »das ist eine Goldgrube ohne Boden!«

»Ein *Fass* ohne Boden …«, murmelte Anton, der bei aller Höflichkeit schiefgeratene Sprachbilder nicht ausstehen konnte, aber Katharina hörte ihm ohnehin nicht zu. Ihr verstorbener Mann war ein Geizkragen gewesen, erklärte sie, ohne jeden Sinn für Innovation. Das Hotel war, da wollte sie uns nichts vormachen, schauerlich heruntergekommen. Und aus diesem Grund wäre sie nach all den Jahren nun zum ersten Mal wieder nach Wien gefahren, um Tante Klara einen Besuch abzustatten und um ein, wie sagt man so schön, Investment zu bitten.

»Aber meine Schwester ist engstirnig wie mein Vater früher«, seufzte Katharina und leerte zum wiederholten Male das Weinglas, »zumindest gab ihr dämlicher Sohn mir deine Adresse.«

Ja, sie verwendete wirklich das Wort »dämlich« in Bezug auf meinen dämlichen Cousin! Da hörte ich für einen Augenblick auf zu weinen und schaute sie mir genauer an. Wir sahen uns nicht im Geringsten ähnlich, meine Mutter und ich, höchstens die blauen Augen, ansonsten war ich ja so ganz und gar nach der väterlichen Linie geraten. Doch in diesem kleinen Wörtchen »dämlich« spürte ich plötzlich eine zarte Verbindung zu ihr, wie unsere Verbindung bisher immer nur aus Worten bestanden hatte, schon damals mit den Ritterromanen war es so gewesen.

»Also dachte ich, warum nicht ein Mutter-Tochter-Ding daraus machen«, redete Katharina weiter, ohne meinen neuen Blick auch nur zu bemerken, »du bittest Klara ganz lieb um deinen Erbanteil aus der Firma und wir machen im Westen gemeinsam ein Vermögen. Na, was sagst du dazu?«

Was, glauben Sie, sagte ich dazu? Nichts sagte ich, ich schrie. Keine Worte waren es, die aus meinem Mund kamen, sondern nur ein hoher, pfeifender Ton, und während ich so kreischte, spürte ich, wie lange dieser Schrei schon fest in meiner Lunge gesessen hatte und wie dringend er nun hinausmusste, damit ich wieder frei atmen konnte. Über fünfzig Jahre lang war sie nicht auf die Idee gekommen, sich bei mir zu melden, mich zu ihr zu holen, mir auch nur eine Tafel Schokolade zu schicken. »Warum?«, wollte ich schreien, oder: »Warum erst jetzt?«, aber das ging nicht, meine Lippen hatten das Artikulieren verlernt, sie strebten einfach nur stur auseinander. Im nächsten Moment war ich froh darüber, weil jede mögliche Antwort von ihr noch viel schrecklicher sein musste als mein Schrei.

Katharina erschrak freilich und Anton ebenso. Dann aber sprang er auf und packte Katharina endlich am Kragen ihrer Kunstfelljacke, die sie nicht abgelegt hatte, so kalt war es bei uns. »Hinaus!«, brüllte er, und das war das erste und einzige Mal in seinem Leben, dass er sich einigermaßen herrisch verhielt. Katharina zeigte sich davon wenig beeindruckt, sie schüttelte nur ein wenig ungläubig den Kopf und murmelte: »Falls du es dir anders überlegst, Johanna, Klara hat meine Nummer.« Dann trat sie hinaus in den Schneefall, der inzwischen eingesetzt hatte, und war nicht mehr als eine alte Fremde hinter einem Vorhang aus Schneeflocken. Anton knallte die Tür hinter ihr zu, für seine zarten Verhältnisse zumindest war es ein Knallen, und den Rest des Abends verbrachten wir damit, in seinen Büchern und Mappen zu blättern. Die Namen meiner Verwandten und Ahnen und Urahnen auf dem Papier gaben mir eine Sicherheit, die mich wieder ganz ruhig werden ließ. Herrlich schlief ich in dieser Nacht in Antons Armen.

Wir verbrachten den Jahreswechsel in so harmonischer Einigkeit wie schon lange nicht mehr, sogar die Entzündungen in Antons Körper schienen in diesen Tagen feierlich zu ruhen. Allerdings nur vorübergehend, Anfang Jänner bereits ergriff Anton ein Fieber, das ihn wie ein überstarker Angreifer niederrang und zur Bettruhe zwang. Wenn er gerade nicht im Fiebertraum vor sich hin dämmerte, ärgerte er sich maßlos darüber, dass er mir jetzt nicht zu Diensten sein konnte wie sonst. Mir tat er natürlich leid, aber noch schwerer fiel eine andere Empfindung ins Gewicht: Ich genoss meine Freiheit. So ein Hofstaat ist für den Regenten doch immer auch eine gewisse Kontrollinstanz, und Anton hatte sich die größte Mühe gegeben, mir einen ganzen Hofstaat zu ersetzen. Langsam allerdings hatte ich genug von unserem speziellen Zeremoniell und mehr noch von meiner kaiserlichen Korrespondenz. Als Anton so darniederlag, sah ich die Chance gekommen, endlich wieder etwas Profanes erledigen zu dürfen, wie etwa einen Einkauf. Können Sie sich vorstellen, Fräulein Claudia, dass ich mich während meiner gesamten Ehe mit Anton, also immerhin seit acht Jahren, nicht ein einziges Mal um den Lebensmitteleinkauf gekümmert habe? Ich war mir nicht einmal sicher, ob die Krämerin im Ort überhaupt von meiner Existenz wusste. Wie Rudolf heimlich zu den Heurigenlokalen gefahren war, um sein Volk kennenzulernen, wollte ich nun heimlich den Krämerladen aufsuchen und die Besitzerin kennenlernen. Lachen Sie ruhig, Fräulein Claudia, aber mir schien Antons Krankheit wie eine große Gelegenheit zum Abenteuer, die ich nicht verstreichen lassen durfte!

Ich wartete also, bis Anton wieder einmal in unruhigen Schlaf verfallen war, dann machte ich mich auf die Suche nach dem Geld. Das Haushaltsgeld verwaltete nämlich selbstverständlich er, und ich wusste nicht einmal, wo er es aufbewahrte. Allerdings hatte ich schon ein ums andere Mal beobachtet, wie er aus einem bestimmten Eck unserer

Hütte einige Scheine hervorzog, ein paar davon abzählte und den Rest wieder zurücksteckte. Es musste sich dort also so etwas wie eine geheime Kassette befinden, schlussfolgerte ich, darum schlich ich zu dem fraglichen Eck und untersuchte es genau. Geldkassette fand ich dort keine, dafür etwas anderes: Hinter den Bücherregalen war gut versteckt ein großes Loch in der Wand. Es sah nicht nach tierischer Höhle aus und auch nicht nach allgemeinem Verfall, sondern wie absichtlich hineingeschlagen. Aus einer Laune heraus steckte ich meine Hand in das Loch und zog einen Umschlag daraus hervor. Er war unfrankiert, keine Adresse. Und aus diesem Umschlag segelten nun mehrere Blätter Papier, alle am oberen rechten Rand mit einem gezeichneten Doppeladler verziert. Stellen Sie sich vor, Fräulein Claudia, die ganze Wand war vollgestopft mit meinen Briefen! Keinen einzigen davon hatte Anton beschriftet, keinen einzigen zur Post getragen! Umschlag um Umschlag zog ich hervor, wofür ich Jahre meines Lebens verwendet hatte. Keines meiner Werke hatte auch nur das Haus verlassen. Sie können sich meine Bestürzung denken, Fräulein Claudia, aber was heißt Bestürzung, betrogen war ich, betrogen wie nie! Nach dem ersten Taumel, der fast in einer Ohnmacht gipfelte, raste ich auf Anton zu und rüttelte ihn unbarmherzig wach. Sogleich schoss ihm eiskalter Schweiß ins Gesicht, nicht nur wegen des Fiebers. Dann gestand er freizügig, was ohnehin nicht mehr zu leugnen war. Er gab zu, überhaupt keine geheimen Adressen von irgendwelchen Adeligen oder sonst wem zu besitzen, ein so guter Forscher wäre er nämlich gar nicht. Aber weil er gefürchtet hatte, er selbst könnte jede Glaubwürdigkeit und ich jede Achtung vor ihm verlieren, hatte er mir sein Unvermögen verschwiegen. Na, wäre es nur das gewesen, damit hätte ich leben können. Was er dann allerdings sagte, sollte für immer einen Keil zwischen uns beide treiben.

Er sagte nämlich: »Und in den Papiermüll konnt' ich's ja auch nicht geben. Stell dir vor, Hannerl, ein solcher Brief von dir wäre über irgendwelche Umwege an die Öffentlichkeit gelangt. Die hätten dich ja alle für verrückt erklärt! Das konnte ich doch nicht zulassen!«

Vielleicht war das nur eine unüberlegte Verteidigungsstrategie gewesen, noch dazu im Fieber gesprochen, vielleicht meinte er es ganz anders. Doch das Wort »verrückt« reichte aus, um nun endgültig alles zu zertrümmern, was vorher womöglich noch zu kitten gewesen wäre. Mir schoss von da an nur noch das eine durch den Kopf: »Mein Anton denkt von mir dasselbe wie meine Tante Klara!« Ich schnappte meinen Mantel, das Kästchen meines Vaters sowie den Erfahrungsbericht des Peter Leitmeier, der klein zusammengefaltet immer griffbereit auf dem Esstisch lag, und ging.

Ich hörte Anton noch rufen, dass die Menschheit eben noch nicht bereit wäre für die Wahrheit, wir beide wüssten doch, wer wir waren, darauf käme es doch an. Oh, wer ich selbst war, wusste ich gut, aber keine Ahnung mehr hatte ich von diesem Anton Leitmeier, und jedes seiner Worte lag jetzt in der Waagschale, egal, wie lange es her war, dass er sie gesprochen hatte. Konnte es denn sein, dass er mich von vornherein immer nur angelogen hatte? Dass er mich nur hatte herumkriegen wollen mit seiner Habsburger-Geschichte, dass es eine Masche war, in der er sich verheddert hatte und aus der er nicht mehr herausgekommen war? Andererseits war da ja noch das Kästchen meines Vaters in meiner einen, die dicht beschriebenen Zettel von Antons Vater in meiner anderen Hand. An diese physischen Beweise meiner Identität klammerte ich mich jetzt, wo ich alles andere verloren hatte. So stapfte ich eine halbe Ewigkeit lang durch den Schnee, bis ich schließlich ein Gasthaus erreichte, das auch über ein Telefon verfügte. Von dort aus telefonierte ich erst nach Wien, dann nach Tirol. Von Tante Klara ließ ich mir die vollständige Auszahlung meines Erbes zusichern. Und mit diesem Geld kaufte ich mir dann die Liebe meiner Mutter.

ZWISCHENWORT DER AUTORIN CLAUDIA HENDL

Mit diesem Cliffhanger verabschiedete sich Frau Fialla an diesem Abend von mir, und sie ließ sich nicht dazu überreden, mir zumindest einen kleinen Ausblick auf den weiteren Verlauf ihrer Geschichte zu geben.

»Seien Sie nicht so ungeduldig«, sagte sie bloß, »das erzähle ich Ihnen doch am nächsten Montag!«

Da musste ich ihr gestehen, dass ich am nächsten Montag gar nicht im Wirtshaus sein würde. Der April war wieder einmal viel schneller vergangen als gedacht, und ich hatte Dani ja versprochen, sie in der ersten Maiwoche zu besuchen. Wie erwartet war Frau Fialla zunächst nicht besonders begeistert, sie presste die Lippen zusammen und rümpfte die Nase. Ich erinnerte sie daran, dass meine Reise ja einer höheren Sache, nämlich unserem Buch, diente. Aber da zuckte Frau Fialla bloß mit den Schultern. »Ach, das Buch!«, seufzte sie, und ich konnte nicht recht deuten, was sie damit meinte. Allerdings hatte ich auch keine Zeit, mir länger Gedanken darüber zu machen, denn ich war mit meiner Schreibarbeit deutlich in Verzug geraten. Bevor ich nach Wien fuhr, wollte ich alles, was Frau Fialla mir bisher erzählt hatte, vollständig an Dani weitergeschickt haben. Also eilte ich, sobald Frau Fialla gegangen war, hinauf zu meinem Computer. Während ich ihrer verlangsamten, tiefen Stimme lauschte und in die Tasten haute, lagen die fein säuberlich gefalteten Zettel, die Herr Peter Leitmeier vor so vielen Jahrzehnten mit seinen Erinnerungen befüllt hatte, neben mir auf dem Schreibtisch. Immer wieder schielte ich zwischendurch hinüber auf die Blätter, nahm sie sogar in die Hand, wenn ich eine Pause machte, faltete sie auseinander, überflog ihre Zeilen, ohne sie wirklich zu lesen, ich nahm nur einzelne Wörter wahr: »Bratfisch«, »Wachsmaske«, »Baroness«. Mehr wagte ich damit nicht anzufangen. Ich scheute davor zurück, die ganze Geschichte noch einmal Wort für Wort von vorne durchzulesen. Es schien mir, als würden die Zeichenfolgen ihre Bedeutung verändern, sobald ich sie in Beziehung miteinander setzte, als könnten plötzlich Details und Ungereimtheiten auftauchen, die davor noch nicht da gewesen waren. Hinter dieser Angst vorm zweiten Blick stand natürlich die noch viel größere Angst, dass Dani doch recht gehabt haben könnte, mit allem, die ganze Zeit. Ich wollte kein Sancho Pansa sein in Frau Fiallas Kampf gegen Windmühlen, sondern ernst genommen werden, besonders von Dani.

Schließlich hatte ich das gesamte auf meinem »Gerät« aufgezeichnete Diktat niedergeschrieben, mit einigen Leerseiten dort, wo später der Bericht des Peter Leitmeier hineingehörte. Dann kam mir ein Einfall, der mir nicht nur Überwindung, sondern auch Arbeit ersparte: Ich fotografierte die Originalseiten ab und fügte sie an der richtigen Stelle als Grafiken in mein Dokument ein. Die altmodisch-geschwungene Schrift hatte eine ganz eigene Überzeugungskraft, die Unterschrift des Peter Leitmeier besiegelte die Authentizität. So speicherte ich das Manuskript ab und mailte es gemeinsam mit der Information, wann mein Zug Sonntagabend in Wien ankommen würde, an Dani. Als Antwort erhielt ich ein promptes, aber formloses *»ok! Lg Dani«*.

In der folgenden Woche versah ich wie gewohnt meinen Dienst in der Gaststube. Am Samstag freute ich mich besonders darüber, vor meiner Abreise Frau Fialla noch einmal zu sehen, auch wenn ich an Tagen wie diesen für sie nur das »werte Fräulein« war und sie bloß Augen für den Kaiser hatte. Leider war das Wetter an diesem Frühlingstag ausgezeichnet, und eine ganze Horde Wanderer hatte sich in unser Wirtshaus verirrt, sodass ich Frau Fialla gar nicht die gewohnte Aufmerksamkeit schenken konnte, sondern ständig mit Bierkrügen, Wiener Schnitzeln und Brettljausen zwischen Küche und Gastraum hin- und hereilte. Frau Fialla schien mir das nicht übel zu nehmen, wie immer starrte sie das Bild an der Wand an, vielleicht sogar ein wenig inniger als sonst. Als ich den geleerten Zander-Teller abservierte und ihr stattdessen Gugelhupf und Kaffee brachte, blickte sie mich jedoch plötzlich an.

»Fräulein Claudia«, sagte sie zu mir, und allein diese Ansprache wunderte mich sehr an einem Nicht-Montag, »sagen Sie, ist dieses Gasthaus schon lange in Ihrem Familienbesitz?«

Ich nickte irritiert, denn bisher hatte sie sich noch nie für etwas interessiert, das mein Leben betraf.

»Seit wann?«, fragte Frau Fialla.

»Schon immer«, antwortete ich, »seit siebzehnhundertirgendwas.«

Nun war es Frau Fialla, die nickte. »Und immer väterlicherseits vererbt, nehme ich an?«

»Mütterlicherseits«, berichtigte ich. »Soweit ich weiß, haben bei uns in der Familie immer die Töchter das Gewerbe von ihren Müttern übernommen. Das wird mir auch bald blühen.«

Frau Fialla lächelte, aus irgendeinem Grund schien ihr diese Antwort ausgesprochen gut zu gefallen.

»Also hat Ihre Mutter das Gasthaus von Ihrer Großmutter übernommen?«

»Genau«, sagte ich, »und immer so weiter zurück ...«

»... bis siebzehnhundertirgendwas«, ergänzte Frau Fialla selig lächelnd. Hinter meinem Rücken wurde immer vehementer nach der Rechnung gerufen.

»Und Ihre Mutter, könnte ich mit der einmal sprechen?«, fragte Frau Fialla sichtlich unbeeindruckt von der Ungeduld der anderen Gäste.

»Das müssen Sie sogar«, erwiderte ich, »sie wird nämlich, während ich in Wien bin, meine Schicht übernehmen.«

Frau Fialla nahm befriedigt einen Schluck von ihrem Kaffee, dann lehnte sie sich zurück und starrte wieder den Kaiser an, als wäre ich selbst ein Traumgespinst, dem sie nur vorübergehend Eintritt in ihre Realität gestattet hatte. Obwohl es mich brennend interessiert hätte, was Frau Fialla ausgerechnet von meiner Mutter wollte, war hier nichts mehr zu erreichen, sie war meiner Welt entwichen. Außerdem musste ich ohnehin endlich wieder die Wanderer versorgen, die zwar seit Stunden unsere Tische besetzten, aber alle gleich nervös wurden, wenn ich nicht just in der Sekunde zur Stelle war, in der sie nach mir riefen.

Um Frau Fialla kümmerte ich mich erst wieder am Abend, indem ich sie »hinausgeleitete«. Auch da sprach sie kein Wort, nur das selige Lächeln befand sich unverändert auf ihren Lippen. Es verschwand auch nicht, als ich ihr Mantel und Hut reichte.

»Und nicht vergessen«, wiederholte ich zur Sicherheit, »ich werde morgen und auch am Montag nicht hier sein!«

Frau Fialla antwortete nicht, sie schlüpfte wortlos in den Mantel und setzte sich den Hut auf die weißen Locken.

Den nächsten Morgen verbrachte ich damit, meinen kleinen Trolley zu packen. Es waren zwar nur zwei Tage, die ich in Wien verbringen sollte, aber in einer Stadt wie dieser konnte es jederzeit passieren, dass es einen überkam und man abends unbedingt die Oper oder ein klassisches Konzert besuchen musste, dafür wollte ich gerüstet sein. Leider besaß ich wenig elegante Kleidung, erstens weil ich selten Gelegenheit hatte, sie zu tragen, und zweitens, weil Abendgarderobe in meiner Größe vor allem aus Sackkleidern mit »kaschierenden« Mustern bestand. Ich fand ganz hinten in meinem Schrank noch ein Sommerkleid, dessen Blumenornamente zumindest nicht allzu auffallend »kaschierend« waren, das packte ich ein. Zum Leidwesen meines sparsamen Vaters hatte ich auch das gesamte Manuskript ausgedruckt, welches bereits auf über zweihundert Seiten angeschwollen war, das kam in eine Leinentasche gewickelt ganz oben in den Trolley. Bereit für meine kleine Reise, machte ich mich auf den Weg zum Bahnhof.

Ich war in meinem Leben noch nicht sehr oft in Wien gewesen. Dabei ist die Fahrt dorthin eigentlich nicht besonders lang, mit dem Zug dauert es etwa eineinhalb Stunden. Aber wie die meisten Menschen vom Land haben auch meine Eltern keine hohe Meinung von der Stadt. Wenn man sie fragt, warum das so ist, antworten sie unisono: »Wegen den Wienern!« Und Frau Fialla eignet sich wahrscheinlich nicht gerade dazu, ihr Vorurteil von den hochnäsigen Wienern zu entkräften.

Bisher hatte ich Wien auch nur auf mich genommen, um Dani zu treffen, und selbst das nicht oft. Meistens war es ihr lieber, mich bei uns im Dorf zu besuchen. Sie musste ja ohnehin von Zeit zu Zeit in die Gegend kommen, um ihre Eltern zu sehen, »zwei Fliegen auf einen Streich«, wie Dani das nannte. Mir war das eigentlich auch immer ganz recht gewesen, weil ich mir so das Fahrtgeld ersparte.

Diesmal hingegen freute ich mich auf Wien. Der kleine, überheizte Regionalzug fühlte sich an wie der Hogwarts-Express, ein magisches Gefährt auf der Fahrt in ein märchenhaftes Land, das mir bisher nur aus Erzähltem bekannt war. Ich schaute neugierig dabei zu, wie die altbekannte Berglandschaft hinter dem Fenster immer weiter abflachte, bis schließlich die ersten, sehr hässlichen Ausläufer der Stadt zu erkennen waren, heruntergekommene Wohntürme hinter Graffiti-besprühten Schallschutzmauern. Das hatte herzlich wenig zu tun mit dem noblen Ringstraßen-Wien, in dem Frau Fialla aufgewachsen war, aber doch gehörte alles zusammen, war alles eine Stadt, und der Gedanke daran ließ mich sogar über den weniger gepflegten Stadtrand staunen.

Dani wartete bereits am Bahnsteig auf mich. Ich weiß, dass Dani in dem Buch eigentlich gar nicht vorkommen will, aber weil ich glaube, dass das jetzt auch schon egal ist, beschreibe ich sie trotzdem: Sie ist von Kindesbeinen an unverändert schlank und blond, auch wenn sie die Haare seit ihrem fünfunddreißigsten Geburtstag kürzer trägt, in so einem Haarschnitt, den Frisörinnen wohl als »smart« bezeichnen. Außerdem hat sie meistens weiße oder beige Kleidung an, in der ich wie eine Zahnarzthelferin aussehen würde, an ihr wirkt es schick.

»Hallo, Claudsch!«, rief Dani und winkte mir mit ihren in beigen Cardigan-Ärmeln steckenden Armen zu, während ich mir meinen Weg durch die Menschenmassen bahnte und mich dabei an die Ankunft des kleinen Peter Leitmeier auf dem Kaiserin-Elisabeth-Bahnhof erinnerte. Wo der gelegen war, wusste ich nicht, allerdings wusste ich, dass es bis heute noch irgendwo in der Stadt einen Franz-Josefs-Bahnhof gab, wie die Monarchie hier generell in der Namensgebung von Institutionen, Straßen und Gebäuden weitgehend überlebt hatte.

Als ich Dani erreichte, umarmte sie mich sofort, weil wir uns immer umarmten, wenn wir uns nach langer Zeit wiedersahen, doch irgendwie fühlte es sich diesmal anders an als sonst. Dani wirkte ein bisschen steif, als wüsste sie nicht so recht, wie man die Arme richtig abwinkelte. Außerdem hatte sie es ungemein eilig.

»Los, zum Auto!«, rief sie.

Jahrelang war Dani sehr stolz darauf gewesen, in Wien kein Auto zu brauchen, nun fuhr sie schon seit Längerem einen hellbeigen Opel (»aber nur, wenn's wirklich nicht anders geht«), der farblich perfekt zu ihrem Cardigan passte. Am Parkplatz angekommen, legte Dani meinen Trolley in den Kofferraum, während mein Blick über den Wagen wanderte und schließlich beim Nummernschild hängen blieb. Dort stand unter dem Landeskürzel mit dem Wappen und der Zahlen-Buchstaben-Kombination nämlich auch ganz klein vermerkt, wo der Wagen gekauft worden war: »Schleyermann-Lahm, Wien«! Mein Herz machte einen kleinen Hüpfer.

»Dani, wo hast du denn das Auto her?«

Dani blickte mich verwirrt an.

»Gebraucht und online, vor Ewigkeiten. Warum?«

Ich wies sie auf die kleine Beschriftung unter dem Kennzeichen hin: »Das ist doch der Autokonzern von Frau Fiallas Familie!«

Für Dani schien dieser Zufall eher unangenehm als erfreulich zu sein, sie murmelte bloß: »Ach ja, stimmt. Eine interessante Website haben die.«

Dann bat sie mich, doch endlich einzusteigen, sie stände immerhin in der Kurzparkzone, weil man in Wien generell immer in der Kurzparkzone stand.

Zugegebenermaßen hatte ich mir unser Wiedersehen herzlicher vorgestellt. Allerdings musste ich mir in Erinnerung rufen, dass wir im Moment ja nicht nur als ehemalige Schulfreundinnen, sondern auch als so eine Art Arbeitskolleginnen zusammentrafen, und das waren doch vollkommen andere Umstände als früher. Dani fragte mich, wie die Reise gewesen war und wie es meinen Eltern ginge, dann schaltete sie das Radio ein und schwieg. Wir fuhren erst eine Zeit lang an den viaduktförmigen Stadtbahnbögen entlang, auf denen die U-Bahn ganz entgegen ihrem Wortsinn über unseren Köpfen vorbeischoss, irgendwann bogen wir dann in ein undurchschaubares Labyrinth aus Einbahnsystemen ab, welches Dani natürlich wie im Schlaf beherrschte.

»*It's just another day, choo-choo-choo-choo-choo-choo, it's just another day!*«, sang jemand im Radio, und da drehte Dani die Musik auf einmal ein bisschen lauter.

»Weißt du, wer das singt?«, fragte sie.

Die Stimme kam mir bekannt vor und ich hatte auch das Lied schon gehört, aber ganz sicher war ich mir nicht.

»Die Beatles?«, riet ich. Dani zog beeindruckt die Augenbrauen hoch, denn sie hatte keine hohe Meinung von meinen Musikkenntnissen.

»Nicht schlecht«, sagte sie, »aber das ist eine Solonummer von Paul McCartney. Du liegst immerhin zu einem Viertel richtig. Kennst du eigentlich diese *Paul-is-dead*-Theorie?«

Ich schüttelte den Kopf.

»Na ja«, meinte Dani, »der Name ist eigentlich Programm. Diese Theorie besagt, dass Paul McCartney tot ist.«

»Aha«, sagte ich und versuchte mich daran zu erinnern, wer von den Beatles noch lebte und wer bereits verstorben war. Ich hätte schwören können, dass Paul zu der noch lebenden Hälfte zählte.

»Es ist ja nur eine Theorie«, erklärte Dani, die mir meine Verwirrung angesehen haben musste. »Es gibt Leute, die glauben, dass er eigentlich Mitte der Sechzigerjahre bei einem Autounfall ums Leben gekommen ist und seitdem von einem Doppelgänger ersetzt wird. Diese Leute finden auch überall Beweise dafür. Auf dem Coverfoto vom Album ›Abbey Road‹ zum Beispiel, weil Paul auf dem Bild der Einzige ist, der barfuß über den Zebrastreifen geht.«

»Und ›barfuß über einen Zebrastreifen gehen‹ ist gleichbedeutend mit ›tot sein‹?«, fragte ich.

Dani lachte und zuckte mit den Schultern.

»Offensichtlich glauben das manche. Einige meinen auch, laut und deutlich den Satz ›Paul is dead‹ zu hören, wenn sie einen gewissen Beatles-Song rückwärts abspielen. Lauter solche Dinge eben.«

»Die Beatles wären aber ganz schön bescheuert gewesen, wenn sie Pauls Tod verheimlichen wollten und dann trotzdem überall Hinweise streuten. Überhaupt, wem würde diese ganze Doppelgängergeschichte etwas nutzen?«

»Tja«, seufzte Dani und zuckte noch einmal mit den Schultern, diesmal lachte sie jedoch nicht: »So ist das nun einmal mit solchen Theorien. Sie sind bescheuert und nutzen niemandem etwas, aber sie sind nun einmal trotzdem in der Welt.«

Dann schwieg sie wieder, und ich wusste darauf auch nichts mehr zu sagen. Obwohl der Paul-McCartney-Song schon längst vorbei war, wechselte Dani den Radiosender, nun hörten wir ein Abendjournal, in dem eine Frau mit tiefer, leiser Stimme ganz nah am Mikrofon von Hungersnöten und Bürgerkriegen berichtete.

Dani wohnte im neunten Bezirk, wo früher einmal Sigmund Freud seine Praxis gehabt hatte und es heute noch einen Haufen Spitäler gab, außerdem eine offensichtlich wahnsinnig berühmte Stiege. »Die Strudlhofstiege kennt man doch!«, hatte Dani einmal voller Entrüstung gerufen, als ich ihr gestanden hatte, noch nie etwas davon gehört zu haben. Dank Dani kannte ich die Strudlhofstiege jetzt zwar, wusste aber immer noch nicht, warum sie so berühmt war.

Ich blickte aus dem Autofenster und befand, dass es hier schon ein bisschen mehr so aussah wie in Frau Fiallas Erzählungen, immerhin gab es ein paar Altbauten mit Stuck über den Fenstern, auf denen finster dreinblickende Tauben hockten. Dani hingegen wohnte in einem Neubau ohne Tauben und ohne jede Zierde, ganz oben in einem Dachgeschossappartement, das eigentlich ihrem Lebensgefährten gehörte, den sie beharrlich »mein Freund« nannte. Immer wenn ich zu Besuch war, weilte er gerade beruflich im Ausland, auch diesmal. Möglicherweise verhielt es sich mit diesem Freund und mir ein wenig wie mit Frau Fialla und der neuen Frau ihres Vaters. Auch Dani hielt ihre unterschiedlichen Leben für gewöhnlich auseinander. Dass ich aus der ländlichen Vergangenheit nun in ihr Arbeitsleben vorgestoßen war, schien ihr gar nicht so recht zu sein, dabei war es doch ursprünglich sie selbst gewesen, die den Vorschlag zur Zusammenarbeit gemacht hatte. Vermutlich bereute sie das schon.

Nachdem ich meinen Trolley verstaut hatte, bestellte Dani noch Thai-Essen für uns beide, selbstverständlich »authentisch«, es war so scharf, dass ich kaum einen Bissen hinunterbekam. Dani aß sowieso nur wie ein Vögelchen, wegen ihrer großen Selbstdisziplin, und so gingen wir beide an diesem Abend angespannt und hungrig zu Bett oder, in meinem Fall, auf das Schlafsofa im Gästezimmer-Arbeitszimmer-Abstellraum. Dort lehnte an einer Wand noch Danis Geige und war so staubig, dass sie jahrelang nicht mehr bespielt worden sein konnte. Ich erinnerte mich daran, wie wir in der Schule früher immer alle gedacht hatten, dass aus Dani eine große Musikerin werden würde. Mich störte es gar nicht, dass es anders gekommen war. Ich glaube, im Grunde störte es auch Dani nicht, aber was sie möglicherweise störte, war der Gedanke daran, Erwartungen enttäuscht zu haben, meine und die von allen anderen. Vielleicht hielt sie mich auch deswegen immer strikt von ihrem jetzigen Leben fern. Wie gut hatte ich es eigentlich getroffen, dachte ich, niemand wäre bei meinen Schulnoten und Talenten jemals auf die Idee gekommen, besonders hohe Ansprüche an mich zu stellen. Gleichzeitig fragte ich mich allerdings, ob ich es mir mit dieser Haltung nicht vielleicht immer ein bisschen zu leicht gemacht hatte. In dieser Nacht träumte ich, ich wäre die Kaiserin von Österreich, mein Schreibtisch übervoll mit Anträgen, Bittstellungen, Gnadengesuchen, es wurden immer mehr, und ich schrie immerzu: »Wir haben doch Demokratie, wir haben doch Demokratie!«, was überhaupt nichts half, zum Schluss brach der Turm aus Arbeit über mir zusammen.

Am nächsten Morgen wurde ich früh vom brummenden Mahlwerk von Danis Kaffeemaschine geweckt. Als ich aus meiner Kammer gekrochen kam, stand sie schon vollständig angezogen und geschminkt in der Küche und hatte viel bessere Laune als gestern. »Hopp, hopp, Claudsch«, sagte sie lachend, »in einer Stunde müssen wir beim Verlag sein!«

Ich nickte, als wäre mir schon immer völlig klar gewesen, dass wir zum Verlag fahren würden. Nun war ich sehr froh, das geblümte Kleid mitgenommen zu haben.

Wir nahmen wieder das Auto, aber nur, weil »die Öffis zu dieser Uhrzeit unerträglich voll sind«, wie Dani sagte. Ich hatte die Leinentasche mit dem Manuskript bei mir und hielt sie auf den Knien fest wie ein Schoßhündchen. Um zum Verlagsgebäude zu gelangen, mussten wir einmal den Ring entlangfahren, was einer Touristenbusfahrt gleichkam, denn hier kamen wir an all den herrlichen Bauten vorbei, die Wien für mich ausmachten: die altehrwürdige Universität, das mächtige Rathaus mit dem Burgtheater direkt gegenüber, das griechisch anmutende Parlamentsgebäude. Ich fragte mich, welches der vielen prachtvollen Gebäude an der Ringstraße das Palais der Schleyermanns war, ob das Haus denn überhaupt noch stand. Mir fiel kein gescheiter Grund ein, warum es hätte abgerissen worden sein sollen, aber in die meisten früheren Wohnhäuser waren mittlerweile Büros und teure Lokale eingezogen, repräsentativ leben konnte man heutzutage anderswo besser.

»Und für diesen historistischen Kitsch«, seufzte Dani, »hat der Kaiser damals die mittelalterliche Stadtmauer schleifen lassen!« Dann verstummte sie so plötzlich, als hätte sie mit dem Wort »Kaiser« ein Reizwort ausgesprochen, das nur für das offizielle Verlagsgespräch reserviert war. Wir bogen von der Ringstraße ab und schlängelten uns wieder kreuz und quer durch ein Gassengewirr.

Dass wir beim Verlagsgebäude angekommen waren, bemerkte ich nur daran, dass Dani stehen blieb und »Wir sind da« sagte. Wir befanden uns vor einem nicht gerade heruntergekommenen, aber doch schon ein wenig renovierungsbedürftigen Altbau, wie es in Wien unzählige gibt.

Neben der Eingangstür hingen über dem Schild mit der Aufschrift des Verlags und seinem Logo auch die Schilder eines Zahnarztes und einer Heilpraktikerin, die wohl in diesem Gebäude ihre Praxen betrieben. Außerdem gab es Türglocken zu jeder Menge Wohnungen.

Dani sperrte das Eingangstor auf und führte mich das kühle, dunkle Stiegenhaus hinauf. Dabei trug ich die Leinentasche mit dem Manuskript fest an mich gedrückt und ärgerte mich über den Paul-McCartney-Ohrwurm, der mir die ganze Zeit über im Kopf herumschwirrte.

Die Verlagsräume selbst befanden sich hinter einer unscheinbaren Wohnungstür, auf der als einziges Erkennungszeichen noch einmal das Logo angebracht war.

»Voilà!«, sagte Dani und stieß die Tür auf. Wir betraten einen langen, schmalen Gang mit hohen Wänden, an welchen gerahmte Bilder von Prominenten hingen, die ihre Autobiografien in diesem Verlag veröffentlicht hatten. Grinsend hielten sie ihre Bücher in die Kamera: Burgschauspielerinnen und Modeschöpfer, Fernsehmoderatoren und Opernballorganisatorinnen, außerdem noch eine ganze Menge Leute, bei denen man nicht recht wusste, woher man sie kannte, aber man kannte sie. Meiner Meinung nach hätte Frau Fialla mit ihrem auffälligen Federhut ausgezeichnet in diese Reihe gepasst. Als wir am Ende des Ganges angekommen waren, öffnete Dani erneut eine Tür und wir betraten ein Büro. Hier standen die Bücher, die wir auf den Fotos draußen gesehen hatten, quasi »in persona«, nämlich in deckenhohe Regale einsortiert. Das allerdings wenig platzsparend mit der Frontseite nach vorne, sodass sich wiederum eine Bildergalerie ergab, denn von den meisten Covern prangten die Visagen ihrer prominenten Autoren.

Am Schreibtisch sitzend wartete bereits ein älterer Herr auf uns. Ich dachte zuerst, dass das der Besitzer des Verlags sein musste, Danis Chef. Allerdings saß er auf der falschen Seite des Schreibtischs, also sozusagen gastseitig, während Dani nun hinter dem Schreibtisch Platz nahm und ihm die Hand reichte.

»Das ist Frau Claudia Hendl, eine unserer … Autorinnen, das ist Herr Harald Pfaffenhuber«, machte sie uns miteinander bekannt, und mir entging die kurze Pause nicht, die sie vor das Wort »Autorinnen« gesetzt hatte. Hingegen schien der Name Pfaffenhuber ihrer Meinung nach so selbsterklärend wie die Strudlhofstiege zu sein, denn sie schob keine weitere Erläuterung hinterher. Herr Pfaffenhuber schüttelte nun auch mir die Hand, aber er wirkte ein wenig genervt dabei, nicht so sehr von mir persönlich wie von der Gesamtsituation, vielleicht war er einfach kein Morgenmensch. Ich lächelte ihm dennoch freundlich zu, er brummte. Dani sagte, ich sollte mir doch einen Stuhl herholen und mich setzen. Dabei wirkte sie geradezu vorfreudig, als erwartete uns alle drei eine große Überraschung.

»Lassen Sie mich das machen«, sagte Herr Pfaffenhuber, »immerhin war ich mein Leben lang Möbelhändler, ich kann anpacken.«

Dani lachte, und ich fragte mich, was ein Möbelhändler in einem Verlag zu suchen hatte, außer vielleicht, um neue Möbel zu liefern. Allerdings konnte man genauso gut fragen, was eine Kellnerin in einem Verlag zu suchen hatte, daher schwieg ich lieber.

Herr Pfaffenhuber brachte mir fachmännisch einen Stuhl, und ich setzte mich neben ihn, Dani gegenüber, die Leinentasche stellte ich vorsichtig zwischen meine Füße. Dani lächelte einmal in die Runde, dann setzte sie zu ihrer Rede an: »Also, liebe Claudsch, ich habe das Manuskript gelesen, das du mir gemailt hast. Und natürlich habe ich auch die Fotokopien entziffert, diese Handschrift, da hast du mir ja ganz schön Arbeit beschert. Und die Artikel, die du mir bezüglich der Gräfin Triangi geschickt hast, bin ich ebenfalls durchgegangen. Generell habe ich wahnsinnig viel lesen müssen …«

»Augen auf bei der Berufswahl«, murmelte Herr Pfaffenhuber so leise, dass nur ich es hören konnte. Dani lehnte sich in ihrem ergonomischen Schreibtischsessel zurück.

»Wie ich dir ja schon in meiner ersten E-Mail geschrieben habe, sind wir hier kein Märchenbuchverlag. Bücher, die bei uns erscheinen, müssen auf Fakten beruhen. Dafür bin ich als deine Lektorin natürlich verantwortlich, ich musste alles ganz genau nachprüfen.«

Ich nickte schuldbewusst, obwohl ich mir ja eigentlich gar keiner Schuld bewusst sein konnte. Ich hatte doch nur geschrieben, was Frau Fialla mir erzählt hatte, nicht mehr und nicht weniger. Dennoch fühlte sich die Situation nach einem Direktorengespräch an, nach Schelte aufgrund eines ungebührlichen Verhaltens. Warum war ich überhaupt nach Wien gekommen? Spätestens seit Danis erster E-Mail war doch klar gewesen, dass aus diesem Buch niemals etwas werden würde, weil sie Frau Fialla und auch mir nicht vertraute. Auf einmal lächelte Dani mich an.

»Ich muss sagen, dass ich mich in deiner Frau Fialla geirrt habe! Sie ist auf jeden Fall keine Märchentante. Das ist schon alles recht solide, was sie da so erzählt.«

Mit allem anderen hatte ich gerechnet, jetzt aber riss ich überrascht die Augen auf. Herr Pfaffenhuber gähnte.

»Ja, wirklich«, sprach Dani fröhlich weiter, gleichermaßen

unbeeindruckt von meiner Verblüffung wie von Herrn Pfaffenhubers zur Schau gestellten Langeweile, »ich habe wirklich alles, alles nachgeprüft. Nicht nur deine Gräfin Triangi, die ja tatsächlich ein Phänomen ihrer Zeit gewesen zu sein scheint. Auch die Geschichte mit Hedy Lamarr und der Patronenfabrik habe ich nachgelesen und selbstverständlich die Lebensgeschichte des Johann Salvator, oder wie deine Frau Fialla ihn nennt: Gianni.«

Ich wollte erwidern, dass nicht Frau Fialla ihn so nannte, sondern Bratfisch, aber da hatte Dani sich schon wieder Herrn Pfaffenhuber zugewandt: »Kennen Sie Gianni? Es ist eine wahrlich faszinierende Geschichte. Ein Erzherzog, der aus dem Kaiserhaus ausgeschieden ist, sich von da an Johann Orth genannt hat und als Kapitän auf hoher See verschwunden …«

»Die Habsburger interessieren mich nicht mehr im Geringsten«, unterbrach Herr Pfaffenhuber sie murrend, wodurch Dani für einen winzigen Augenblick ihre Selbstsicherheit verlor und ins Stottern geriet.

Dieser Herr Pfaffenhuber wurde mir langsam sympathisch, auch wenn ich mir nach seinem Einwand nun noch weniger vorstellen konnte, was er mit meinem Buch zu tun hatte.

Dani hatte sich wieder gefasst, sie lächelte mich erneut an.

»Auf jeden Fall fand ich sogar Hinweise auf das zweite Leben des Maximilian von Mexiko in El Salvador. Du weißt schon, worauf ganz am Ende dieses … handschriftlichen, na ja, nennen wir es einmal ›Berichts‹, angespielt wird, du erinnerst dich? Na, es sind vielleicht nicht unbedingt Hinweise, eigentlich ist es reine Spekulation, aber immerhin, irgendwo in den Untiefen des Internets kursiert selbst diese

Theorie. Dort findet man übrigens auch die wildesten Thesen zum Kronprinzentod …«

Plötzlich kam Leben in Herrn Pfaffenhuber, er richtete sich auf und unterbrach Dani mit lauter Stimme: »Das war doch vor dem Internet auch schon so! Deshalb hab ich sie ja ausgegraben damals!«

»Wen?«, fragte ich.

»Na, die Mary Vetsera!«

Dani lehnte sich zufrieden grinsend zurück. Die Bescherung war geglückt.

Was ich jetzt von Herrn Pfaffenhuber hörte, war fast noch unglaublicher als alles, was Frau Fialla mir jemals erzählt hatte. Anders als sie trug er seine Geschichte allerdings mit einer gewissen Unlust vor: »Eigentlich spreche ich ja gar nicht mehr darüber. Der Fall ist abgeschlossen, für die Polizei und für mich erst recht.«

Aber weil er heute ohnehin in Wien zu tun gehabt hatte, sei er eben Danis Einladung gefolgt, um die Sache ein für alle Mal klarzustellen: »Das Letzte, was die Welt braucht, ist ein weiteres Buch mit irgendwelchen Mayerling-Lügen.« Er zählte rasch an den Fingern auf, was die Mythen waren, die am häufigsten verbreitet wurden.

Erstens: Rudolf wollte gegen seinen Vater putschen und wurde so das Opfer einer familieninternen Intrige.

Zweitens: Rudolf wollte nicht gegen seinen Vater putschen und wurde so das Opfer einer internationalen Intrige von Österreichs Feinden. Dieser Theorie hing zeitlebens Zita an, die letzte Kaiserin, zumindest die letzte offiziell gekrönte. In beiden Fällen wurde Mary Vetsera das zufällige Opfer von Querschlägern.

Drittens: Rudolf vergnügte sich mit der Frau eines Försters, woraufhin ihn besagter Förster aus Rache erschoss.

Viertens: Marys sittenstrenger Onkel erschlug ihn mit einer Champagnerflasche. In beiden Fällen beging Mary Selbstmord vor Trauer.

Fünftens: ein fataler »Sex-Unfall«.

Sechstens: Der Doppelselbstmord war nur vorgetäuscht und das Paar entkam.

Bei dem letzten Punkt blickte Dani mich seltsam an. Ich versuchte, mich ganz auf Herrn Pfaffenhuber zu konzentrieren, der unverdrossen weiterredete.

Ende der Achtzigerjahre wäre es besonders schlimm gewesen mit der Mythenbildung, erzählte er, denn da jährte sich Rudolfs Todestag zum hundertsten Mal, und jeder Hobby-Historiker nahm dieses Jubiläum zum Anlass, seine ganz eigene Theorie auf den Markt zu bringen. Herr Pfaffenhuber selbst las zu dieser Zeit gerade ein Machwerk, in welchem behauptet wurde, Mary Vetsera sei nicht, wie gemeinhin angenommen, durch einen »Mord auf Verlangen« und eine Kugel in den Kopf gestorben, sondern infolge einer misslungenen Abtreibung. Der Autor des Buches konnte seine These zwar nicht belegen, nur widerlegen ließ sie sich eben auch nicht: Das Stift Heiligenkreuz lehnte es ab, das Grab Mary Vetseras aufzubrechen und die Leiche zur Obduktion freizugeben. Nun war Herr Pfaffenhuber von jeher an Geschichte, im Besonderen aber an der Wahrheit an sich interessiert gewesen. Es ärgerte ihn maßlos, dass jemand, der immerhin studiert hatte und sich »Historiker« schimpfte, unwidersprochen so einen Unsinn verzapfen sollte, ohne dass man als Möbelhändler auch nur das Geringste dagegen unternehmen konnte. Nun war er kein Grübler, sondern eben ein Anpacker, und das nicht nur, was Möbel anging. Schwere Gegenstände anzuheben, gehörte zu seinem täglichen Geschäft, über das notwendige Werkzeug dafür verfügte er außerdem. Und mehr brauchte es ja eigentlich auch gar nicht. In einer Sommernacht des Jahres neunzehnhunderteinundneunzig fuhr Herr Pfaffenhuber gemeinsam mit zwei Bekannten zum besagten Friedhof in Heiligenkreuz. Zu dritt stemmten sie die Grabplatte der Vetsera-Gruft auf und hoben den Zinnsarg heraus. Herr Pfaffenhuber schilderte eindrucksvoll, wie schauerlich alle Knochen darin klapperten, sobald man den Sarg bewegte. Dani warf mir wieder einen vielsagenden Blick zu: Im Bericht des Peter Leitmeier war immerhin von einem leeren Sarg die Rede gewesen.

»Es war ja auch nicht die erste Reise der toten Baroness«, erzählte Herr Pfaffenhuber, nun mischte sich zum Desinteresse doch noch ein Hauch von Amüsement in seine Stimme: »Sie wissen sicher, wie man die Leiche des Mädchens von Mayerling fortbrachte damals, um höchste Geheimhaltung zu wahren? Nein? Zuerst hat man ihren Körper einmal in einer Wäschekammer verstaut. Später sind dann ihre Onkel gekommen und haben sie aufrecht wie eine Lebende in die Kutsche gesetzt, gestützt von einem Besenstiel im Kleid, weil sie sonst ständig zusammensackte! So ist sie damals bei Nacht und Nebel heimlich nach Heiligenkreuz gereist.«

Über hundert Jahre später fuhr sie dann ebenso heimlich im Frachtraum eines Lieferwagens liegend nach Linz, wo Herr Pfaffenhuber im Keller seines Möbelgeschäfts den Sarg öffnete. »Alles durcheinander, Schuhe, Haare, Knochen«, erzählte er, und mit einem Lachen fügte er hinzu: »Und gestunken hat die Vetsera wie der Teufel!«

Mir wurde ein wenig übel, aber nicht wegen des geschilderten Geruchs.

Unter dem Vorwand, es handelte sich bei der Toten um seine

eigene, unter mysteriösen Umständen verstorbene Großmutter, ließ Herr Pfaffenhuber dann ein gerichtsmedizinisches Gutachten erstellen. Der beauftragte Arzt hatte keinen Grund, an der Geschichte zu zweifeln: In Heiligenkreuz wurde Mary Vetsera erst ein halbes Jahr später vermisst, so ordentlich hatten Herr Pfaffenhuber und seine Kompagnons den Friedhof hinterlassen. Es war also bereits Dezember, als einer aufmerksamen Spaziergängerin Unregelmäßigkeiten an der Gruft auffielen und sie die Polizei verständigte. Mit dem Fall beauftragt wurde – mangels Alternativen – dann die Abteilung für »Kunstdiebstahl«.

Als die Ermittlungen langsam Fahrt aufzunehmen begannen, hatte Herr Pfaffenhuber jedoch schon längst schwarz auf weiß, was er schon immer gewusst hatte: Die Verstorbene war etwa 1,60 Meter groß, schlank, langhaarig, mit auffallend kleinen Füßen und zum Zeitpunkt ihres Todes gegen Ende des neunzehnten Jahrhunderts etwa achtzehn Jahre alt gewesen. Die Todesursache war zweifelsfrei ein Kopfschuss aus nächster Nähe gewesen, jedoch nicht aus eigener Hand abgegeben.

»Damit war endlich amtlich, was der Wiener Hof immer verschleiern wollte: Ihr Kronprinz war ein Mörder«, stellte Herr Pfaffenhuber nun doch einigermaßen befriedigt fest, »Fall abgeschlossen.«

Eigentlich wollte er seine »Forschungsergebnisse« sofort publizieren, nur wurde just in diesem Jahr in den Ötztaler Alpen ein mumifizierter Steinzeitmann gefunden, der unter dem Spitznamen »Ötzi« alle Medienaufmerksamkeit auf sich ziehen sollte, die für alte Leichen eben gerade aufzubringen war. Herr Pfaffenhuber wollte seine makabre archäologische Mission aber nicht umsonst erfüllt haben, also musste Mary noch warten. Schließlich konnte er mit einer Boulevardzeitung doch noch eine größere Summe für seine Story aushandeln, da rückte er die Leiche wieder heraus, und weil den Polizeibeamten von der Abteilung »Kunstdiebstahl« leider nichts vorzumachen war, musste er als Strafe eine kleine Wiedergutmachung ans Stift Heiligenkreuz bezahlen.

»Und das war's«, sagte Herr Pfaffenhuber und faltete die Hände auf seinem Bauch zusammen, »seitdem interessiert mich die Vetsera überhaupt nicht mehr.«

Danach herrschte eine Weile Stille. Herr Pfaffenhuber starrte erschöpft die Decke an, er schien sich zu fragen, was in aller Welt ihn dazu gebracht hatte, diese ganze Geschichte noch einmal auszurollen. Anders als bei Frau Fialla, deren gesamte Existenz wortwörtlich darauf beruhte, was in Mayerling wirklich geschehen war, war für ihn das Ganze bloß eine Art Rätsel gewesen, eine Fußnote in seiner Biografie, die blöderweise derart abenteuerlich geraten war, dass er für die Öffentlichkeit nie wieder etwas anderes darstellen würde als den »verrückten Vetsera-Grabräuber«. Natürlich, das hatte er sich selbst eingebrockt. Vielleicht hinterfragte er mit dem müden Blick an die Zimmerdecke gerade sämtliche Lebensentscheidungen.

Dani visierte mich so erwartungsvoll an, als müsste ich mich bei ihr bedanken für die Bombe, die geplatzt war. Ich aber schwieg.

»Tja«, murmelte sie irgendwann, da sonst niemand etwas sagte, »alle möglichen Theorien habe ich im Internet gefunden. Doch ich denke, Herr Pfaffenhuber hat sie alle anschaulich widerlegt. Auch die von deiner Frau Fialla.« Dabei zeigte sich ein leichtes Lächeln auf ihren Lippen – war es Mitleid, war es Schadenfreude?

Ich blickte ein paar Mal zwischen Dani und Herrn Pfaffenhuber hin und her, schließlich behauptete ich, dass ich auf die Toilette müsste. Dani erklärte mir den Weg, ich griff nach der Leinentasche und verließ auf zittrigen Beinen das Büro.

Der Gang draußen kam mir noch länger vor als bei meiner Ankunft, die Gesichter auf den Bildern noch grinsender. Als ich die Toilette erreicht hatte, sperrte ich mich darin ein und wusste nicht weiter. Mir war immer noch übel. In meiner Schulzeit hatte ich ja nicht einmal von mittelalterlichen Schlachten hören können, ohne einen flauen Magen zu bekommen, diese ganze Leichenfledderei setzte mir also ziemlich zu. Es war aber gar nicht mehr das Thema Tod allein, das mir so unangenehm aufstieß. In den vielen Stunden mit Frau Fialla hatte ich Schritt für Schritt meine Aversion gegen Geschichte verloren, mittlerweile konnte ich die Endlichkeit aller Dinge und Menschen einigermaßen ertragen. Vor allem, da sie ja immer in größeren Zusammenhängen erschienen, diese Zusammenhänge machten aus vergangenen Schicksalen eine Notwendigkeit, ohne die es keine Gegenwart gab. Bei Mary Vetsera empfand ich das anders. Ich musste mir eingestehen, dass ich bisher kaum an sie gedacht hatte. Frau Fialla vermutlich auch nicht. Ständig hatte sich der Kronprinz in das Zentrum unserer Betrachtungen gedrängt mit seinem strahlenden Familiennamen, der ihm selbst ja nicht einmal so besonders recht gewesen war. Allerdings kam man auch nicht drum rum, auf diesen einen Namen zu verweisen. Frau Fialla war es ausgesprochen wichtig zu betonen, seine Enkeltochter zu sein, dabei war sie ja genauso ihre Enkeltochter, die von Mary! Nun, war sie das wirklich? Mir lag die Stimme von Herrn Pfaffenhuber im Ohr, der Zynismus, der in manchen seiner Kommentare mitschwang: *»Gestunken hat die Vetsera wie der Teufel!«* Ich sah die tote Mary in der Kutsche sitzen, die Schusswunde unter einem Hut verborgen, den Besenstiel zwischen Kleid und Rücken gesteckt. Ein heimliches nächtliches Begräbnis im engsten Kreise, während bei Rudolfs Aufbahrung noch Menschen weggeschickt werden mussten, da es einfach zu viele waren. Und warum war Mary überhaupt gestorben? Weil sie ein junges, verwöhntes Mädchen war, das sich in den falschen Mann verliebt hatte. Ich erinnerte mich im Gegensatz dazu an die schlaue, willensstarke Mary aus der Erzählung Bratfischs, die Peter Leitmeier aufgeschrieben hatte. Hatte er das überhaupt? War es nicht vielleicht Anton selbst gewesen, um Frau Fialla zu beeindrucken? Oder gar Frau Fialla, um mich zu beeindrucken? Deswegen hatte ich mich doch in Wahrheit geziert, die Zettel noch einmal durchzulesen: weil ich gefürchtet hatte, einen Betrug aufzudecken. Dabei gefiel mir die Mary aus dem Bericht eigentlich viel besser als jenes arme Geschöpf, das Herr Pfaffenhuber aus der Gruft gefischt hatte. Es war durchaus befriedigend, sich vorzustellen, wie sie mit ihrer List den sittenstrengen Onkel und die ganze Welt fuchste, statt nur das traurige Opfer der eigenen romantischen Fantasie zu werden. Ich mochte den Glauben an das zweite Leben, die zweite Chance. Wenn ich ganz ehrlich zu mir selber war, hatte ich schon lange gewusst, dass die Wahrheit der Frau Fialla nicht so ganz mit der historischen Wahrheit übereinstimmen konnte. Und es war mir im tiefsten Inneren immer egal gewesen, weil diese Version Mary und Rudolf eine Alternative zu ihrer Tragik gab. Und nicht nur ihnen, sondern auch Frau Fialla. Ich musste an die Riesenfische in unserem Stausee denken, die ich niemals wirklich gefangen habe. Aber mittlerweile könnte ich zumindest darüber schreiben.

Ich wusch mir Hände und Gesicht mit kaltem Wasser,

dann nahm ich die Leinentasche mit dem Manuskript und verließ die Toilette.

Herr Pfaffenhuber war bereits gegangen, weil er noch Verabredungen hatte, die er einhalten musste. Dani meinte, den Rest ihrer heutigen Büroarbeit könnte sie auch im Homeoffice bewerkstelligen, also fuhren wir zu ihrer Wohnung zurück. Wir redeten auf der ganzen Fahrt kein Wort, auch das Radio lief nicht. Bei ihr angekommen, packte ich meinen Trolley und rief ein Taxi.

»Aber ich kann dich fahren«, sagte Dani. Sie wirkte, jedenfalls für ihre Verhältnisse, ein klein wenig geknickt. Ihr Streich war wohl doch nicht ganz so amüsant gewesen, wie sie es sich vorgestellt hatte.

»Nicht nötig«, antwortete ich.

»Dieser Pfaffenhuber ist schon ein Original …«, murmelte sie.

»Du hättest mir auch einfach eine Absage schicken können«, antwortete ich.

Dani zuckte mit den Schultern: »Ich wollte es eben so deutlich wie möglich machen!«

Da wurde mir zum zweiten Mal an diesem Tag etwas bewusst, das ich schon immer geahnt hatte. Dani war mit mir befreundet, weil sie sich neben mir gut fühlte, nicht durch meine Anwesenheit, sondern im Vergleich. Mein Stottern, mein Übergewicht und jetzt auch noch meine neueste Neigung, auf verrückte alte Damen hereinzufallen – sie hatte das Treffen mit Herrn Pfaffenhuber arrangiert, um ihre eigene Überlegenheit zu demonstrieren, auch ohne Geige. Ich starrte sie an.

»Lieber ein Ende mit Schrecken als ein Schrecken ohne Ende, nicht wahr, Claudsch?«, fragte Dani und hob versöhnlich die Arme.

Ich steckte die Leinentasche mit dem Manuskript in den Trolley und herrschte sie an: »Nenn mich nie wieder Claudsch!« Draußen hupte das Taxi.

Noch in der Bahnhofsbuchhandlung besorgte ich mir einen Ratgeber mit dem Titel *»Kreatives Schreiben leichtgemacht«*, in welchem ich während der gesamten Fahrt schmökerte. Auch am nächsten Tag noch las ich darin, hinter der Bar lehnend, meine Sudokus mussten einmal Pause machen.

»Stellen Sie sich ›Was-wäre-wenn‹-Fragen, das bringt Sie auf völlig neue Ideen!«

Am Nachmittag kam Frau Fialla zu ihrer gewöhnlichen Zeit angetrippelt, und wenn sie sich darüber freute, mich wiederzusehen, ließ sie es sich nicht anmerken. Ich hingegen freute mich umso mehr. Am liebsten hätte ich ihr sofort alles erzählt, vielleicht nicht unbedingt das von dem Reinfall mit Dani und dem Verlag, aber umso lieber von meiner Epiphanie auf der Damentoilette und dass ich dieses Buch jetzt auf jeden Fall fertigschreiben würde, egal, was noch kommen mochte. Jedoch spürte ich, dass ich damit bis Montag warten müsste. Das war unsere Tradition, unser persönliches Hofzeremoniell. Oder, wie mein Schreibratgeber es formulierte: *»Das Zauberwort heißt Routine!«* Darum brachte ich Frau Fialla nur wieder ihre übliche Bestellung, während sie stumm den Kaiser anstarrte, und überreichte ihr später, als sie gehen wollte, wie immer gehorsam Hut und Mantel, was sie mit einem bloßen Nicken zur Kenntnis nahm.

Nachts saß ich an meinem Schreibtisch, auch das eigentlich nur aus reiner Routine, denn Material zum Abtippen würde ich erst wieder haben, wenn Frau Fialla endlich erzählte, wie die Sache mit ihrer Mutter weiterging. Ich las den Bericht von

Peter Leitmeier noch einmal von vorne bis hinten durch, sogar ganz ohne unbehagliches Gefühl im Bauch, vielmehr mit großer Freude an den schönen Formulierungen.

»Der erste Schritt zum eigenen Schreiben: Lesen, lesen und noch einmal lesen!«

Da ging die Tür auf. Es war meine Mutter, die sich gegen den Türrahmen drückte auf so eine Art, die mir vermitteln sollte, dass sie gar nicht stören wollte, wodurch sie natürlich besonders störte. Sie trug bereits ihren Pyjama, verspürte aber offensichtlich das Bedürfnis, noch etwas mit mir zu besprechen, bevor sie zu Bett ging. Ich sah sie erwartungsvoll an.

»Diese Frau Fialla«, sagte sie da schließlich, »ist wirklich sehr eigenartig.«

»Hat sie wieder vom Kaiser gesprochen?«, fragte ich.

»Aber nein«, antwortete meine Mutter mit einer abwinkenden Geste, »das wäre doch normal gewesen. Gestern wollte sie alles Mögliche über das Gasthaus wissen und über meine Familie.«

»Ach wirklich?«, fragte ich und meine Mutter nickte mit fast schon ängstlich aufgerissenen Augen.

»Ja, ja wirklich«, bestätigte sie, »weißt du, wenn sie nicht schon so verdammt alt wäre, würde ich sie tatsächlich für eine Erbschleicherin halten!«

Da musste ich laut loslachen, und meine Mutter, im ersten Moment etwas konsterniert über meine Reaktion, fiel schließlich mit ein. Dabei hatte sie mit ihrer Einschätzung in Wahrheit ja gar nicht einmal so unrecht. Nur war das Erbe, das Frau Fialla vorschwebte, doch etwas größer als ein Landgasthaus, nämlich nicht weniger als das ganze Land Österreich.

Am folgenden Montag wartete ich besonders nervös auf

Frau Fialla, denn sie verspätete sich. Vielleicht zum ersten Mal in ihrem Leben, auf jeden Fall zum ersten Mal, seit ich sie kannte. Alles war vorbereitet, und ich fürchtete schon, der panierte Zander könnte kalt werden. Als sie dann endlich eintrat, sah sie sehr blass aus und klammerte sich beim Gehen noch fester an meinem Arm fest als sonst. War sie in den vorangegangenen Tagen auch schon so schwächlich gewesen? Mir war es jedenfalls nicht aufgefallen. Beinahe wollte ich mir Sorgen machen, doch kaum hatte ich sie auf ihrem Stammplatz abgesetzt, fragte sie auch schon mit ihrer üblich schneidend-nasalen Stimme: »Wie war es in Wien?«

»Interessant«, antwortete ich, und weil ich nicht recht wusste, wie ich am sanftesten auf den geplatzten Deal mit Danis Verlag überleiten sollte, fügte ich erst einmal hinzu: »Ich habe die Bekanntschaft mit einem gewissen Herrn Pfaffenhuber gemacht.«

»Ach, der!«, sagte Frau Fialla geringschätzig und machte ein Geräusch, als wollte sie ausspucken. Ich war erstaunt, dass sie schon von ihm gehört hatte, offensichtlich war er tatsächlich eine kleine Berühmtheit.

»Natürlich, das ist der, der den Sarg ausgegraben hat«, erwiderte Frau Fialla gereizt auf meine Nachfrage, »na, so dumm ist Marys Onkel nicht gewesen, dass er nicht irgendwann später doch eine Mädchenleiche hineingelegt hätte. Das war ja nur zu erwarten, dass so etwas einmal passieren würde, früher oder später, und stellen Sie sich die Schande für die Familie dann erst vor!«

Ich musste grinsen, Frau Fialla hatte wirklich auf alles eine Antwort. Mir war danach, sie ein bisschen herauszufordern, deswegen erwiderte ich: »Davon steht doch gar nichts in dem Bericht von Peter Leitmeier!«

»Natürlich nicht, woher sollte denn der alte Leitmeier das auch gewusst haben damals? So ist es auf jeden Fall gewesen. Die heute noch lebenden Nachkommen der Vetseras haben übrigens niemals einem DNS-Test bei der Leiche zugestimmt, warum, glauben Sie, ist das so?«

Frau Fialla verschränkte triumphierend die Arme vor der Brust, als wollte sie sagen: Schach und Matt.

»DNS-Test«, wiederholte ich, während ich schon mein »Gerät«, also mein Handy, aus der Schürzentasche holte und die Aufnahmefunktion einstellte, »hätte Sie das eigentlich nie gereizt? Ein DNS-Abgleich zwischen Ihnen und den Habsburgern?«

»Sicherlich«, antwortete Frau Fialla, »aber auf so etwas lässt die Familie Habsburg sich ja grundsätzlich nicht ein. Völlig verständlicherweise, übrigens. Da könnte dann ja jeder Trottel kommen ...«

Mein »Gerät« war fertig zur Aufnahme. Die Pleite mit dem Verlag konnte ich Frau Fialla auch später noch beichten. Nun wollte ich wissen, wie es mit ihrer Mutter weiterging.

»Ach ja«, murmelte sie nachdenklich, als hätte sie den eigentlichen Grund für unsere wöchentlichen Zusammenkünfte schon wieder ganz vergessen, und dann sagte sie, wohl einem assoziativen Gedankensprung folgend: »Ich habe mit *Ihrer* Mutter geredet!«

»Ich weiß«, antwortete ich, »sie war sehr ... erstaunt.«

Frau Fialla lächelte listig. »Dabei habe ich ihr das Wesentliche verschwiegen. Das habe ich nämlich für Sie aufbehalten.«

»Für mich?«

Frau Fialla nickte und schien zu überlegen, ob sie gleich damit herausrücken sollte, entschied sich dann aber für das Gegenteil.

»Es hängt nämlich alles mit allem zusammen, wissen Sie«, erklärte sie und ließ ihren verklärten Blick zum Kaiserbildnis hinauf wandern, »dann beginne ich also doch am besten mit meiner eigenen Mutter.«

DIE ERKENNTNISSE DER FRAU FIALLA

Das meiste, was es über meine Mutter zu sagen gibt, habe ich bereits gesagt, nämlich ganz zu Beginn schon, bei unserem ersten Treffen. Das Leben verläuft doch pyramidenförmig: Wie flächig breit ist die Kindheit und Jugend, um wie viel schmäler verläuft schon das Erwachsenenalter und das hohe Alter ist überhaupt nur noch der Spitz ganz oben.

Als ich Katharina nun wiedertraf, war sie bereits an der Spitze der Pyramide angelangt, eine alte Frau, und fürchterlich redselig. Wissen Sie, bei all den Männern, die sie gehabt hatte, hatte ihr ja nie einer richtig zugehört. Ich hingegen hörte zu, und sie erzählte von der Nacht, in der sie meinen Vater traf, mehrmals und immer haargenau so, wie ich es Ihnen bei unseren ersten Treffen erzählt hatte. Sie erzählte mir von früher, während wir gemeinsam dutzende Zimmerwände strichen, Teppichböden verlegten und Bäder fliesten, mit meinem Erbe und unseren eigenen Händen das alte Hotel in den Tiroler Bergen wieder auf Hochglanz brachten. Ich bin nie eine große Handwerkerin gewesen, ich hatte auch selten die Gelegenheit zum Üben, Katharina ebenso wenig. Also ist es nicht verwunderlich, dass wir bei der Renovierung bauliche Fehler am laufenden Band produzierten, die uns später gutes Geld kosten sollten. Für den Augenblick aber war es gut, etwas mit den Händen zu tun, nur zu zweit, Mutter und Tochter und ein paar abgenutzte Bauratgeber und Manuale, die wir auf Flohmärkten zusammengekauft hatten. So lange hatte ich nur Briefe geschrieben und auf Antworten gewartet, jetzt bauten wir uns einfach selbst das Schloss, welches wir uns immer gewünscht hatten. Ohne den adeligen Ehemann, ohne den erzherzoglichen Vater, nur wir beide und die Grundmauern eines alten Hotels, die wir ganz nach unseren Launen gestalten konnten. Ich fühlte eine Freiheit in mir, die mir mit all meinen Männern verwehrt geblieben ist. Mein Erbe war reichlich und floss in immer neue Farben und Formen, in Glas und Vergoldungen und Stahl und Holz. Vergessen Sie nicht, es waren die Siebzigerjahre, keine Zeit für falsche Bescheidenheit! Wie schlicht hatte ich in Antons Hütte hausen und mich mit seinen Büchern, dem Wissen um meine Abstammung zufriedengeben müssen, hier im Hotel fand mein neuer Stolz endlich die passende Verpackung. Dieser Stolz war es auch, der mich so lang Stillschweigen bewahren ließ gegenüber Katharina. Erstens wäre ich gar nicht zu Wort gekommen. Zweitens wollte ich mir die wahre Identität meines Vaters noch ein wenig länger als persönliches Geheimnis behalten, vielleicht sogar ein bisschen aus Bösartigkeit. Wenn Katharina wieder einmal ihre Geschichte erzählte und darüber seufzte, bei all ihren Männern niemals einen Adeligen abbekommen zu haben, bemitleidete ich sie lautstark und kicherte innerlich in mich hinein. Ein bisschen, ein kleines bisschen nur wollte ich sie noch zappeln lassen. Immerhin, sie hatte mich fünfzig Jahre lang zappeln lassen, da war es nur gerecht. Erst als die Renovierungsarbeiten beendet waren und wir kurz vor der feierlichen Neueröffnung standen, platzte ich doch mit der Wahrheit hinaus: »Weißt du eigentlich, Katharina, wer der Johann Witz in Wirklichkeit gewesen ist?«

»Ein Taugenichts«, antwortete sie, »der zu Huren ging.«

»Falsch«, rief ich, »ein Kaiser, der zu Huren ging!«

Und dann erklärte ich ihr alles, was Anton mir erklärt hatte und was ich Ihnen seit Monaten erkläre, Fräulein Claudia: Dass mein Vater, ihr erster Gatte, als Sohn des Kronprinzen Rudolf eigentlich der rechtmäßige Kaiser gewesen wäre und ich somit nach dessen Tod die rechtmäßige Kaiserin bin, wobei das in der Demokratie natürlich obsolet geworden ist, aber dann doch nicht ganz so obsolet, wenn man darüber nachdachte, es machte doch etwas mit einem. Katharina dachte darüber nach und glaubte mir nicht, also fuhr ich die ganz schweren Geschütze auf, ich zeigte ihr den Bericht des Peter Leitmeier und schließlich sogar mein Kästchen. Dann glaubte sie es ein klein wenig mehr, schüttelte jedoch immer noch skeptisch den Kopf: »Von all den Kerlen … der Johann ausgerechnet …«

Ich ließ sie erneut von dem Ball damals während des Ersten Weltkriegs erzählen und wie der Kellner sie mit seinem Charme sofort eingewickelt hatte, obwohl sie in Wahrheit nur auf einen Adeligen aus gewesen war, und wie sie ja schon immer gewusst hatte, dass es mehr war als reine Sympathie, die sie anzog, sie hatte ja doch Intuition!

»Intuition«, wiederholte Katharina, sie sagte das Wort ein paar Mal hintereinander vor sich her, dann blickte sie mich an.

»All die Jahrzehnte lang dachte ich, ich besäße nicht das geringste Quäntchen an Intuition, wo ich doch in Wirklichkeit …«

Sie sprach nicht weiter, schaute lediglich ganz gerührt mit tränennassen Augen in das Kästchen mit dem Kaiserzeug, da umarmte ich sie ganz fest, wie ich Tante Klara mein Leben lang nicht umarmt hatte, auch die Großeltern nicht.

Wir waren nun geeint in dem Wissen um die Wahrheit. Es war schön, dass ich Katharina, wenn auch viel zu spät, noch mit dieser Erkenntnis beglücken konnte. Ihr Äußeres entwickelte sich dadurch innerhalb kürzester Zeit zu ihrem Vorteil, ohne dass sie das Geringste an sich veränderte: Das Haar war immer noch gelbstichig, aber sie trug es nun wie eine Krone, das Make-up immer noch dick, aber würdig, sie selbst noch mollig, aber in Wahrheit nur kräftig wie die Kaiserin Maria Theresia. Für die große Wiedereröffnungsfeier des Hotels kauften wir uns beide schöne, bodenlange Kleider und trugen farblich dazu passende Haarreifen, die uns die Diademe ersetzten. Dann tranken wir Champagner aus Sektflöten und tanzten mit wichtigen Herren der Landesregierung und fühlten uns geradezu, als wäre anno dazumal. Meine über siebzigjährige Mutter wirbelte über das Parkett wie das junge Mädchen, das sie neunzehnhundertachtzehn gewesen war. Ich erinnerte mich an die steifen Tanzschritte von Anna und ihrem Engländer und erkannte, dass Eleganz keine Sache des Alters war, bloß eine der Haltung. Wir waren die Königinnen, die Kaiserinnen unseres Hotels, jedenfalls für diesen einen Abend.

Danach gab es nämlich wieder einmal ein erbarmungsloses Erwachen. Wer hätte denn auch ahnen können, dass ein Hotel solche Arbeit macht? Ich hatte geglaubt, mit der Renovierung des Gebäudes wäre der größte Schritt getan und von da an hieß es nur noch verwalten und freundlich lächelnd durch gut gefüllte Frühstücksräume zu schlendern. Eine Hoteldirektorin zu sein, hatte ich mir repräsentativ vorgestellt, doch da waren ständig irgendwelche völlig realen Probleme: Gäste, die ihre Unzufriedenheit kundtaten, Personal, das nach besserer Bezahlung verlangte, Lieferanten und deren Rechnungen, Steuerprüfer und deren Drohungen, und natürlich die Schäden am Gebäude, die Katharina und ich mit unserer laienhaften Renovierung nicht behoben oder überhaupt erst verursacht hatten. Und all diese Probleme landeten von nun an bei mir. Ich begann, immer früher aufzustehen, um den Massen an Arbeit Herr zu werden, irgendwann saß ich bereits um fünf Uhr morgens in meinem Büro. Die wunderhübschen Muster der Tapeten, die ich eigens für dieses Zimmer ausgesucht hatte, verschwammen vor meinen müden Augen. Da jede Lösung umgehend neue Probleme mit sich brachte, wurde ich niemals fertig. Meine schönen schwarzen Haare sind ganz weiß geworden in dieser Zeit und mein Gesicht nahm die spitzmäusischen Züge meiner Tante Klara an. »Mir bleibt auch nichts erspart!«, seufzte ich immer häufiger, denn so hatte ich mir das Leben in einem Schloss nicht vorgestellt. Ich begann, meinen armen Anton zu vermissen, diesen besten aller Diener, und beinahe hätte ich ihm sogar seinen Betrug verziehen, so einsam fühlte ich mich und so sehr auf mich allein gestellt. Doch gab es keinen Weg zurück: Anton war gestorben, noch bevor der ganze Papierkram unserer Scheidung beendet war. Mit mir gemeinsam war ihm auch die letzte Lebenskraft flöten gegangen, die er doch so dringend gebraucht hätte, um sich gegen all seine Krankheiten und Infektionen zur Wehr zu setzen. Ohne meine Anwesenheit musste er sich so nutzlos gefühlt haben, dass er unverzüglich und für immer abdankte. Mir blieb von ihm nichts als seine verfallene Hütte und die Unmengen von Büchern und Unterlagen, ich verkaufte alles, und was nicht verkäuflich war, ließ ich vernichten. Heute tut mir das sehr leid, und ich frage mich noch häufig, welche Überraschungen mich vielleicht noch erwartet hätten in den Untiefen seiner Sammelwut, hätte ich alles mit der Ruhe und Weisheit des Alters noch einmal gesichtet. Damals allerdings hatte ich die Zeit nicht, außerdem brauchte ich das Geld. Denn alles in allem verschlang unser Hotel viel mehr, als es ausspucken konnte. Katharina und ich hatten keine besondere Geschäftsstrategie erarbeitet. Ein Hotel, so hatte ich geglaubt, bräuchte einfach nur zu existieren, um sich zu lohnen, in etwa wie ein Staat. Aber natürlich war dem nicht so, weil es bei Staaten auch nicht so ist, und wenn die Monarchie damals scheiterte, dann lag das unter anderem auch daran, dass mein Urgroßvater Franz Joseph immer nur auf Probleme reagierte, statt zu regieren. Katharinas und meine schöpferischen Visionen hatten sich in der Gestaltung des Gebäudes erschöpft, nun konnte ich von früh bis spät nur noch auf die Probleme des Tagesgeschäfts reagieren.

Katharina schien trotz allem ganz zufrieden zu sein. Die Würde ihres neu gewonnenen Adels hatte sie leider nicht allzu lange halten können. Zwar wandelte sie nach wie vor gerne durch die Gänge und grüßte mit damenhaftem Winken, nachmittags hockte sie dann aber in der Lobby, bis sie dort einnickte. Bald galt die alte Besitzerin, in einem modischen Ledersessel alle viere von sich gestreckt vor sich hin schnarchend, als besondere Attraktion unseres Hotels. Geschwätzig war Katharina außerdem immer noch, und da ich kaum mehr Zeit hatte, um mich mit ihr zu beschäftigen, redete sie den Gästen und dem Personal die Ohren wund. Zudem wurde sie zunehmend schwerhörig.

»ICH BIN JA IN ERSTER EHE MIT EINEM HABSBURGER VERHEIRATET GEWESEN!«, brüllte sie jedem ins Gesicht, der es hören oder nicht hören wollte, und das war mir fürchterlich unangenehm. Nicht, weil ich ein Geheimnis daraus hätte machen wollen. Doch die Leute lachten. Und so lernte ich auch die Kehrseite des Stolzes kennen:

die Scham. Wie fürchterlich begann ich mich für meine Mutter zu schämen, als sie nun älter und fast vollständig taub wurde. Ich schämte mich um ihretwillen, um meinetwillen, aber ganz besonders sorgte ich mich um den Ruf der Habsburger. Heute weiß ich, wie lächerlich das war, denn auch die Habsburger hatten Närrische in ihren Reihen, mehr als genug. Sie kennen vielleicht meine Namensvetterin, »Johanna, die Wahnsinnige« genannt? Und die war noch eine von den Vernünftigeren, glauben Sie mir.

Na, damals meinte ich jedenfalls, eine ganze imperiale Sippe könnte Schaden nehmen an einer alten, quatschenden Hotelbesitzerin wie meiner Mutter. Ich wünschte sogar, Katharina käme mehr nach Großmutter Else und würde mit der Zeit grau und durchsichtig werden, aber nichts da, sie wurde immer lauter und bunter. Heute übrigens bewundere ich sie dafür.

Die Probleme auf meinem Schreibtisch indessen wurden Tag für Tag, Jahr für Jahr zahlreicher, meine Haare weißer, die Rücklagen knapper, bis schließlich gar nichts mehr übrig war von meinem Erbe. Sehen Sie, das Problem an einem Wintersportort ist ja das folgende: Er mag eine Goldgrube sein, aber eben nur im Winter. Den ganzen Sommer über stand unser Hotel gähnend leer, und das winterliche Fass war dann doch nicht gar so bodenlos, dass es uns durch die zweite Hälfte des Jahres hätte bringen können. Und dann stand weiterer Ärger ins Haus.

Sie können sich die Art von Ärger schon vorstellen, Fräulein Claudia: Ich verliebte mich wieder. In Giorgio Fialla. Später erfuhr ich allerdings, dass er eigentlich ein stinknormaler Schorsch war, also ein Georg, und nicht einmal Italiener, weil der Name Fialla aus dem Böhmischen kommt wie unsere beiden Annas. Jedenfalls tauchte dieser Giorgio Fialla eines Winters in unser Hotel zum Skifahren auf. Er reiste allein, war nicht so schön wie Freddy und nicht so schmächtig wie Anton, ein Durchschnittstyp sondergleichen, jedoch äußerst interessiert an mir. Oh, nicht nur an mir, zu Beginn an allem und an jeder! Tag für Tag jagte er einer anderen Dame hinterher, manchmal sogar wortwörtlich, denn auf den Skiern war er sehr geschickt. Dabei hatte er es nicht auf die jungen Schneehäschen abgesehen, die noch mit ihren Eltern reisten, sondern auf gestandene Damen, auf Fabrikantenwitwen und Ehegattinnen von jenen reichen Direktoren, die sich mittlerweile viel lieber mit ihren Sekretärinnen vergnügten. Giorgio dürfte jedoch kein rechtes Glück gehabt haben bei seinen Anbandelungsversuchen, denn nachts saß er immer allein an der Hotelbar. Dort freundete er sich mit Katharina an. Das war perfide, denn sie redete ja so gern, wenn's sein musste, sogar mit mittelmäßigen Schleimsäcken wie ihm. Er lud sie zu einem Drink an ihrer eigenen Hotelbar ein, sodass das Wort Einladung eher metaphorisch gemeint war, er bezahlte nämlich nichts, nie. »ICH WAR JA IN ERSTER EHE MIT EINEM HABSBURGER VERHEIRATET«, schrie Katharina ihn an, bevor sie sich den Strohhalm in den Mund steckte. Giorgio Fialla lachte nicht. Stattdessen drehte er sich zu mir um, ich wischte nämlich gerade hinter seinem Rücken die Tische ab: »Stimmt das?«

Nun, hätte ich etwa lügen sollen? Vermutlich wäre das klüger gewesen, doch in diesem Moment antwortete ich ganz arglos: »Aber sicher, er war mein Vater.« Und dann erzählte ich ihm die ganze Geschichte, und weil Giorgio gar so interessiert zuhörte und kein einziges Mal lachte, tat ich es ausführlich und gerne. Von diesem Augenblick an wich Giorgio mir nicht mehr von der Seite. Zu Beginn war ich nicht einmal verliebt in ihn, ganz im Gegenteil, er war mir sogar lästig. Immer wieder hätte ich ihn gerne weggeschickt, aber dann wiederum tat er mir leid. Wissen Sie, bei seiner ganzen Mittelmäßigkeit hatte er etwas sehr Rührendes, sogar Bemitleidenswertes an sich. Denn egal, was man ihm auch erzählte, Giorgio fiel immer eine Episode aus seinem eigenen Leben ein, die noch viel tragischer war. Ich war ein Scheidungskind? Er war ein Waisenkind! Mein Großvater war von einem Soldaten erschossen worden, nach dem Krieg noch? Sein Großvater und seine Großmutter waren ebenfalls auf diese Art und Weise umgekommen und drei Tanten und zwei Onkel noch dazu. Mein Ex-Mann war verstorben? Genau wie seine Frau, und die Frau, die er davor gehabt hatte, und die davor. Natürlich stimmte kein Wort von dem, was er sagte, aber damals glaubte ich ihm, weil ich ihm gerne glauben wollte. Was ist denn Glück anderes als Relativitätstheorie? Im Vergleich zu Giorgio hatte ich immer relativ viel Glück gehabt, und das fühlte sich gut an. Deswegen saß ich dem Irrtum auf, dass Giorgio mich sehr glücklich machte. Gleichzeitig fühlte ich mich ihm gegenüber immer ein bisschen schuldig, gerade so, als hätte ich ihm auch noch dieses bloß relative Glück direkt aus der Hosentasche gefladert. Ich wollte ihm etwas zurückgeben. Es begann mit kleinen Summen. Giorgio brauchte zum Beispiel sein Zimmer nicht zu bezahlen, den ganzen Winter über nicht. Die Getränke, die er sich in immer größerer Anzahl gemeinsam mit Katharina an der Bar hinter die Binde kippte, blieb er ja von jeher schuldig, und auch seine Speisen gingen bald aufs Haus. Dann begann er, sich Geld auszuleihen. Er erzählte, dass er noch irgendwo einen Onkel hatte, der nicht erschossen worden war, immens reich. Giorgio selbst war freilich bei jeder seiner früheren Arbeitsstellen vorne und hinten nur ausgenommen worden, sodass er keinen müden Groschen mehr hatte, »und munteren auch keinen!«, sagte er, dabei stand das Wasser in seinen Augen wie bei der Schneeschmelze. Nur der Onkel konnte ihm noch aus der finanziellen Patsche helfen, aber der war Geschäftsmann durch und durch und wollte kein neues Geld herausrücken, bevor Giorgio nicht eine alte Schuld beglichen hatte. Ich verdrückte vor Mitleid ein Tränchen und zahlte. Dann wollte der Onkel allerdings noch eine Sicherheit für seine Kredite haben, und schon überschrieb ich dem Neffen das halbe Hotel. War ich dumm, Fräulein Claudia? Ich kann es nicht einmal auf die Liebe schieben. Es war mehr dieses Gefühl, einem armen Menschen helfen zu können. Aus heutiger Sicht war das der erste, wackelige Schritt in Richtung meiner Erkenntnis, bei dem ich allerdings noch ordentlich auf die Nase fallen sollte. Denn als es Frühling wurde, machte mir Giorgio einen Heiratsantrag, und ich nahm ihn, ohne zu zögern, an. Wissen Sie, Anton hatte mich zur Kaiserin ohne Nutzen gemacht, Giorgio jedoch gab mir eine Aufgabe, nämlich sein eigenes Wohlergehen.

Man stellt sich einen Heiratsschwindler gemeinhin als listigen Schönling vor, nicht wahr? Dabei reicht es in Wahrheit, ein über die Jahre hinweg etwas verhärtetes Herz erweichen zu können. Und wenn er auch sonst keine Talente hatte: Weichspülen, das konnte der Giorgio Fialla.

Ich vernachlässigte zusehends das Hotel, kümmerte mich weder um die Zimmer noch um das Personal oder die finanziellen Angelegenheiten, meine einzige Sorge galt Giorgio. Ich las ihm die Wünsche von den Augen ab, und wenn ich es einmal nicht tat, verfiel er in eine unerträgliche Litanei, sodass er schließlich immer alles bekam, was er sich wünschte. Dann verhielt er sich sehr liebenswürdig und dankbar und hatte direkt schon wieder einen anderen Wunsch in den Augen, den ich unverzüglich zu erfüllen versuchte. Es war ein ganz neuer Strudel, in den ich da geraten war, eine erneute Sisyphosarbeit, nur dass mir Giorgio mehr am Herzen lag als die Papiere in meinem Büro und er mich deshalb besonders in Anspruch nahm.

Eines Tages bekam ich allerdings einen unerwarteten Anruf, am anderen Ende der Leitung befand sich zu meiner größten Überraschung mein dämlicher Cousin. Er informierte mich darüber, dass Tante Klara in der vorangegangenen Nacht sanft entschlafen wäre. Ich bedankte mich für die Mitteilung mit der traurigsten Stimme, die ich in diesem Moment aufbringen konnte, aber alles, woran ich denken konnte, war die Möglichkeit eines erneuten Erbes, mit dem ich Giorgio wieder etwas Gutes tun könnte, wenigstens für einen Tag. Leider hatte Tante Klara mich bereits ergiebig ausbezahlt, ich hoffte vergebens.

Als ich Katharina die Nachricht von Klaras Ableben übermittelte, lachte diese erst einmal laut: »Dann hab ich's doch länger gemacht als die alte Streberin!«

Katharina hatte tatsächlich gut lachen. In ihren allerletzten Jahren hat sie noch all das erreicht, was sie jemals hatte erreichen wollen: Sie war von einer bloßen Lebedame zur Ehefrau eines Adeligen geworden und hatte ihre Zwillingsschwester im Spiel namens Leben besiegt.

Darum war es keine Überraschung, dass sie kurze Zeit darauf selbst »sanft entschlief«, denn was hätte sie sonst noch mit sich anfangen sollen. Wir bestatteten Katharina am Dorffriedhof in einem Urnengrab, ohne jeden Stein oder Prunk. »Sie hätte ja nichts mehr davon!«, sagte Giorgio, womit er durchaus nicht unrecht hatte, aber was er wirklich meinte, war: »Wir haben mehr von dem Geld!« Und mit »wir«

meinte er sich selbst. Ich trauerte natürlich um Katharina, aber nicht so sehr, wie ich es vielleicht hätte tun sollen, nur ganz leise und heimlich weinte ich in mein Kopfkissen, da ich fürchtete, Giorgio mit meinem Leid zu stören. Und hatte er seine Mutter denn nicht schon viel früher verloren, als kleines Kind? Ich glaubte, für ihn stark sein zu müssen, und was von Katharinas Besitz nun in meinen überging, investierte ich ausnahmslos in Giorgio. Wenn ich heute daran zurückdenke, frage ich mich, was er mit dem ganzen Geld und den vielen Geschenken überhaupt angefangen hat. Denn Giorgio war ja ein fürchterlicher Müßiggänger, der sich winters nur auf den Skipisten und sommers an den Badeseen herumdrückte, ohne jedes Ziel oder Ehrgeiz, höchstens, dass er einmal Frauen beeindruckte, indem er ihnen erzählte, ein echter Habsburger zu sein. Die Bewunderungsbekundungen einiger naiver Damen waren die einzigen namhaften Erfolge seines Daseins, anders als Freddy jedoch verbitterte er nicht darüber, ganz im Gegenteil, wenn es nach Giorgio gegangen wäre, hätte es ewig so weiterlaufen können, solange nur der Rubel rollte. Irgendwann rollte er aber eben nicht mehr. Ich wurde von meiner Bank in Kenntnis gesetzt, dass das gesamte Hotelprojekt in die Binsen gegangen war, man wollte das Haus zwangsräumen. Giorgio war anfangs gar nicht allzu verdrießlich darüber: »Ach«, sagte er, »wir kaufen uns einfach ein neues Haus!«

»Mit welchem Geld denn?«, fragte ich verzweifelt, und Giorgio sah mich ahnungslos an. Da begriff ich, dass in seiner Vorstellung Adel untrennbar mit Reichtum zusammenhing. Von Gottes Gnaden et cetera konnten ihm gestohlen bleiben, solange nur die materiellen Werte stimmten. Dass diese allerdings nicht gezwungenermaßen mit der historischen Bedeutung eines Adelshauses übereinstimmten, schockierte ihn so sehr, dass er von heute auf morgen verschwand. Und mit ihm verschwanden alle Sparbücher und Wertpapiere, mit denen wenigstens noch kleine Summen zu retten gewesen wären. Natürlich ging ich sofort zur Polizei, aber die Beamten meinten bloß, ich sollte mich beruhigen, ein erwachsener Mann könne ja auch einmal ohne seine Ehefrau verreisen, wenn er die Schnauze voll hätte. Ich erklärte, dass es mir gar nicht so sehr um den Mann ginge wie um die Sparbücher und die Wertpapiere. Daraufhin meinten die Beamten, dass es ja immerhin auch seine Sparbücher und seine Wertpapiere wären, sogar ein bisschen mehr seine als meine, schließlich wäre er der Mann in unserer Ehe. Dem konnte ich schwerlich widersprechen, allerdings wollte ich nicht einsehen, weshalb sein Geschlechtsteil reichen sollte, um einen Diebstahl zu legalisieren, na, und so stritt ich eine Zeit lang mit den Polizisten hin und her. Irgendwann leiteten sie dann doch eine Fahndung ein, die aber wie erwartet zu keinem Erfolg führte, Giorgio Fialla hatte ja ein auffallend durchschnittliches Gesicht, optimal geeignet für absolut nichtssagende Fahndungsplakate. Ich wette, er lebt heute noch, denn Unkraut vergeht nicht, und lebt sogar ausgezeichnet bei einer Dame, die ihn aushält und möglicherweise noch dümmer ist als ich, in jedem Fall aber bedeutend reicher.

Von jetzt auf gleich war ich also mittellos, obdachlos und was man sonst noch an schweren Losen ziehen konnte. Nur das Kästchen meines Vaters besaß ich noch, das mit dem ganzen Kaiserzeug, und welch Glück war es gewesen, dass ich Giorgio niemals das Kästchen gezeigt hatte. Oh, ich kann mir schon vorstellen, wie wollüstig er es ausgeweidet und all die edlen Stücke zum Pfandleiher getragen hätte oder schlimmer noch, alles in dunklen Spelunken an irgendwelche Gauner verscherbelt. Wenn ich heute daran denke, wird mir immer noch ganz schlecht! So aber nahm ich das Kästchen sowie den handschriftlichen Bericht des alten Leitmeiers und fuhr damit nach Wien. Freilich kam mir kurz einmal der Gedanke an meinen dämlichen Cousin, der mit seiner Nachkommenschaft nach wie vor an der Ringstraße residierte und mir möglicherweise etwas Geld geliehen hätte, sofern er gerade in gönnerhafter Laune gewesen wäre. Meinen neuen Stolz allerdings hatte ich trotz meiner Pechsträhne nicht vollständig verloren. Lieber zog ich in die winzigste Wohnung, die in ganz Wien zu finden war, und suchte mir eine Arbeit als Putzfrau. Na, da staunen Sie zu Recht, Fräulein Claudia! Hätte man das denn ahnen können, als man mich als kleines Mädchen die ehrwürdigen Treppengeländer im Ringstraßenpalais hinunterrutschen sah, dass ich einmal die Hände in die Toiletten anderer Leute stecken würde? Mein Großvater Alois hätte sich im Grabe umgedreht, wenn er mich so hätte sehen können! Mein Großvater Rudolf nicht. Ja, ich glaube sogar, Rudolf hätte großen Gefallen daran gefunden, dass seine Enkelin eine richtige Arbeit verrichtete und eine wortwörtlich reinigende Wirkung hatte in der Welt. Es ist seltsam, Fräulein Claudia, aber ausgerechnet beim Kloputzen dachte ich das erste Mal auf diese Art und Weise an den Kronprinzen, ich meine, ohne die Krone und das ganze Prinzen-Tamtam. Ich dachte an ihn als den Hans Witz, der er immer hatte sein wollen, an den geselligen Kurzwarenhändler mit dem ungesunden Hang zum Alkohol, der mit seiner viel jüngeren Gattin den gemeinsamen Sohn aufzog und die Hochs und Tiefs des bürgerlichen Lebens mit dem Genuss eines Urlaubers durchlebte. Sollte ich meinen Abstieg denn nicht auch als ein solches Privileg begreifen? Geld verpufft, aber Adel vergeht nicht. Das Saubermachen gefiel mir sogar besser als das ewige Problemewälzen von einer Seite des Büroschreibtischs auf die andere und tausendmal besser als das ewige Briefeschreiben oder das Bemuttern von Giorgio. Beim Putzen sah ich auf der Stelle, welche Wirkung mein Eingreifen hatte: Schmutz wurde zu Glanz, Gestank zu Duft.

Lange arbeitete ich in einer Volksschule und war dort Teil einer Putzkolonne bestehend aus zwanzig Frauen mit Kopftuch und Kittelschürze. Können Sie sich mich mit Kopftuch und Kittelschürze vorstellen, Fräulein Claudia? Ich hatte schon die herrlichsten Ballkleider getragen und die fürchterlichsten Fetzen, Arbeitskleidung hingegen war etwas ganz Neues für mich. Jeden Morgen stieg ich in meinen Kittel wie in ein Theaterkostüm und dachte daran, dass Rudolf sich ganz ähnlich gefühlt haben musste, wenn er sich für seine Inkognito-Touren durch die Vorstädte ankleidete. Wie er gab auch ich mir einen neuen Namen, eine neue Geschichte, stellte mich als alte Arbeiterin vor, über die Habsburger verlor ich freilich kein Wort. Die Lehrer waren herablassend, die Schüler frech, die Putzfrauen schroff untereinander. Doch ich war in meinem Kittel völlig immun gegen diese Ärgernisse des Alltags, ich dachte immer nur: »Wenn die bloß wüssten, wer die Frau in Wahrheit ist, die ihre Kaugummis unter den Tischen hervorkratzt!«, und da musste ich leise kichern.

In der Schule verdiente ich gerade genug, um Miete und Essen zu bezahlen, ich besaß weder Fernsehen noch Radio, aber das brauchte ich alles nicht mehr. Wenn ich abends allein in meiner Wohnung saß, nahm ich Vaters Kästchen zur Hand und legte die schönen Broschen, Orden und Schmuckstücke in feinsäuberliche Reihen auf den Küchentisch. Man mag sich gar nicht vorstellen, wie herrlich sie noch im Licht der banalsten Deckenlampe glitzerten. Auf wunderbare Medaillen geprägt, las ich die Daten von royalen Hochzeiten, Geburtstagen und Thronjubiläen, betrachtete Erinnerungsmünzen und militärische Orden, sogar einer der berühmten Sterne aus Kaiserin Sisis Frisur war dabei! Noch nie zuvor hatte ich mir die Zeit genommen, mir mein Erbe so genau anzusehen, und wie zuletzt in meiner Jugend begann ich mir nun wieder Geschichten zu erzählen. Jetzt waren es keine mittelalterlichen Ritter mehr, sondern meine adeligen Vorfahren, die diese Fantasien bewohnten. Und ich selbst war nicht mehr nur stille Beobachterin, sondern bewegte mich, mindestens genauso schillernd, zwischen Karl und Maximilian und Franz und Franz Joseph und Rudolf natürlich, nämlich als Kaiserin Johanna die letzte. Tagsüber schrubbte ich klebrige Schulfußböden, abends tanzte ich am Hofopernball. Das war kein schlechtes Leben, Fräulein Claudia, ich führte es mit Freude. Doch dann wurde ich in Pension geschickt. Die anderen Putzfrauen beneideten mich sehr, wir tranken gemeinsam heimlich Sekt in einer Lehrmittelkammer, das war's dann gewesen. Ich zog an diesem Abend zum letzten Mal den Arbeitskittel aus und zupfte mir das Kopftuch vom Haar.

So, und da saß ich nun in meiner Gemeindebauwohnung: die Kaiserin in ihrem goldenen Käfig. Na gut, ich konnte ja hinausgehen, wann immer ich wollte. Aber ich wollte gar nicht mehr. Mir war nicht klar, wozu. Hier drinnen hatte ich meine hübschen Kaisersachen, meine Träume, meine Vorfahren. Wozu noch die Wirklichkeit bemühen? Sehen Sie, so schnell fällt man in alte Muster zurück. Solange ich noch geputzt hatte, hatte ich die Bodenhaftung zumindest nicht ganz verlieren können, nun wurde ich wieder zum fantasierenden jungen Mädchen, das in ihrem Zimmer einen Bürgerkrieg verschläft. Als wäre dieses ganze lange Leben nie geschehen, als spielte mein wahrer Großvater gar keine Rolle! Ich hätte richtiggehend versanden können in der Wohnung. Wer würde schon eine Pensionistin vermissen, zudem eine ohne Familie, ohne Kinder? Ich hätte ganz einfach hinübergleiten können in dieses Jenseits, aus dem meine kaiserlichen Gefährten zu mir kamen, und Gott weiß, das wäre sicher bald geschehen. Doch dann gelangte ich eben zu meiner Erkenntnis.

Eines Tages musste ich nämlich doch unweigerlich meine Wohnung verlassen, da ich keinen Brösel zu essen mehr im Haus hatte. Ich trippelte vorsichtig, von der Einsamkeit recht misstrauisch geworden, die Treppen hinunter, als ich auf meine Nachbarin stieß. Meine Nachbarin war eine junge Frau und hatte ein kleines Kind, das im Rollstuhl saß. Oder auf jeden Fall war es ein kleines Kind gewesen, als ich ihr das letzte Mal begegnet war, nun war es ein ziemlich großes Kind, und schwer. Unser Haus hatte keinen Lift, die Frau musste das Kind, ein Junge war's, schleppen, doch das war schwierig für sie, denn sie selbst war zierlich.

»Na, gute Frau«, sagte ich, »das sieht ja lebensgefährlich aus, was Sie da aufführen.«

»Sicher«, antwortete sie, »aber was soll man machen?«

»Und wenn der Bub noch größer wird und noch schwerer«, fragte ich, »wie wollen Sie das dann machen?«

Die Nachbarin seufzte: »Dann muss er halt öfter oben bleiben müssen.«

Der Bub schaute mich mit großen, ernsten Augen an und nickte, als hätte er sich schon lange mit diesem schweren Schicksal, das ihm bald blühte, abgefunden.

Mir schauderte. Ich war ja eine alte Frau, wenn ich mir

meine Wohnung zum Mausoleum machte, so war das einzig und allein meine Sache. Er hingegen war ein junger Bursch, dem nur die Beine ein wenig versagt hatten und der darum nicht mehr in die Welt hinaus sollte?

»Ja, können Sie denn keine andere Wohnung finden, ihrem Buben zuliebe?«, herrschte ich die Nachbarin an, und sicher war ich viel zu forsch dabei, denn sie brach sogleich in bittere Tränen aus und musste sich samt Sohn auf die kalte Stiege setzen. Hätte ich diese Nachbarin gekannt, bevor ich Giorgio kennengelernt hatte, niemals wäre ich so auf ihn hereingefallen, denn dann hätte ich gewusst, wie echte Sorge aussah. Die Nachbarin schluchzte, dass sie alleinerziehend war und ihr ganzer Verdienst in die Betreuung vom Buben floss und in seine medizinische Versorgung und dass sie bei der Stadtgemeinde auf einer Warteliste stand für eine barrierefreie Wohnung, aber diese Liste wurde niemals kürzer und am freien Markt war sie sowieso ganz ohne Chance. Ich wusste nicht recht, was ich sagen sollte. Ich tätschelte der Nachbarin die Schulter, dem Buben das Haar, nuschelte irgendetwas wie: »Wird schon wieder«, war keine besonders große Hilfe und ging einfach weiter. Dabei rasten zahlreiche Gedanken durch meinen Kopf. Der erste Gedanke war eine Erinnerung an Tante Erzsi, vielleicht wegen dem Rollstuhl. Eigentlich war es jedoch eher die Erinnerung an einen Artikel über Tante Erzsi, den ich damals in Antons Hütte gelesen hatte: »Die rote Erzherzogin«. So wurde sie genannt, weil sie in zweiter Ehe mit einem Sozialdemokraten liiert gewesen war, einem gewissen Leopold Petznek, dessen Nachnamen sie letztendlich ja auch trug. Und sie hatte nicht nur diesen Mann geheiratet, sondern sozusagen auch seine Überzeugungen. Wobei, das ist nicht ganz richtig. Sie hatte diesen Mann geheiratet, eben gerade wegen seiner Überzeugungen, weil er die gleichen Überzeugungen hatte wie sie und wie ihr Vater. Heißt es nicht, dass jede Frau in einem Mann nur ihren Vater sucht? Na, an meinen Vater kam jedenfalls keiner meiner drei Ehemänner jemals heran. Erzsi war da erfolgreicher, jedenfalls beim zweiten Versuch, sie suchte sich einen Mann aus dem Volk, einen mit sozialem Gewissen! Sie selbst öffnete die Tore ihres Schlosshofes für die armen Arbeiterkinder in der Umgebung, half ihnen mit Obst und Gemüse aus und verkaufte am ersten Mai eigenhändig Nelken für einen guten Zweck. Im Gegenzug blockierten an die hundert Arbeiter den Eingang ihres Schlosses, als die Polizei ihre Kinder abholen und dem geschiedenen Ex-Mann überbringen wollte, der hatte nämlich nach damaligem Gesetz das Sorgerecht. Die Polizei musste ungetaner Dinge abziehen und der Bund zwischen den Roten und der Erzherzogin war endgültig besiegelt. Selbst mit dem jungen Kreisky – Bruno Kreisky ist Ihnen doch sicher noch ein Begriff, Fräulein Claudia? Der sozialdemokratische Bundeskanzler der Siebzigerjahre, der berühmteste österreichische Bundeskanzler überhaupt vielleicht? Na, Gott sei Dank, sonst hätte ich Ihnen direkt sagen müssen: Lernen's ein bisserl Geschichte! – Selbst mit dem jungen Kreisky war Erzsi eng befreundet gewesen, und er soll des Öfteren vor seinen Genossen gesagt haben, dass man für alltagstaugliches Politikverständnis ausschließlich von Arbeitern und von Hochadeligen etwas lernen kann. Was genau er damit gemeint hat, weiß ich nicht, jedenfalls fiel mir dieser Satz ein, als ich von der weinenden Nachbarin davonschlich.

Und gleich darauf dachte ich an die Gräfin Triangi. Sie erinnern sich doch, die narrische Gräfin mit ihren musikalischen Einlagen. An die Einlagen dachte ich aber gar nicht, ich dachte vielmehr daran, wie sie hinterher ihr Geld zählte. Ihr winziges Gehalt haben die beiden Annas geopfert und die anderen Dienstmädeln und Hausmeister und Kleinbürger im Zuschauerraum, nur um die Gräfin auszulachen. Tante Erzsi und die Gräfin Triangi – es waren zwei ganz unterschiedliche Frauen aus zwei unterschiedlichen Welten, und doch verschmolzen sie jetzt miteinander, und zwar in mir. Hatten die Leute sich nicht immer prächtig amüsiert, wenn Katharina ihnen ihre Habsburger-Geschichte ins Gesicht brüllte? Hätten wir dafür Eintritt verlangt, wäre wohl eine ganz hübsche Summe zusammengekommen. Glücklicherweise haben wir das nicht getan – ich hätte ja doch alles nur Giorgio in den Allerwertesten geschoben. Aber nun wusste ich einen besseren Ort für das Geld.

Ich ging an diesem Tag nicht mehr zum Lebensmittelmarkt, wie ich es mir vorgenommen hatte, sondern in ein Modegeschäft und kaufte mir meinen Hut mit der Feder drauf. Er sieht recht drollig aus, nicht wahr? Er erinnert an die alten Tage, an Jagdgesellschaften und Pferderennen in Ascot, es ist ein Hut, wie man ihn sich von einer exzentrischen Adeligen erwartet. Denn exzentrisch wollte ich sein, oh, die Welt sollte noch keine größere Exzentrikerin gesehen haben!

Als Nächstes musste ich meine Wohnung umgestalten. Mein Kästchen, das ich immer so gut gehütet hatte, wurde jetzt rasch entleert, die Broschen, Münzen, Orden sorgsam im Raum verteilt als kaiserliche Dekoration, Sisis Haarstern wurde mir zur Brosche. Was so lange nur für meine Augen bestimmt gewesen war, sollte nun seinen Weg zum Volke finden. Auf einem Flohmarkt erwarb ich günstig ein riesiges Gemälde der Kaiserin Elisabeth, denn von Rudolf oder gar von Mary war partout keines zu bekommen, und die

Leute würden von der schönen Sisi ohnehin am meisten beeindruckt sein. Den Bericht des Peter Leitmeier steckte ich Seite für Seite in Bilderrahmen und hängte sie neben die Kaiserin. Fertig war mein Palast. Daraufhin ging ich zur Post und ließ dort hundert Handzettel ausdrucken mit der Aufschrift: *»Audienz bei der allerletzten Kaiserin. Montag bis Freitag, 10 – 17 Uhr. Eintritt: 5 Schilling. Johanna Fialla, geborene Witz, eigentlich Habsburg-Lothringen.«* Und dann freilich noch meine Adresse.

Mit diesen Handzetteln stellte ich mich in die Nähe des Ausgangs der Kapuzinergruft. Wer ihre Grabstätten besuchte, hatte zumindest grundsätzlich Interesse an der kaiserlichen Familie, vielleicht also auch an einem lebenden Mitglied. Ich drückte jedem, der aus der Gruft kam, einen Zettel in die Hand. Die meisten Leute warfen keinen einzigen Blick darauf, sondern steckten ihn einfach ein, oft zusammengeknüllt wie ein gebrauchtes Taschentuch. Nur ein Urlauber aus der Schweiz blieb stehen, las gemächlich den Zettel und fragte dann ebenso gemächlich: »Die allerletzte Kaiserin, sind das Sie?«

Ich antwortete mit mysteriösem Lächeln: »Finden Sie es am Montag heraus!«

Am Montag wachte ich sehr früh auf, schminkte mich und machte mir die Haare, ein bisschen aufgedonnert, aber gerade noch einer Kaiserin würdig. Oben auf der Frisur platzierte ich den Hut, und dann wartete ich. Wenn niemand käme, dachte ich, dann wäre alles verschwendete Liebesmüh gewesen. Dann hätte ich das Geld für den Hut, das Sisi-Bild und die Handzettel lieber der Nachbarin gegeben, damit sie ihrem Sohn ein paar Videokassetten kaufen konnte oder was weiß ich, was ihm das Leben in der Wohnung ein bisschen schöner machte. Wenn niemand käme, könnte ich mich guten Gewissens in meine Traumwelt zurückziehen und ins Jenseits steigen, wann immer es mir passte. Wenn niemand käme, dann hätte es keinerlei Vorteil gehabt, eine Habsburgerin zu sein.

Doch dann klingelte es. Herein trat der Schweizer, dem ich den Zettel gegeben hatte, in Begleitung seiner Gattin.

»Aha«, sagte er, »dachte ich es mir doch.«

Dabei klang er weniger enttäuscht, als ich gefürchtet hatte.

»Fünf Schilling pro Person«, sagte ich, »und dann erzähle ich Ihnen alles über die abenteuerliche Flucht von Kronprinz Rudolf und der Baroness Mary Vetsera sowie ihrem gemeinsamen Leben, dessen Spross ich bin.«

»Das haben wir doch schon alles gehört«, wandte der Schweizer ein, »bei der Führung durch die Kapuzinergruft!«

»Nanana«, sagte ich und schwang dabei sehr majestätisch meinen Zeigefinger, »diese Geschichte haben Sie sicher noch nicht gehört! Die zehn Schilling zuerst, bitte!«

Widerwillig zahlte der Schweizer, und dann begann ich zu erzählen.

Ich habe sicherlich ganz fürchterlich wirr gesprochen und jede Menge ausgelassen, da ich ja so aufgeregt war. Dafür flocht ich ganz besonders viele noble Wörter ein, wie »alsdann« und »hernach« und »vergelt's Gott«. Wenn ich zwischendurch fürchtete, ins Stottern zu geraten, blickte ich zu meiner Urgroßmutter Sisi hinauf, grad so, wie ich hier im Gasthaus immer zum Franz Joseph hinaufschaue. Sie ist ja eine Dichterin gewesen, die Sisi, und ein bisschen etwas von ihrer Wortgewandtheit hat wohl doch auf mich abgefärbt. Was soll ich sagen: Das Schweizer Ehepaar amüsierte sich köstlich! Als ich zum Ende meines Vortrags kam, klatschten sie lachend in die Hände.

»Sowas«, kicherte die Frau, »da ist man einmal für drei Tage in Wien und trifft gleich die Kaiserin von Österreich.«

Dann fragte sie, ob sie ein Foto mit mir machen könnte, und tollkühn sagte ich: »Das kostet aber zwei Schilling extra!« Sie zahlten noch einmal fünf.

Die Schweizer blieben zum Glück nicht meine letzten Gäste. Am Anfang ging es freilich noch ein bisschen zäh voran, da saß ich manchmal viele Stunden lang auf meinem Thron, also dem Küchenstuhl, und wartete, bis die Glocke läutete. Stets war da die Angst, dass sie gar nicht mehr läuten würde, aber irgendwann tat sie es dann doch, und herein kamen oft Touristen, manchmal allerdings auch neugierige Wiener, die meinen Handzettel irgendwo aufgeklaubt hatten und gar nicht glauben konnten, dass es noch eine Kaiserin gab, von der sie überdies bis jetzt nie etwas gehört hatten.

»Ich habe ehrlich gesagt gehofft, wir würden hier der Zita begegnen!«, gestand mir eine Dame, die meinen Flyer offensichtlich nicht allzu aufmerksam gelesen hatte. Zita, die Ehefrau des letzten »Kaisers« Karl, lebte damals noch, aber nicht in Österreich. Sie hatte sich nämlich geweigert, die Verzichtserklärung zu unterschreiben. Einreisen durfte sie mittlerweile trotzdem, Erzsis alter Kumpel Kreisky hatte ein Schlupfloch im Gesetz gefunden und das für sie geregelt. Ansonsten gab sie aus ihrem Schweizer Exil heraus manchmal noch Interviews in Illustrierten und sah meiner Tante Klara ein klein wenig ähnlich, jedenfalls hatten sie denselben, wohl matriarchisch zu nennenden Gesichtsausdruck.

»Da muss ich Sie enttäuschen«, sagte ich zu der Dame, »aber ich bin im Grunde ja noch kaiserlicher als die Zita. Sie war ja bloß angeheiratet. Und wäre es mit rechten Dingen zugegangen, dann wäre ihr Gatte Karl doch niemals ...« – und schon war ich mitten im Erzählen. Die Dame dürfte ihre fünf Schillinge nicht bereut haben.

Natürlich blieb es nicht nur beim Sprechen, ich zeigte auch meine Erbstücke herum, und wenn man ein paar Schillinge drauflegte, führte ich einen echt höfischen Tanz auf. Nun ja, es waren jene Schritte, die ich so oft in Gedanken getanzt hatte mit all den höfischen Gestalten um mich herum, sie entsprangen also meiner Fantasie und waren trotzdem echt höfisch. Übrigens tat das Tanzen meiner armen Hüfte gar nicht gut, nach ein paar Aufführungen hatschte ich ganz schön. »Wie der Kaiser Franz Joseph!«, rief ein Besucher aus Bad Ischl begeistert, der all seinen Freunden zu Hause von mir erzählen wollte. Ich habe Ihnen ja ganz zu Beginn schon gesagt, das Hatschen wird noch von Bedeutung sein! Denn wenig später kam wirklich ein Reisebus aus Bad Ischl an, und jeder einzelne Fahrgast zahlte zehn Schilling und quetschte sich in meine kleine Wohnung, um mir zu lauschen.

Was soll ich sagen: Innerhalb kürzester Zeit hatte ich mit meinen Audienzen so viel Geld zusammengesammelt, dass ich für unser Haus den Bau eines Aufzugs finanzieren konnte. Freilich war das ein Geschenk an die Nachbarin und ihren Sohn, die diese Wende ihres Schicksals kaum fassen konnten. Allerdings kam mir der Lift schon bald selbst zugute wegen der schmerzenden Hüfte. Dennoch führte ich die Audienzen fort, Woche für Woche, bloß die Tänze wurden etwas seltener. Endlich hatte ich meinen Platz in der Welt gefunden. Wie seltsam schien es mir nun, dass es mir jemals wichtig gewesen war, von den anderen Habsburgern als eine der Ihren anerkannt zu werden, oder wenigstens vom Bundespräsidenten. Was hätte mir das schon gebracht? Ein Schloss, eine Krone, ein paar Diener vielleicht? Nein, ich war eine Dienerin des Volkes, das wusste ich nun! Da war so viel Leid, so viel Armut, und wer war besser dazu geeignet, dem allen ein Ende zu setzen, wenn nicht die Kaiserin von Österreich? Adel verpflichtet, Fräulein Claudia, merken Sie sich das!

ZWISCHENWORT DER AUTORIN CLAUDIA HENDL

Anders als sonst war Frau Fialla am Ende ihrer Erzählung müde geworden, ihre Stimme schwach und sie sah noch blasser aus als beim Hereinkommen. Schnell brachte ich ihr Kaffee und Gugelhupf, doch sie rührte beides nicht an. Sie schien wieder einmal so völlig in Gedanken versunken zu sein, wie nur sie es konnte. Diesmal schien allerdings nicht einmal der Kaiser mehr Zugang zu ihr zu haben, sie starrte völlig ins Leere. Eine Zeit lang wartete ich geduldig, dann begann ich mir aber doch Sorgen zu machen und stieß sie leicht mit dem Finger in die Schulter. Erschrocken zuckte Frau Fialla zusammen und blickte mich an.

»Fräulein Claudia!«, rief sie, als wäre sie gleichermaßen erstaunt und erfreut, mich hier zu sehen. Dann tat sie etwas sehr Ungewöhnliches: Sie ergriff meine Hand. So lange sahen wir uns nun schon beinahe täglich, saßen montags sogar stundenlang beieinander, und doch hatte sie mich noch nie berührt, außer wenn es darum ging, irgendwohin »geleitet« zu werden. Jetzt umklammerte sie meine Hand, reckte den Kopf vor und bedeutete mir, ebenfalls den Hals zu strecken, sodass wir die Köpfe richtiggehend zusammensteckten wie zwei Schulmädchen, die etwas ausheckten.

»Ich habe mit Ihrer Mutter gesprochen«, flüsterte Frau Fialla.

»Das weiß ich doch«, antwortete ich, aber offensichtlich zu laut, Frau Fialla funkelte mich böse an. Ich fuhr sehr viel leiser fort: »Sie war ziemlich irritiert nach dem Gespräch.«

Frau Fialla lachte gedämpft, dann flüsterte sie: »Es ist alles haargenau so, wie ich gedacht habe.«

»Was haben Sie denn gedacht?«

Frau Fialla richtete sich wieder ein bisschen auf, wie um mich besser sehen zu können, in meiner Gesamtheit, meine Hand ließ sie dabei jedoch nicht los.

Schließlich erklärte sie: »Ihre Ururur- und so weiter Großmutter war die Wirtin dieses Gasthofes, als *er* hier war.«

Sie betonte das »er« so, dass es keine weitere Erklärung mehr brauchte, dennoch nickte sie in Richtung des Kaiserbildnisses.

»Ich … glaube schon …«, antwortete ich.

»Es ist so!«, erwiderte Frau Fialla streng. »Ihre Mutter hat es bestätigt.«

»Na, wenn meine Mutter das sagt«, sagte ich.

Frau Fialla drückte meine Hand fester, so fest, dass es sogar ein bisschen wehtat. So viel Kraft hatte ich ihr gar nicht mehr zugetraut.

»Fräulein Claudia, wie soll ich es am besten formulieren? Wo ich doch weiß, wie prüde Sie sind! Na, lassen Sie es mich so sagen: Unser Kaiser Franz Joseph hier war ein lebenslustiger Mann. Die Wirtin, Ihre Ururur- und so weiter, eine Frau. Sie verstehen schon?«

Ich verstand nicht. Frau Fialla seufzte und beugte sich noch einmal nach vorne, flüsterte nun direkt in mein Ohr hinein:

»Es kann sein … nein, es ist sogar völlig sicher, Fräulein Claudia: Wir beide sind miteinander verwandt!«

Ich ließ Frau Fiallas Hand los, um mich am Kopf zu kratzen.

»Sie meinen also …«, fing ich vorsichtig an, aber ich musste den Satz gar nicht zu Ende bringen, natürlich meinte sie.

»Und?«, fragte Frau Fialla und schaute mich erwartungsvoll an. Was sollte ich darauf antworten? Einen kurzen Augenblick lang dachte ich, ich müsste laut loslachen, oder husten, es kitzelte schrecklich in meinem Hals, ich räusperte mich.

»Ich nehme an, dass es dafür auch Beweise gibt?«, fragte ich schließlich mit belegter Stimme. Frau Fialla blickte mich entgeistert an.

»Einen Beweis«, wiederholte sie in einem Tonfall, als wäre das ein schmutziges, ihrem adeligen Mund unwürdiges Wort, »gibt es immer …«

Jetzt würde sie jeden Moment irgendein Dokument, einen weiteren Bericht oder Brief oder weiß der Kuckuck was aus ihrer Tasche hervorzaubern, irgendetwas, das mich als waschechte Habsburgerin legitimierte, dachte ich. Doch nichts dergleichen geschah.

»… aber ich besitze ihn nicht«, beendete Frau Fialla ihren Satz. Ich wusste nicht, ob ich enttäuscht oder erleichtert sein sollte, und entschied mich schließlich für Letzteres.

»Na ja«, sagte ich und lächelte, »dann wird es wohl etwas schwierig, meine Abstammung zu belegen, nicht wahr?«

Das war allerdings offensichtlich gar nicht das, was Frau Fialla hatte hören wollen. Sie kniff die Augen zusammen, presste die Lippen aufeinander und griff nach dem Erstbesten, was sie zu fassen bekam, nämlich der Kuchengabel. Damit schlug sie nun nach jedem Wort gegen die Tischkante: »Haben – Sie – mir – denn – überhaupt – nicht – zugehört?« So aufgebracht hatte ich Frau Fialla noch nie erlebt. Erschrocken entriss ich ihr die Gabel, was unerwartet einfach ging, ihr Griff war schwach. Überhaupt wirkte sie plötzlich wieder kränklich und müde, vor allem aber unfassbar alt. Erschöpft lehnte sie sich auf ihrem Stuhl zurück.

»Das versuche ich Ihnen doch die ganze Zeit zu sagen«, murmelte sie kraftlos, »Kaiserin ist nur, wer selbst daran glaubt!«

Und verschwörerisch, vielleicht auch ein bisschen hoffnungsvoll, wanderte ihr Blick wieder hinauf zum Kaiser, ihrem Urgroßvater, meinem Ururur- und so weiter.

Am nächsten Tag kam Frau Fialla nicht. Ich wunderte mich, hatte sie doch noch nie ihren Zander und ihr Himbeerwasser ausgelassen, seit sie so unverhofft in unserer Gastwirtschaft erschienen war. Trotzdem versuchte ich, mir keine allzu großen Sorgen zu machen. Vielleicht war es nur eine kleine Verkühlung, die sie auskurieren musste. Oder sie brauchte ein paar Tage Ruhe. Oder sie wollte mir ein bisschen Zeit allein mit dem Kaiser geben. Solange in der Gaststube nichts los war, saß ich nun auf Frau Fiallas Stammplatz und blätterte dort in meinem Schreibratgeber.

»Stellen Sie sicher, dass Ihr Text etwas mit Ihrer ganz persönlichen Geschichte zu tun hat!«

Auch am nächsten Tag kam Frau Fialla nicht. Und am Tag darauf ebenso wenig. Langsam halfen die Selbstbeschwichtigungen nicht mehr. Aber was sollte ich tun? Ich wusste nicht einmal, wo Frau Fialla wohnte. Lebte sie allein? Und warum hatte ich sie das nie gefragt? Ich kam auf die Idee, beim nächstgrößeren Krankenhaus anzurufen und zu fragen, ob eine alte, exaltierte Dame eingeliefert worden war. Doch welche Berechtigung hätte ich schon, Auskunft zu erhalten? »Ich bin die Kellnerin ihres Stammlokals und möglicherweise auch eine Cousine fünften oder sechsten Grades?«

Es schien mir aussichtslos. Mir blieb von Frau Fialla nichts als die Interviews auf meinem Computer und der sauber gefaltete Bericht ihres Ex-Schwiegervaters Peter Leitmeier. So verging die ganze Woche, ohne dass ich etwas Neues über Frau Fiallas Verbleib erfahren hätte. Montags stand ich hoffnungsfroh in der geschlossenen Gastwirtschaft mit dem Zander bereit, musste ihn jedoch schließlich selbst verspeisen.

Nun werde ich etwas tun, wovon mir mein Schreibratgeber dringend abrät: Ich führe ganz zum Schluss noch eine neue Figur ein. Aber ich glaube, dass das in diesem Fall in Ordnung geht, weil diese neue Figur eigentlich eine ziemlich alte Figur ist, die sogar schon Erwähnung gefunden hat. Am Dienstag trat eine Frau in die Gaststube, die ich seit fast zwanzig Jahren nicht mehr gesehen hatte und trotzdem auf der Stelle erkannte: Es war meine frühere Deutschlehrerin, die mit den »Mein schönstes Sommererlebnis«-Aufsätzen. Sie war eine jener Personen, die zwar früh gealtert waren, dafür dann aber ihr Leben lang immer gleich aussahen. Sie hatte nach wie vor graues Haar, glatte Haut und eine goldumrandete Brille im Gesicht. Außerdem trug sie dieselbe braune Strickweste, die sie schon zu meinen Schulzeiten mit Vorliebe getragen hatte.

»Frau Krumbacher!«, rief ich und versuchte dabei möglichst erfreut zu klingen, dabei versteckte ich meinen Schreibratgeber zwischen den Flaschen hinter der Bar. An Frau Krumbacher hingen schließlich noch einige traumatisierende Erinnerungen.

Mit gesenktem Kopf schlich sie an der Garderobe vorbei, man sah ihr an, dass die Gaststube nicht ihre gewohnte Umgebung war. Obwohl sie ganz in der Nähe lebte, war sie nur ein einziges Mal, nämlich im Rahmen eines Schulfestes, hier gewesen, privat schien sie Gasthäuser von jeher zu meiden.

»Renate«, murmelte sie, während sie umständlich auf einen für ihren gedrungenen Körper viel zu hohen Barhocker turnte, »wir sind ja nicht mehr in der Schule, also bin ich für dich die Renate.«

»Was darf's sein, Renate?«, fragte ich und wusste da schon, dass ich sie in meinem Kopf niemals anders nennen konnte als Frau Krumbacher, so früh erlernte Hierarchien bleiben ein Leben lang unüberwindbar.

Frau Krumbacher schüttelte bloß den Kopf. Jetzt erst fiel mir auf, dass ihre Augen hinter den dicken Brillengläsern stark gerötet waren. Sie griff in ihre Handtasche und holte ein Holzkästchen heraus, das sie vor mich auf die Bar hinstellte. Die Schnallen waren leicht verbogen. Auf dem Deckel klebte ein neongelber Post-it-Zettel, auf dem in sehr zittriger Handschrift: *»Für Claudia Hendl-Habsburg-Lothringen«* geschrieben stand. Beim Wort »Lothringen« rutschten die Buchstaben ineinander, da war der Schreibenden der Platz ausgegangen.

»Wir haben ... wir hatten eine gemeinsame Bekannte«, stammelte Frau Krumbacher, und dann begannen die Tränen ungehemmt ihre Wangen hinunterzulaufen.

Frau Fialla war tot. Wahrscheinlich hatte ich es im tiefsten Innersten schon geahnt. Die Gewissheit, nie wieder »Fräulein Claudia« genannt zu werden, machte mich unglaublich traurig, gleichzeitig war sie nicht so niederschmetternd, wie ich befürchtet hatte. Wie oft las man in Zeitungen und schlechten Romanen von einem »sinnlosen« Tod, als gäbe es das Gegenteil davon, einen »sinnvollen« Tod. Doch irgendwie fühlte es sich nun so an, als hätte Frau Fiallas Sterben tatsächlich so etwas wie einen Sinn gehabt.

Sie musste es schon bei unserem letzten Treffen gewusst haben. Darum ihre große Eröffnung und ihr letzter Appell an mich: Adel verpflichtet.

Während Frau Krumbacher ihr Gesicht in ein Taschentuch vergrub, blieb ich also einigermaßen gefasst. Ich bot ihr einen Nussschnaps aufs Haus an, und nach kurzem Zögern nahm Frau Krumbacher ihn sogar an. Der Alkohol beruhigte sie augenblicklich, und ich erfuhr endlich, wie Frau Fialla den Weg in unser Dorf gefunden hatte. Denn das war tatsächlich der Verdienst von niemand Geringerem als meiner alten Deutschlehrerin gewesen!

Frau Krumbacher war ledig, kinderlos und hatte, nachdem sie nach fünfunddreißig Jahren im Schuldienst in den Ruhestand geschickt worden war, viel Zeit. Insofern ähnelte ihre Geschichte der von Frau Fialla, und wie Frau Fialla begann sie sich eingehend mit den Habsburgern zu beschäftigen, wenn auch vielleicht nicht ganz so manisch. Erst waren es nur ein paar Romane, hauptsächlich Sisi-und-Franzl-Liebesschmonzetten, für die sie als ernsthafte Germanistin im Arbeitsleben keine Zeit gehabt hatte. Jetzt, in ihrer niemals enden wollenden Freizeit, las Frau Krumbacher solchen Kitsch ganz gern, und nach und nach kamen auch einige populärwissenschaftliche Biografien mit verheißungsvollen Titeln wie *»Maria Theresia – Mutter, Hausfrau, Kaiserin«* oder *»Die Haustiere der Habsburger«* hinzu. Und dabei hätte es auch bleiben können, wenn Frau Krumbacher nicht vor etwa zwei Jahren durch Zufall von einer Dame erfahren hätte, die in Wien lebte, sich als »allerletzte Kaiserin« bezeichnete und allerhand abseitige Theorien vertrat, die man so noch nirgends gelesen hatte. Frau Krumbachers Neugier war geweckt und sie fuhr hin.

»Aber weißt du, Claudia«, schniefte sie in ihr Taschentuch,

»es war ja so furchtbar traurig, was ich dort sah!« Statt dem erwarteten Palast betrat Frau Krumbacher nämlich eine winzige Wohnung, die von den vielen Besuchern ganz schmutzig und abgenutzt war und außerdem eiskalt, weil niemand mehr die Heizkosten bezahlte. Überall im Zimmer lag alter Krimskrams verstreut und an der Wand hing eine schlechte Kopie des berühmtesten Sisi-Gemäldes. Inmitten dieses Chaos hockte nun die kleine, in sich zusammengefallene Frau mit großem Hut, unter dessen Krempe zwei immer noch sehr wache, blitzblaue Augen hervorfunkelten. »Zehn Euro«, sagte die Alte (ihre Preise waren über die Jahrzehnte hinweg rapide gestiegen), »und ich erzähle Ihnen, warum ich die Enkeltochter vom Kronprinz Rudolf bin!«

Frau Krumbacher zahlte die Gebühr und wusste in dem Augenblick, dass sie diese Alte nicht allein hier zurücklassen konnte.

»Ich habe ein großes Haus«, schluchzte Frau Krumbacher, »also bot ich an, mich um sie zu kümmern. Das lehnte sie allerdings entschieden ab. Daher bewarb ich mich als ihre Kammerzofe. Darüber wollte sie nachdenken.«

Tatsächlich kam Frau Fialla immer schlechter allein zurecht, das musste sie sich langsam eingestehen. Aber wie sollte sie ihre Audienzen durchführen und Geld für eine gute Sache sammeln, wenn sie nicht mehr in Wien ansässig war? Frau Krumbacher gab zu bedenken, dass es vielleicht langsam an der Zeit wäre, einen Thronfolger zu bestimmen oder, wir befanden uns ja immerhin im einundzwanzigsten Jahrhundert, eine Thronfolgerin. Und ein anderes Mal erzählte Frau Krumbacher Frau Fialla von dem Gasthaus, das es bei ihr im Dorf gab, in dem der Kaiser einmal zu Gast gewesen war, denn an das Kaiserbild an der Wand konnte

Frau Krumbacher sich von diesem einen Schulfest her nämlich noch gut erinnern. Sie sprach dabei auch von mir, der übergewichtigen und stotternden Gastwirttochter, die ihre Talente niemals richtig entwickeln konnte.

»Welche Talente?«, fragte ich.

»Deine Aufsätze waren herrlich komisch«, antwortete Frau Krumbacher, und obwohl sie immer noch Tränen in den Augen hatte, begann sie zu kichern in der Erinnerung an irgendetwas, das ich als Schülerin geschrieben hatte.

»Mir fehlte doch immer … die Fantasie?«, fragte ich vorsichtig.

»Oh nein«, antwortete Frau Krumbacher, »dir fehlte nur der Mut. Aber dafür hattest du Humor! Ganz anders als deine Sitznachbarin, diese Streberin Daniela. Die konnte ich nie leiden.«

Frau Krumbacher setzte unsere Gastwirtschaft jedenfalls ganz oben auf die Liste von Vorzügen, welches das Leben auf dem Land für Frau Fialla haben könnte, nebst der guten Luft, der Ruhe und natürlich der Gesellschaft ihrer Kammerzofe. Irgendwann rief Frau Fialla schließlich bei Frau Krumbacher an und erklärte ihr: »Tun's, was Sie nicht lassen können, Frau Renate!« Damit war Frau Fiallas Zukunft beschlossen. Und auch meine, so schien es mir jetzt. Ich hatte es für Zufall gehalten, dass Frau Fialla und ich aufeinandergetroffen waren. Nun aber hörte es sich viel eher danach an, als hätte sie mich ganz gezielt zu ihrer Kronprinzessin erwählt. Frau Krumbacher tippte mit ihrem Zeigefinger auf das Kästchen, das immer noch vor mir auf der Bar stand: »Du sollst es haben, Claudia, und niemand anderes. Das hat Johanna in ihrem letzten Willen so bestimmt.«

Ich nahm das Kästchen in die Hände und öffnete es behutsam. Mir glänzten die Schmuckstücke, Orden und Münzen entgegen, und sie waren wunderschön, genauso, wie Frau Fialla sie mir beschrieben hatte.

»Ich weiß nicht, ob irgendetwas davon von Wert ist«, sagte Frau Krumbacher, »man könnte es aber sicher bei einem Experten schätzen lassen.« Ich schüttelte den Kopf und schloss das Kästchen wieder. Niemand konnte diesen Wert besser schätzen als ich. Zum ersten Mal, seit ich von Frau Fiallas Tod erfahren hatte, kamen mir die Tränen. Und so weinten wir gemeinsam um unsere alte Freundin – meine frühere Deutschlehrerin und ich.

Das Begräbnis sollte in Wien stattfinden. Frau Krumbacher hatte in Erfahrung gebracht, dass von jeher eine letzte Ruhestätte für Frau Fialla in jenem Familiengrab am Zentralfriedhof, in dem schon sämtliche Schleyermanns und Lahms bestattet worden waren, vorgesehen war. Zwar hatte Frau Krumbacher gemäß Frau Fiallas letztem Willen trotzdem bei der Kapuzinergruft angefragt, ob da nicht doch irgendetwas zu machen wäre, aber die Mönche waren diesbezüglich ziemlich strikt. Sie hätten überhaupt nur noch einen Platz frei, erklärten sie, nämlich für Yolande, die einzige noch lebende Schwiegertochter des letzten Kaiserpaares Karl und Zita, danach wäre für immer Schluss. »Dann werden nicht einmal die echten Habsburger mehr hier bestattet!«, hatte man Frau Krumbacher am Telefon erklärt.

Gemeinsam fuhren Frau Krumbacher und ich in ihrem Auto nach Wien zum Begräbnis. Wir schwiegen den Großteil der Fahrt über, Frau Krumbacher konzentrierte sich auf die Straße, und da ich über die seltene Fähigkeit verfügte, ohne Übelkeit im Auto lesen zu können, nutzte ich die Zeit für die letzten Seiten meines Schreibratgebers. Während des Lesens fiel mir ein, dass ich Frau Fialla niemals von

Danis Absage unseres Buchprojekts erzählt hatte. Aber das war egal, mein Versprechen wollte ich trotzdem halten. Ich würde einen anderen Verlag finden. Einen für fiktionale Romane, oder »Märchenbücher«, wie Dani das nannte. *»Jede gute Geschichte braucht auch ein ausgereiftes Ende«*, las ich. Frau Krumbacher parkte den Wagen in der Nähe des Zentralfriedhofs. Wären nicht die ziegelroten Friedhofsmauern gewesen, hätte ich ihn von außen eher für eine große Parkanlage gehalten, mehr Naherholungsgebiet als letzte Ruhestätte. Wir passierten den Eingang, dort gab es ein Blumengeschäft und, weil es sonst wohl nicht Wien gewesen wäre, sogar ein Kaffeehaus. Da wir früh dran waren, schlenderten wir und wurden dabei von ein paar Joggern und sogar von einem Bus überholt, der exklusiv für jene Friedhofsbesucher auf dem Gelände herumkurvte, die nicht mehr gut zu Fuß waren. Frau Krumbacher hatte sich bei mir untergehakt, auf ihrem Handy hatte sie sich die Nummer des Grabes eingespeichert, in dem Frau Fialla bestattet werden sollte. Diese Information war dringend notwendig, denn das Gelände schien endlos und immer wieder blieben wir stehen und studierten Lagepläne und Wegweiser. Unser Spaziergang führte uns an den Ehrengräbern vorbei, an Beethoven und dem Gemeinschaftsgrab einiger wohlhabender Japaner, die es sich offensichtlich zum Lebensziel gemacht hatten, in der Nähe Beethovens begraben zu werden. Wir passierten aber auch verfallene Gräber, umgekippte Steine, abgebrochene Kreuze, zumeist mit dem Sticker »Achtung, baufällig« oder »Nutzungsrecht abgelaufen« versehen. Mich ergriff eine gewisse Melancholie bei dem Anblick, doch sie war mir gar nicht unangenehm. Gräber waren vergänglich, Knochen konnte man wieder ausgraben, wie Herr Pfaffenhuber es getan hatte, Frau Fialla hingegen würde bleiben, dafür würde ich schon sorgen. Ich drückte meine Tasche mit dem Schreibratgeber darin enger an meinen Körper.

Schließlich erreichten wir den Grabstein der Familien Schleyermann und Lahm, der schon ziemlich vollgeschrieben war. Davor steckte ein einfaches Holzkreuz mit der Aufschrift *»Johanna Fialla«*. Ein Friedhofsmitarbeiter stand schon bereit, auf den ging Frau Krumbacher nun zu, um die letzten Details zu besprechen.

Wir hatten versucht herauszufinden, ob Frau Fialla religiös gewesen war. Die meisten Habsburger waren sehr religiös gewesen, zumindest nach außen hin immer äußerst katholisch. Deswegen wollte Frau Krumbacher ihr auch ein katholisches Begräbnis organisieren, woraufhin sich herausgestellt hatte, dass Frau Fialla schon seit über fünfzig Jahren keinen Kirchenbeitrag mehr bezahlt hatte. Und Rudolf war angeblich Freimaurer gewesen. So entschieden wir uns also für eine rein weltliche Bestattung.

Neben dem Friedhofsmitarbeiter und uns waren noch zwei andere Leute da, wie wir etwas zu früh: ein uralter, dicker Herr im Rollstuhl und eine junge, attraktive Dame, die ihn schob. Der Herr schien eingenickt zu sein, daher ging ich zur Dame.

»Hallo«, sagte ich, »ich bin Claudia, eine gute Freundin von Johanna Fialla.«

»Guten Tag«, antwortete die Dame mit starkem slawischen Akzent, »ich heiße Anna, ich bin die Betreuerin von Herrn Lahm.«

Der dämliche Cousin öffnete langsam die Augen und schaute mich an.

»Wer ist das?«, fragte er dann Anna, und sie antwortete ihm sehr laut: »Eine Freundin von Ihrer Cousine!«

»Soso«, antwortete der dämliche Cousin und nickte behäbig mit seinem großen, schweren Kopf, dann schloss er die Augen erneut. Anna lächelte mich verlegen an.

»Wohnen Sie bei Herrn Lahm?«, fragte ich sie, Anna nickte.

»Immer für zwei Wochen«, sagte sie, »und dann wieder zwei Wochen in der Slowakei.«

»Er wohnt noch auf der Ringstraße?«

Anna nickte wieder und rieb, da der dämliche Cousin sie nicht sehen konnte, ihren Daumen und ihren Zeigefinger auf jene gewisse Art und Weise aneinander, die da hieß: Der hat jede Menge Kohle. Ich betrachtete den dämlichen Cousin von der Seite. Sein Bild hatte ich ja bereits auf der Firmenwebsite gesehen, da war er ein geschäftstüchtiger junger Mann gewesen. Geschäftstüchtig war er nun nicht mehr, jung schon gar nicht, aber dennoch strahlte er noch immer eine gewisse Autorität aus, selbst wenn er so wie jetzt im Rollstuhl hing und vor sich hin döste. Frau Fialla hatte schon recht, er hatte seine Sicherheit in all der Zeit niemals verloren, er lebte nach wie vor in seinem Palais und hatte wie in seiner Jugend eine Anna aus dem Osten, die sich um ihn kümmerte. Einer wie Otto Lahm jr. brauchte nicht adelig zu sein, um etwas zu gelten.

Ein langer, schwarzer Wagen kam angefahren und blieb vor uns stehen, in seinem Inneren befand sich der Sarg der Frau Fialla sowie ein paar Sargträger, die nun ausstiegen. Frau Krumbacher kam von ihrer Unterhaltung mit dem Friedhofsmitarbeiter zurück: »Wir würden dann anfangen!«

Plötzlich öffnete der dämliche Cousin erneut die Augen.

»Meine Cousine«, schrie er, »war schon immer narrisch. Schon immer! Nein, normal war die nie!«

Anna legte peinlich berührt einen Finger an die Lippen und zischte: »Über eine Verstorbene redet man nicht schlecht!«

Ich aber musste lächeln. Der dämliche Cousin hatte ganz recht. Normal war Kaiserin Johanna Fialla von Österreich tatsächlich nie gewesen.

NACHWORT DER AUTORIN CLAUDIA HENDL

Etwa ein Jahr nach dem Tod der Frau Fialla kam ich wieder nach Wien. Kurz nach dem Begräbnis hatte ich das Manuskript meines Buches Frau Krumbacher zu lesen gegeben. Ihr gefiel es so ausnehmend gut, dass sie eine frühere Studienkollegin kontaktierte, die mittlerweile einen Verlag für Romane leitete. Auch diese war überzeugt von der Geschichte und schickte mir einen Vertrag zu. Bevor ich diesen unterschrieb, erinnerte ich mich aber noch einmal an das, was Frau Fialla gesagt hatte über den Adel, der verpflichtet. Also schrieb ich der Verlagsleiterin, dass ich meinen Erlös aus dem Buchverkauf für einen guten Zweck spenden wollte, für mehr barrierefreie Wohnungen zum Beispiel. Sie antwortete, was ich mit meinen Einnahmen anstellte, ginge ohnehin nur mich und das Finanzamt etwas an. Nun also konnte ich guten Gewissens unterschreiben und sollte mich nun in Wien zum ersten Mal mit meiner neuen Lektorin treffen. Da ich zuvor allerdings noch einige andere Dinge erledigen wollte, reiste ich einen Tag früher an. Zuerst ging ich auf der Mariahilfer Straße bummeln und kaufte mir dort ein neues Kleid, das über keinerlei kaschierende Muster verfügte. Es war nicht einmal sackartig. Ich behielt es gleich an und fuhr zum Zentralfriedhof hinaus.

Eigentlich hatte ich erwartet, Frau Fiallas Grab so schlicht und schmucklos anzutreffen, wie Frau Krumbacher und ich es nach dem Begräbnis vor gut einem Jahr hinterlassen hatten. Wir hatten uns darauf geeinigt, lieber Geld in Frau Fiallas Namen an gemeinnützige Vereine zu spenden, als es in Form von Verderblichem und Müll auf dem Friedhof zu deponieren. Denn keine von uns beiden kam häufig genug in die Stadt, um sich anständig um den Grabschmuck zu kümmern.

Nun aber war Frau Fiallas Begräbnisstätte schon von Weitem zu erkennen: Das Kreuz ging beinahe unter in einem Meer aus Blumen, Bändern, Kränzen und Kerzen. Frau Fialla war in Wien tatsächlich eine kleine Berühmtheit gewesen, und nachdem die Nachricht ihres Todes erst einmal die Runde gemacht hatte, waren ihre Anhänger nach und nach hierher gepilgert. Für manche war Johanna Fialla bloß ein Kuriosum gewesen, aber manchen hatte sie wirklich geholfen. *»Unserer Kaiserin«*, stand auf einem der Bänder, auf einem anderen *»Wahrer Adel kommt aus dem Herzen«*, und *»Danke für alles«*. Unter dem Holzkreuz saß ein großer Teddybär, der ein Herz mit der Aufschrift *»Grüße aus Bad Ischl«* umklammert hielt. Ich machte mit meinem »Gerät« ein Foto, das ich später Frau Krumbacher zeigen wollte, und lief in Richtung Straßenbahn.

Als ich wieder in der Innenstadt ankam, war es immer noch erst früher Nachmittag. Was wollte ich mit meiner Zeit anstellen? Ein Museum besuchen? Eine Kirche besichtigen? Ich wählte den Zwischenweg und kaufte mir ein Ticket zur Kapuzinergruft.

Da es ein herrlich sonniger, aber nicht allzu heißer Tag war, fanden nicht allzu viele Touristen den Weg in die kühlen Keller des Klosters, trotzdem war es für einen Friedhof ziemlich laut. Eltern schoben ihren gelangweilt nörgelnden

Nachwuchs vor sich her, hier und dort wurde fotografiert, irgendwo schrie ein Baby, die Wände hallten. Ich hatte beim Eingang einen Flyer mitgenommen, der mich darüber informierte, dass diese Gruft im 17. Jahrhundert als traditionelle letzte Ruhestätte der Habsburger errichtet und über die Jahrhunderte hinweg immer wieder erweitert worden war. Ich schritt an dem prächtigen Sarkophag von Karl dem Fünften vorbei und dem noch um ein Vielfaches prächtigeren von Maria Theresia, zu deren Füßen ihr rebellischer Sohn Joseph der Zweite in einem betont schlichten Sarg lag. Die Broschüre verriet, dass Joseph jeder barocke Totenkult verhasst gewesen war, deswegen hatte er die Kapuzinergruft zumauern und für das einfache Volk sogar einen wiederverwendbaren Klappsarg entwickeln lassen, der allerdings auf wenig Gegenliebe stieß und deshalb wieder abgeschafft worden war. Ich schritt an vielen verstorbenen Kindern vorbei und an jungen Müttern, die die Geburten nicht überlebt hatten. Dann betrat ich die sogenannte neue Gruft, die erst in den Sechzigerjahren gebaut worden war, also etwa zu der Zeit, als Frau Fialla von ihrer hochadeligen Abstammung erfuhr. Die Wände waren wie Erdschichten gestaltet, sodass man glauben sollte, wirklich in einem offenen Grabschacht zu stehen. Hier lag in seinem Sarkophag Maximilian von Mexiko, Rudolfs Onkel, an dessen Seite Rudolf ursprünglich bestattet worden war. Rund um seine Liegestätte hatten Gäste mexikanische Souvenirs hinterlassen, Flaggen und Münzen, sogar einen Sombrero. Ich fragte mich, ob der wahre Maximilian nicht vielleicht doch unter falschem Namen irgendwo in Südamerika begraben war. Dann schlenderte ich weiter in die »Franz-Josephs-Gruft«, wo sich nur drei Sarkophage befanden, aber mit Abstand das größte Gedränge herrschte. Der Sarg des namensgebenden

Kaisers Franz Joseph stand erhöht in der Mitte, während die Kaiserin Elisabeth und der Kronprinz Rudolf ihn tiefer liegend flankierten. Hier hatten Leute Plastikblumen niedergelegt und ungarische Flaggen, auf Sisis Grab lagen sogar Briefe, Postkarten und Prinzessinnenzeichnungen kleiner Mädchen. Ich überlegte kurz. Dann stellte ich mich unter eine der wenigen Wandlampen, wo es etwas weniger düster war, zog einen Notizblock aus meiner Tasche und begann zu schreiben.

Lieber Rudolf,
wir haben uns nie kennengelernt. Aber möglicherweise sind wir miteinander verwandt! Na ja, eher nicht. Ziemlich sicher nicht.

Trotzdem habe ich in letzter Zeit ziemlich viel an dich gedacht. Aber dann vielleicht doch nicht so sehr an dich wie an den, der du für Frau Fialla warst. Nämlich ein Ausweg. Und das ist eine ziemliche Leistung für jemanden, der selbst keinen Ausweg mehr gesehen hat. Ich habe gedacht, vielleicht freut es dich, das zu hören.

Es grüßt dich herzlichst,
Claudia
PS: An Mary schreibe ich auch noch.

Ich riss den Zettel heraus, faltete ihn klein zusammen und legte ihn Rudolf zu Füßen.

Wenn es denn wirklich er war, der in dem Sarkophag lag.

GLOSSAR

Meine Lektorin sagt, dass manche österreichischen Wörter im Rest der Welt nicht verstanden werden. Da Frau Fialla aber nun einmal geredet hat, wie sie geredet hat, und ich auch rede, wie ich rede, habe ich mich entschlossen, diese Wörter nicht ins Hochdeutsche zu übersetzen, sondern ein Glossar zur Verständnishilfe zu erstellen. Außerdem kann ich Ihnen hier auch noch etwas ausführlicher erzählen, was es mit Hedy Lamarr auf sich hat, falls Sie sie nicht kennen. Die Wörter sind geordnet in der Reihenfolge ihres Erwähntwerdens im Buch. Viel Freude beim Erlernen dieser wunderbaren Fremdsprache!

ins Narrenkastel schauen – geistesabwesend vor sich hin starren

Panier – Panade

Petersilerdäpfel – Petersilienkartoffeln

Jagertee – Schwarztee mit Rum

Jänner – Januar

Zuckerl – Bonbon

hatschen – schleppend gehen, mühevoll gehen; auch: hinken

die Krot schlucken – etwas Negatives in Kauf nehmen müssen

(Frühstücks-)Kipferl – Hörnchen, gebogenes Gebäck

Hedy Lamarr – Schauspielerin und Erfinderin, geboren als Hedwig Kiesler 1914 in Wien. Mit ihrer zehnminütigen Nacktszene im Film *Ekstase* löst sie 1933 einen Kinoskandal aus. Im selben Jahr heiratet sie den Waffenfabrikanten Fritz Mandel, der ihr verbietet, weiter als Schauspielerin aufzutreten, und sie beinahe wie eine Gefangene hält. Politisch trennen die beiden Welten: Während Hedy Lamarr Antifaschistin ist, unterstützt Fritz Mandel den Austrofaschismus, ist mit Mussolini befreundet und liebeäugelt trotz seiner jüdischen Ehefrau und seines eigenen jüdischen Vaters mit dem Nationalsozialismus. 1937 verlässt Hedy Lamarr ihn und geht erst nach Paris, dann nach London, schließlich gelingt ihr der Durchbruch in Hollywood, wo sie als »schönste Frau der Welt« gefeiert wird. Gemeinsam mit dem Komponisten George Antheil erfindet sie 1940 eine Funkfernsteuerung für Torpedos. Diese wird zwar aus verschiedenen Gründen nicht in der Kriegsführung der Alliierten eingesetzt, die von ihr entwickelte Technik wird jedoch später für unterschiedliche Verfahren verwendet, z. B. für Bluetooth. Sie ist sechs Mal verheiratet gewesen und hatte drei Kinder. 2000 verstirbt sie zurückgezogen in Florida.

Ungustl – unsympathischer, abstoßender Mann

Nackerpatzerl – nackter Mensch

armes Hascherl – unselbstständiges, bemitleidenswertes Wesen

Zniachterl – kleine, schmächtige Person

Bissgurn – zänkische, tyrannische Frau

g'schamster Diener – gehorsamster Diener, auch als Höflichkeitsfloskel verwendet

Brettljause – kleine kalte Mahlzeit auf einem Holzbrett angerichtet

fladern – stehlen, stibitzen

NACHWORT DER AUTORIN IRENE DIWIAK

Ich werde oft gefragt, woher ich die Ideen für meine Texte habe. Meistens weiß ich darauf keine bessere Antwort als: »Ist mir eben eingefallen.« In diesem Fall ist es aber anders, denn für *Die allerletzte Kaiserin* gab es eine konkrete Inspiration.

Zufällig hörte ich beim Putzen eine Radiosendung von Isabelle Engels in der Reihe der Ö1-Hörbilder. Darin ging es um eine damals schon über neunzigjährige Frau, die sich für die Enkelin Kronprinz Rudolfs hielt. In eine reiche Industriellenfamilie hineingeboren, stellte ihr gesamtes Leben einen gesellschaftlichen Abstieg bis in die Altersarmut dar, doch sie richtete sich stets an ihrem festen Glauben auf, in Wahrheit kaiserlicher Abstammung zu sein. Ich war fasziniert von dieser Frau und durchforstete natürlich gleich das Internet nach ihr (das Putzen konnte warten), allerdings war dort außer ebendieser Radiosendung nichts zu finden. Offensichtlich hat sie keine anderen Spuren in der Öffentlichkeit hinterlassen. Was schlecht ist, wenn man eine Biografie schreiben will, erweist sich als großartig, wenn man einen Roman schreiben möchte: Ich nahm die im Radio gehörte Geschichte als Ausgangspunkt, um etwas ganz Eigenes daraus zu machen. So wurde aus der Frau in der Radiosendung Johanna Fialla. Die beiden haben gar nicht mehr so viel gemeinsam, abgesehen von ihrer Familiensituation und ihrer Vorliebe, jeden Tag Fisch zu essen. Und natürlich eint sie das Wichtigste: die feste Überzeugung, dass Kronprinz Rudolf ihr Großvater war.

Wenn auch vieles in diesem Roman frei erfunden wurde, habe ich doch alle möglichen realen Figuren eingebaut, die mich faszinieren: von der Gräfin Triangi über Elisabeth Petznek bis hin zu Mary Vetseras Grabräuber, dem ich hier aus Datenschutzgründen einen neuen Namen verpasst habe. Auch zur sogenannten »Tragödie von Mayerling« habe ich sehr viel Sachliteratur gelesen, um dann die historischen Tatsachen »ein klein wenig« zu verdrehen.

So bleibt dieser Roman eine Melange aus Wahrheit und Fiktion, aus Recherche und Fantasie, aus »so war das« und »was wäre wenn«. Und wenn Sie sich einmal nicht sicher sind, was Sie jetzt glauben sollen, befragen Sie doch einfach »Ihr Internet«, wie Frau Fialla sagen würde.

DANKSAGUNG DER AUTORIN IRENE DIWIAK

Für die finanzielle Unterstützung bedanke ich mich sehr herzlich beim österreichischen Bundesministerium für Kunst und Kultur sowie der LiterarMechana, die meine Arbeit an *Die allerletzte Kaiserin* jeweils mit einem Jahresstipendium bedachten.

Für die Beratung bei allerlei geschäftlichen Fragen sowie die stete Ermutigung und die erfrischende »Berliner Schnauze« bedanke ich mich bei meiner Agentin Petra Eggers.

Bei meiner Lektorin Magdalena Heer bedanke ich mich generell für die großartige Zusammenarbeit und im Speziellen dafür, dass dank ihr nicht mehr jeder zweite Satz des Buches das Wörtchen »aber« beinhaltet. Außerdem behielt sie stets den Überblick über die Wochentage und klärte mich über die Unterschiede zwischen österreichischem und deutschem Deutsch auf (es sind mehr, als man denkt).

Des Weiteren möchte ich mich bei allen Mitarbeiterinnen und Mitarbeitern des C.Bertelsmann-Verlags dafür bedanken, dass sie mir dieses Buch ermöglichen, und im Besonderen bei der Veranstaltungs-Verantwortlichen Stefanie Leimsner für ihren Österreich-Enthusiasmus.

Gedankt sei auch meiner Familie und meinen Freunden, die während »heißer« Schreibzeiten immer schändlich vernachlässigt werden. Danke, dass ihr mich trotzdem noch mögt.

Zu guter Letzt gilt mein Dank meinem Ehemann Alexander, der immer dafür sorgt, dass ich während der Arbeit weder verdurste noch verhungere noch Haltungsschäden davontrage (letzteres mit mäßigem Erfolg). Außerdem ist er sowieso ein wunderbarer Mensch.